단군을
이야기

단군릉 이야기

1판 1쇄 인쇄 | 2019년 2월 20일
1판 1쇄 발행 | 2019년 2월 27일
지은이 | 이정 장해성 이성아 이지명 정길연 도명학 방민호 김정애 신주희 설송아 금희
펴낸이 | 서울대학교 통일평화연구원
편 집 | 김미미
디자인 | 모아드림
펴낸곳 | 예옥
등 록 | 제2005-64호(2005.12.20)
주 소 | (03785) 서울시 서대문구 신촌로1, 쓰리알유시티 606호
전 화 | (02)325-4805
팩 스 | (02)325-4806
이메일 | yeokpub@hanmail.net

ISBN 978-89-93241-63-1 03810

값 13,000원

2018년도 서울대학교 통일평화연구원의 재원으로 통일기반구축사업의 지원을 받아 수행된 결과물임.

This research was part of the project "Laying the Groundwork for Unification" funded by the Institute for Peace and Unification Studies (IPUS) at Seoul National University.

이 도서의 국립중앙도서관 출판시도서목록(CIP)은 서지정보유통지원시스템 홈페이지 (http://seoji.nl.go.kr)와 국가자료공동목록시스템(http://www.nl.go.kr/kolisnet)에서 이용하실 수 있습니다.(CIP제어번호: CIP 2019002598)

북한 인권을 말하는
남북한 작가의 공동 소설집
네 번째 권

단군을 이야기

이정 장해성 이성아 이지명 정길연
도명학 방민호 김정애 신주희 설송아 금희

차례

시
인
의
귀
향

/

이
정

이정

충남 논산에서 태어났다. 경향신문 기자를 지냈다. 동 신문의 민족네트워크연구소 부소장 재직 시부터 북한에 관심을 갖고 중국을 수백 차례, 북한을 열 차례 가까이 왕래했다. 2010년 『계간문예』로 등단한 이래 북한과 북한 사람들에 대한 소설을 써 왔다. 북한 인권을 말하는 남북한 작가 공동 소설집 『꼬리 없는 소』에 참여했다. 현재 통일문학포럼 상임이사, 『한국소설』 편집위원으로 활동하고 있다. 작품으로는 장편소설 『국경』 『압록강 블루』가 있고, 다수의 중·단편이 있다. 『압록강 블루』로 아르코문학상을 수상했다.

밤새 눈이 내렸습니다. 차창 밖 산들이 새하얗게 빛납니다. 플랫폼 주변에 늘어선 금강송들의 팔과 머리 위에도 눈이 두텁게 쌓였군요. 금강송들이 고개 숙여 인사를 하는 모양샙니다. 이젠 돌이킬 수 없는 여정이 되었다는 확신이 섭니다. 시야처럼 가슴도 후련하게 트입니다. 어제와 연결된 오늘이 아니라 전혀 다른 새날을 맞은 기분이 듭니다. 금강송 가지에서 이름 모를 새 한 마리가 깡충거리며 우짖는군요.

쫑 쪼르릉, 쫑 쪼르릉……

창에 가로막혀 들릴 리 없지만, 내 마음은 마냥 정겹게 새소리를 듣고 있습니다. 플랫폼 가운데에 선 이정표에 평양까지 261km라고 쓰여 있네요. 여기 도라산역에서는 고작 40분 거립니다. 그런데도 평생을 기다려 온 시간 중 마지막 남은 몇 분처럼 지루하군요. 그녀는 소식 돈절된 다섯 해 동안 머릿속에서 한시도 떠나지 않던 사람입니다. 어떻게 변했을까? 이젠 30대 후반이 되었겠지만, 내 기억 속에는 신호 불량으로 끊긴 TV 화면처럼 다섯 해 전 모습으로 정지돼 있습니다. 나를 원망하지나 않았을까? 불쑥 나타난 나를 보고 뭐라 말할까? 하긴 기다리라는 말도, 기다리겠다는 말도 서로 한 적이 없이 헤어졌습니다. 걱정이 살짝 설렘을 누릅니다.

"모스크바까지 가는 우리 열차, 30초 후에 출발합니다. 입경 수속에 협조해 주셔서 감사합니다."

안내 방송이 정적을 깨네요. 서울역을 출발한 이 열차는 북쪽 지역으로 민간인을 태우고 가기 시작한 지 서른세 번째 날의 초고속 열차입니다. 넉 달 전, 남북한은 이미 합의한 절차대로 코리아연합이란 이름으로 통행, 통관, 통신을 자유롭게 하는 첫 단계 통일을 시행했습니다. 비로소 북한의 비핵화가 완성되었다고 미국이 선언했기 때문입니다. 이 열차를 타기 위해 나는 3일 동안이나 스마트폰에 고개를 처박고 모질음을 썼습니다. 열차티켓 예매 앱은 접속 폭주로 먹통이 되기 일쑤였습니다. 코리아연합 정부는 승객 수송용으로 하루 다섯 편의 열차만 허용하고 있습니다. 쌍방의 혼란을 피하기 위한 조치랍니다. 특히 연합 정부는 투기를 위해 남쪽에서 북쪽으로 가려는 사람들의 통행을 엄격히 금지하고 있습니다. 하지만 이런 조치가 사람들에게 돈벌이와 열차 티켓에 더 큰 관심을 갖게 만들 뿐이었습니다. 결국 오늘의 이 열차 티켓을 쟁취한 내겐 세상에 이런 행운이 따로 없었습니다. 회사 근처 절에 가서 부처님께 절을 올리는, 안 하던 짓까지 했지요. 연이은 행운을 기대하면서.

옆자리에 앉은 탈북자 도 선생은 창밖을 하염없이 내다보고 있군요. 흥분을 그런 식으로 가라앉히는가 봅니다. 고향 떠난 지 12년 만에 가족을 만나러 간다는군요.

뿌우웅, 뿌우웅.

승객들의 북측 지역 입경 수속을 끝낸 열차가 기적을 울립니다. 천천히 플랫폼을 뒤로 밀어 냅니다. 선반에 올라앉은 각양각색의 짐 꾸러미들이 움찔 움직이는 소리를 냅니다. 지나치는 풍경의 속도에 맞춰 내 호흡이 덩달아 가빠집니다.

5, 6년 전 나는 러시아 이르쿠츠크에서 서울로 들어오는 천연가스 파이프라인 가설 공사의 함경북도 화성군 구간인 18공구에 소속돼 일했습니다. 우여곡절 끝에 통일 전의 남북 정부는 가스 파이프라인을 북한 지역으로 통과시키기로 결정했던 것이지요. 그래서 파이프라인이 재덕산맥을 넘어야 하는 난공사 구간인 이 공구의 현장 기사로 나는 일행과 함께 그 심산 속으로 들어갔던 것입니다.

누릇누릇 단풍이 들기 시작한 잡관목 속에서 무슨 일을 하다가 허리를 펴는 여자의 얼굴을 보았습니다.

어?

나는 순식간에 시선을 빼앗겼습니다. 휑 꺼졌지만 초롱초롱한 눈망울, 보일 듯 말 듯 파인 보조개, 부드러운 입술에 얹힌 청순한 기운⋯⋯. 교통사고로 숨진 아내가 거기 있었습니다. 세상 모든 사람에게 낯설지 않을 인상이었지만, 분명 세상에 딱 하나밖에 없던 얼굴이었습니다. 결혼 후 첫 여름휴가를 맞아 발리에 도착한 날, 근사한 식당을 잡아 저녁 식사를 하고 나오다가 아내는 인도로 질주해 온 트럭에 짓뭉개졌습니다. 내가 빤히 지켜보는 앞에서. 집 안 곳곳에 남아 있는 아내의 체취를 피해 이곳에 자원해 왔는데, 아내의 환생이 여기까지 따라오다니. 나는 한참 만에야 내 병이 도졌음을 깨달았습니다. 결코 내게 다시 살아 돌아올 수 없다는 것을 알면서도 비슷한 여자만 보면 아내로 착각하는 병.

여긴 송이밭이라요. 저희 마을 사람들은 오랜 세월 여기서 송이를 채취해 생활자금으로 요긴하게 써 왔답니다. 이젠 공사 때문에 그럴 수 없게 되었네요. 선생님들께 부탁드려요. 공사가 끝난 뒤에는 다시 저희가 송이를 채취해서 살아가야 하니 어떻게든 이 송이밭을 잘 보전해 달라요. 조금씩만 따서 잡수시면 일없겠지요.

흙이 묻은 송이 서너 개를 손에 든 그녀는 내 일행에게 애원하는 듯한 목소리로 말했습니다. 그녀는 세상과 일정한 거리를 유지한 채 자기 세계에 갇혀 웅크리고 사는 사람 같았습니다. 그 점에서도 그녀는 아내와 닮았습니다.

우리는 그녀에게 건성으로 고개를 끄덕였습니다. 여기가 송이밭이라는 사실만은 꼭꼭 가슴에 새기면서. 송이밭 아래쪽에는 방 한 칸 크기만 한 뙈기밭이 있었습니다. 작은 단지 모양으로 속을 막 채우기 시작한 배추가 자라고 있었습니다. 그 밭도 공사 구간을 알리는 팻말 안에 위치해 있었습니다. 주위를 돌아보다가 밭에 눈길을 멈춘 우리에게 그녀는 더욱 스산한 눈빛을 머금었습니다.

배추 수확은 우리가 확실히 보장해 드리겠습니다.

세상 태어나서 한 번도 진지하게 살아본 적이 없을 것 같은 동료 기사가 말했습니다.

그날 저녁 식사 시간이 되기 전부터 현장 막사의 식당에서는 송이 향이 진동했습니다. 프라이팬을 올려놓은 전기레인지 주위에 기사들이 둘러서서 송이가 구워지기도 전에 냉큼냉큼 젓가락질을 해 댔습니다.

하아, 이거 서울선 1킬로에 40만 원도 넘어.

송이가 남자에게는 그만이라는군.

이런 걸 수출해서 돈 좀 벌지. 왜 이리 가난하게 살았누.

그러니까 탈북해서 한국에 들어온 사람이 사만 명에 가깝지.

날이 갈수록 송이밭은 속수무책 망가졌습니다. 에라, 모르겠다. 나도 적극적으로 가담했습니다. 눈에 자꾸만 밟히는 아내와 아내를 연상시키는 그녀를 잊기 위해 나는 남보다 더 우악스럽게 송이밭을 짓밟았을 겁니다. 송이는 염장되어 다음 해 봄까지 우리들의 코와 입을 즐겁게 했습니다.

하지만 다시 가을이 되었을 때 송이밭에서는 송이 향이 풍겨 나오지 않았습니다. 어쩌다가 하나를 발견하면 숨겨 놓고 혼자서만 먹어야 했습니다. 우리는 그녀의 당부를 상기했지만, 애초부터 송이가 거기 없었다는 듯 서로 자신들을 책망하는 말을 입 밖에 꺼내지 않았습니다.

나는 오래된 미루나무가 마당가에 서 있는 그녀의 집으로 찾아갔습니다. 소학교에 다니는 아들 하나 달랑 데리고 산다는 소문을 듣고 학용품을 사 들고서. 현장에 파견된 북측 감시원이 뒤따라와 양팔을 벌려 가로막았지만, 머잖아 통일이 되면 당신처럼 민족의 소통을 막는 사람부터 잡아넣겠다는 농담으로 그의 몸을 물리쳤습니다. 그는 퉁기는 척하다가 동행하는 것으로 한발 물러섰습니다. 그들은 겉으론 조국의 혁명 전사임을 자부했습니다. 하지만 자신들이 그리는 혁명은 죽도록 노력해도 이루어질 수 없다는 사실을 잘 알았습니다. 남쪽 사람들과 일하니까 누구보다 먼저 기울어진 조국의 정세를 눈치챘습니다. 그래서 용돈 몇 푼을 얻으면 슬그머니 주장을 거둬들이곤 했지요.

그녀의 집 미루나무는 노란 이파리를 지붕과 마당으로 팔랑팔랑 떨구고 있었습니다. 아들과 함께 햇볕이 두껍게 내려앉은 마당 귀퉁이 밭에서 남새를 뜯던 그녀가 고개를 숙였습니다. 처음 만났을 때보다 더 야윈 모습이었습니다. 벽 뒤에서 말라 가는 화초를 보는 기분이었습니다. 다 당신들 탓이라고 원망하는 것 같아 가슴이 먹먹해졌습니다.

송이 씨앗을 주시면 저희가 철수하기 전에 복구해 놓겠어요.

나는 입가에 멋쩍은 웃음을 달고 말문을 열었습니다. 세상에 송이 씨앗이 어디 있겠나요? 설령 그 포자를 구했다고 하더라도 번식

시킬 능력이 있기나 하나요? 미안함을 얼버무리려고 해본 말임을 그녀는 알아차리고 먼 하늘로 눈길을 돌렸습니다. 이미 많은 것들을 체념하고 살아온 사람의 반응이란 걸 나는 이내 눈치챘습니다.

남편분께서는 어디 계세요?

아낙네와 난처한 대화를 이어가기가 어쭙잖았습니다. 그런데 그녀의 고개가 더욱 위로 잦혀졌습니다. 얼굴이 아예 하늘을 향했습니다.

피뜩 말하라요. 내 앞에선 말해도 일없소.

어차피 임무를 제대로 수행할 수 없을 바에야 용돈 값이나 확실히 하겠다는 듯 감시원이 나섰습니다. 그녀가 이번에는 고개를 땅쪽으로 떨어뜨렸습니다.

오래전 어디론가 사라졌어요.

남의 아픈 곳을 건드린 것 같아 무안했습니다.

그래서 아이만 데리고 단출하게 사시는군요.

중학교 미술교원으로 일했더랬어요. 하지만 남편이 사라진 일로 당에 누를 끼치는 사람이 되어 교원 자리를 더는 지키고 있을 수 없었어요. 대여섯 해 전 아이와 함께 이 산속에 들어와 농사를 짓기 시작했어요.

아무렇지 않은 것처럼 보이려고 그녀는 애를 쓰는 듯했습니다만, 말투는 남편을 원망하는 것이 틀림없었습니다. 그녀의 사정에 더 귀 기울이고 싶었습니다. 하지만 그녀는 이미 너무 많은 말을 했다는 듯 입을 다물었습니다. 앞에 있는 감시원을 의식하나 했지만, 그것은 남쪽 사람들의 선입견에 지나지 않았을지도 모릅니다. 남에게 속을 털어놓기가 어디 쉬운 일이겠어요.

막사로 돌아온 나는 그날 밤이 깊도록 잠을 이루지 못했습니다. 그녀는 남편이 없는 여자였고, 나는 아내가 없는 남자였습니다. 그녀에게 지속되고 있을 상실감이 내 것인 양 나를 아프게 했습니다.

며칠 후, 서울에 다녀오면서 산 발렌타인 한 병을 들고 현장 소장을 찾아갔습니다. 의자에 비스듬히 기대어 책상 위에 다리를 올려놓고 때 지난 서울 신문을 들여다보던 그가 슬며시 미소를 지었습니다. 물론 나를 보고 웃은 건 아니었습니다. 내 손에 들린 것 때문이었지요.

새 여자가 생겨야 죽은 아내를 잊는다고.

발렌타인을 맥주 컵에 절반쯤 따라 입에 털어 넣은 그가 멸치를 고추장에 찍으며 말했습니다.

그게 아니란데요.

뭐가 아냐. 속이 빤히 보이는데.

어쨌든 그가 공감해 준 덕분에 막사 곁 공터에 작은 밭을 일궜습니다. 일이 없는 시간을 활용했습니다. 그리고 현장의 폐자재를 가져다가 비닐하우스를 설치했지요. 그녀를 데려와 채소를 가꿨습니다. 감시원들은 이처럼 노골적으로 자기네 사람과 접촉하는 것만은 안 된다고 난리를 쳤습니다.

민족끼리 돕고 살아야 한다는 말을 입에 달고 사는 사람들이 도대체 누군데?

결국 이번에도 그들은 한 걸음 물러섰습니다. 남쪽 사람들이 술을 마시고 소곤거리는 말들이 그들을 더욱 나약하게 만들고 있었던 모양이었습니다.

미국이 중국에 무역 보복을 하니까 중국도 어쩔 수 없이 북한에 등을 돌렸대. 북한에 보내는 송유관까지 끊게 될지 모른대.

비핵화를 약속대로 진행하지 않은 흔적이 발견되었다니까 그렇지.

이 가스 파이프 매설공사도 언제 중단하게 될지 몰라. 미국과 중국이 러시아만 좋은 일 시킨다고 막후에서 강력 반대하고 있다는군.

원수님인지 원쑤님인지 하는 사람이 외국으로 망명하면 하루아침에 통일이 될 건데. 그렇게 되면 미국도 그 사람을 보호해 주자고 할까?

그때까지도 남북 정부는 협상을 비교적 순조롭게 이뤄 가고 있었어요. 그런데도 감시원들은 8·15 해방 때 그랬다는 것처럼 협상과 무관하게 통일이 불쑥 이루어질까 걱정하는 기색을 얼핏얼핏 비치고 있었습니다.

송이밭을 망친 죄책감을 뒤늦게 깨우친 동료 기사들이 밭일을 푼푼히 거들어 주었습니다. 그녀는 일하면서 콧노래를 흥얼거리기도 하고, 그걸 들켜 쑥스럽게 웃기도 했습니다. 서서히 희망을 키워 가는 게 느껴졌습니다. 나는 그녀의 집에도 드나들었습니다. 공부를 왜 하는지 모르겠다고 정말 모르는 듯 말하는 그녀의 아들에게 공부를 가르쳤습니다.

수학의 집합 문제를 풀지 못한 아이에게 짜증을 낸 날이었습니다.

남조선 아바이, 이젠 우리 집에 오지 말라요.

아휴 녀석, 이렇게 공부하기 싫어서 어디다 쓰겠니?

나는 아이의 머리에 꿀밤을 한 대 먹이려다 참았습니다.

아바이는 우리 아버지가 될 수 없단 말이야요.

아이의 뜻밖의 말에 나는 입을 하 벌렸습니다. 곁에서 채소를 다듬던 그녀 역시 일손을 멈추고 아이를 빤히 바라보았습니다. 내 진정을 몰라주는 아이가 안타까웠지요. 하지만 나는 이내 내가 이 아이의 아버지가 될 수도 있겠구나, 라는 생각을 처음으로 했습니다. 새 여자가 생겨야 아내를 잊는다는 소장의 말이 그제야 마음에 새겨졌습니다.

차창 밖으로 얼마 전까지 비무장지대였던 곳에서 지뢰 제거작업을 하는 군인들이 보이네요. 파란 완장을 팔에 찬 군인들은 북쪽 군인이고, 빨간 완장을 찬 군인들은 남쪽 군인이군요. 분단시대의 상징색을 희석시키기 위해 당분간 상징색을 서로 바꿔서 사용한다는 신문 기사를 읽은 기억이 납니다.

여어, 친구들아. 나 도명철이 왔다. 다들 우리 집으로 어서 오라. 술 한잔 하자.

나는 옆자리의 도 선생에게 눈길을 돌립니다. 통로 건너편에 앉은 얼굴에 주름이 가득한 노인 둘도 도 선생을 물끄러미 쳐다봅니다. 도 선생이 졸다가 잠꼬대를 한 것입니다. 얼마나 하고 싶었던 말일까요?

어제 한잠 못 잤더니……. 고향에 갈 생각을 하니 영 가슴이 진정되지 않았어요.

자기 목소리에 자기도 놀라 깨어난 도 선생이 멋쩍게 눈웃음을 머금네요.

선생님께서도 90년대 말 고난의 행군 시기에 고향을 떠나오신 건가요?

그보다 한 15년쯤 후…….

먹고살기 힘들어 떠나온 게 아니란 말씀이지요?

북한이 언제 먹고사는 문제로 걱정하지 않는 날 있었어요?

하긴…….

제겐 먹고사는 문제보다 더 곤란한 일이 있었지요. 전 시인이었어요. 삶이 하도 팍팍해서 끄적거려 본 습작시가 반동반역 작품으로 고발되었어요. 3년간 감옥에 갇혔다가 출옥하자마자 도망친 거예요. 한국에 가서 북한 인권운동을 해야겠다, 맘먹었더랬지요.

아, 그럼 선생님이 그 유명한 도명철 시인이십니까?

좀 알려지긴 한 편이지요.

작은 얼굴에 약간 벗겨진 이마, 단단한 입 모양……. 탈북작가로

TV에 자주 모습을 비추던 도명철 시인이 맞습니다. 그가 감옥에 들어간 계기가 되었다는 시가 내 머릿속에 어렴풋이 걸려 있네요. 화성에서 돌아온 뒤부터 갖게 된 북한에 대한 유별난 관심 때문에 기억하는 것이겠지요.

> 국경의 마지막 역
> 벌레둥지 같은 열차는 멎고
> 장사 짐에 짓눌려 두 눈 부릅뜬,
> 차라리 네발걸음이 어울릴, 허리 굽은 인생들이
> 플랫폼에 쏟아진다
> ……
> 차라리 등을 펴길 포기한 사람들
> 차라리 곱사등이 흉내가 편한 나라
> ……
> 오늘은 어떻게 살까 묻는,
> 물음표(?) 모양의 곱사등이들이 쏟아져 내리는
> 아, 공화국의 종착역!
> (도명학 시인의 시 '곱사등이의 나라' 일부)

혼자서만 남으로 오셨지요?

그가 대화 때문에 밖의 풍경을 놓치는 게 아쉬운지 밖을 곁눈질

합니다.

홀로 아이 키우며 살았을 아내에게는 면목이 없네요. 아내에게 남쪽으로 도망친다는 말을 하지 못하고 왔거든요. 도망친 사실을 아내가 알면 내 행방을 모르는 척하기가 어려울 테니 보위부에 당할 게 뻔했거든요. 평양 이모 집에 가서 몸보신이나 하고 오겠다고 거짓말을 하고 집을 떠났는데, 그게 12년의 생이별이 되었어요.

그러셨군요.

당시 아내가 평양에 가려면 평양 사람처럼 차려입어야 한다고 새 인민복 한 벌을 사다 주더라고요. 우리 식구가 세 달쯤 먹을 식량값을 한꺼번에 털어서 산 것이었어요. 두만강을 건너면 바로 벗어서 버려야 할 옷인데, 거금을 쓴 게 어찌나 아깝던지…….

진작 찾아보시지 그랬어요.

왜 그러려고 하지 않았겠어요. 도망칠 때부터 한국에 데려와 함께 살 계획이었어요. 그러나 도무지 찾을 길이 없었습니다. 알 수 없는 곳으로 추방당했더라고요. 통일이 되고서야 얼마 전 이산가족면회소를 통해 사는 곳을 겨우 알아냈습니다.

북쪽 경계 안으로 열차가 들어섰습니다. 그가 창밖에 계속 눈을 팔며 말을 이어 가는 통에 나는 그가 옛 조국을 마음대로 볼 수 있도록 놔주기로 합니다. 얼마나 보고 싶었던 곳이었을까요?

우리가 매설한 가스 파이프라인의 위치를 알리는 노란 팻말들이 철로 변에 보입니다. 나는 좀 으쓱해지는 기분이 됩니다. 도 선생이 저걸 누가 했느냐고 물었으면 좋겠는데, 그럴 기미가 안 보이네요. 러시아산 가스가 파이프라인을 통해 서울로 들어온 뒤부터는 도시가스값이 3분의 1로 뚝 떨어졌습니다. 파이프라인이 통과하는 북측 8개 도시에 통과세 조로 떼어 준 가스로 그들 도시의 에너지 문제도 해결되었다고 하네요. 이것이 준공될 때 언론은 바다거북이 너른 바다에 뜬 판자 구멍에 드디어 목을 내민 격이라고 야단법석을 떨었습니다. 내가 지금 지나는, 모스크바를 거쳐 유럽까지 연결된 이 철도의 개통과 함께 분단 이래 양측 정부가 한 일 중 가장 잘한 일이라고 칭찬해 댔습니다. 남한은 이제 고립된 섬이 아니라고, 세계를 향한 마지막 혈맥을 이었다고 떠들어 댔습니다. 그런 대역사들을 통해서 통일은 성큼성큼 발걸음을 떼었지요.

그래도 전 재혼하지는 않았어요.

도 선생이 큼큼 헛기침을 하면서 네게로 고개를 돌립니다. 자신 때문에 침묵이 길어지는 게 어색했나 봅니다. 아내에 대한 미안함을 이렇게 위안 삼고 있구나, 라는 생각이 드는군요. 나를 매정한 놈이라고 욕하지 마세요, 라는 말인 듯도 하고요. 사실 나도 그녀를 만난 뒤부터는 다른 여자와의 재혼을 꿈꾸지 않았습니다. 공사가 완료되어 우리가 철수할 때 그녀는 내게 선물을 하나 내밀었습니다. 우리가 밭에서 일하는 장면을 그린 유화였습니다. 밀레의 '저녁 종'처럼 황혼 녘 풍경이 담겨 있었습니다. 그림을 잘 볼 줄은 모르지만, 나와 자신을 동료들보다 조금 크게 그려 넣은 것만은 마음에 쏙 들었습니다. 동료들이 어쩌다 집에 와서 그 그림을 보면 애고, 통일이 돼야 저 여자가 네 품에 안기겠는데, 라고 말하곤 했습니다. 그때마다 나는 뻐근하게 가슴을 조이는 통증에 시달렸지요. 눈길이 저절로 먼 하늘로 줄달음질 쳤지요.

선생님은 어떤 일로 가시나요?

조금 전에 노란 표지판 보였죠? 아, 저기도 보이는군요. 저기.

내 손가락을 따라 그의 시선이 움직입니다.

5년 전까지 가스 파이프 매설공사를 했거든요. 함북 화성 공사 구간서. 거기에 아는 분이 있어요.

나는 조금은 자랑스럽게, 조금은 설렘에 젖어서 말합니다.

이런! 저도 화성에 가는데. 아는 분이라면…… 혹시 그때 사귄 여자?

그렇게 보여요?

선생님 표정이 그걸 말해 주고 있어요. 저보다 더 들떠 계셔요. 인생의 새 출발을 앞둔 분처럼.

표정과 제스처의 의사 전달 효과가 말의 여덟 배에 이른다는 글을 본 기억이 납니다. 그녀가 내 맘과 같았으면 정말 좋겠다고 말하려다가 나는 피식 웃고 맙니다. 정말 내 맘과 같지 않으면 어쩌나 하는 근심을 키우고 싶지 않기 때문이지요.

제가 원래 살던 곳은 함흥이라요. 그런데 아내가 지금은 화성에서 살고 있다고 하네요. 그리로 추방을 시켰다는 거야요.

나는 잠시 멈칫합니다. 생각 하나가 낚시에 채인 물고기처럼 머릿속에 딱 걸렸습니다. 행방불명되었다는 그녀의 남편이 이미 그녀를 찾아왔다면? 말도 안 됩니다. 10년이 넘도록 오지 않은 사람이 오겠나요? 아닙니다. 도 선생은 12년 만에 찾아가고 있습니다. 미리 생각해 보지 않은 건 아니지만, 이제야 생각났다는 듯 그것이 설렘의 한편에 께름칙한 먹물 방울을 떨어뜨립니다.

　혹시 부인께서 재덕산맥 부근 장덕노동자구에 사시진 않나요?

　그곳 지리에 대해 아는 척할 겸 한번 물어봅니다.

　맞아요. 그런데 어찌 아시나요?

　제가 일한 곳이 거기니까요. 만날 분도 거기 살구요.

　대답을 해 놓고 보니 머릿속에 걸린 게 또 하나 있군요. 추방이란 낱말이 어쩐지 낮익습니다. 감시원들이 장덕노동자구를 추방골이라고 불렀던 기억이 얼핏 스칩니다. 그땐 조선시대의 귀양지겠거니 여겼습니다. 그녀가 추방당해 와서 산다는 말을 들어 본 적이 없는 게 다행이군요.

　그런데 우리가 공교롭게도 같은 목적지를 가졌다는 사실이 반갑지 않습니다. 그녀의 남편이 시를 썼다는 말을 했나 곰곰이 따져 봅니다. 남편에 대해서는 그녀가 무슨 말을 했대도 내 귀가 담아 두었을 겁니다. 하지만 남편이 어디론가 사라졌다는 것 빼놓고는 들은 게 전혀 없군요. 그녀에게 남편을 상기시키면, 그녀가 나와의 세계에서 남편과의 세계로 도망칠까 봐 의도적으로 묻지 않았던 것 같습니다.

제 아내는 원래 중학교 교사였어요. 산골서 어떻게 농사를 지었는지…….

선생님 연세로 보면, 아이가 한 스무 살은 되었겠죠? 아이가 어머니를 돕지 않았겠어요?

일부러 아이의 나이를 그녀 아이의 나이보다 너덧 살 높여 묻습니다.

아들이 네 살 때 떠나왔으니까 이제 열여섯 살이 되었지요.

아! 그러고 보니 아이의 성이 도가입니다. 왜 이런 중요한 것들이 이제야 생각날까요? 내 뺨을 찰싹 때리고 싶은 기분에 사로잡힙니다.

혹시 우리 가족에 대해서 뭘 좀 들은 이야기가 있어요?

듣긴 뭘 들어요.

나는 심기를 추스르려 애쓰며 대꾸합니다. 하지만 내 말이 퉁명스러웠나 봅니다. 도 선생이 나를 멀뚱히 바라봅니다. 나는 벌떡 일어납니다. 통로를 왔다 갔다 합니다. 미친개처럼. 그렇게 시간이 흐릅니다.

우리 열차, 평양으로 진입하고 있습니다. 3분 후면 평양역에 도착합니다.

안내 방송을 듣고서야 나는 자리로 돌아옵니다. 도 선생이 내게서 의아한 눈길을 거두지 못합니다. 살짝 돈 사람 아닌가 살피는 눈칩니다. 나는 모르는 척 창밖에 한눈을 팝니다. 평양의 고층건물들 사이에 안개가 끼고 있군요. 조금 전까진 산뜻한 날씨였는데, 변덕이 심합니다. 가까이 보이는 105층짜리 류경호텔도 우중충한 안개 속에 서 있습니다. 거리도 썰렁하네요. 예상과 달리 사람들이 별로 보이지 않습니다. 몰래 들어간 남측 사람들이 눈에 불을 켜고 돈 될 만한 걸 찾아 헤맨다더니. 남측에 지하자원을 팔아서 돈이 넘치는 도시가 될 거라더니. 아무래도 정부의 방문 제한이 효과를 내고 있는가 봅니다.

고향에서 뭘 하실 거예요?

나는 심기를 더 들키지 않기 위해 아무거나 묻습니다.

시대가 바뀌었으니까 독재자의 앞잡이 노릇을 했던 놈들을 때려잡아야지요. 주체하자면서 저희들만 주체하고 백성들은 노예로 만들고. 그냥 놔둘 수 있겠어요? 지금은 화합해야 한다는 여론이 크지만, 대한민국 초대 정부가 일제 고등계 형사 쓰듯이 할 순 없어요. 그리고……

도 선생의 말은 계속되지만, 내 귀에는 도무지 들려오지 않습니다.

화성으로 바로 가실 거지요? 같이 가시지요.

도 선생이 열차에서 내리며 묻습니다. 인사치레로 하는 말임이 여실합니다. 속으론 어서 이 정서불안증 환자 곁을 벗어나고 싶을 겁니다.

아뇨. 전 평양서 일을 보고 천천히 가겠어요. 이제 가족을 만나

시면 다신 헤어지지 마세요. 부디 부인을 행복하게 해 드리시고.

그래야지요.

열차에서 쏟아져 나오는 사람들을 피해 우리는 플랫폼 한편에서서 악수를 나눕니다. 환승 통로로 가기 위해 그가 막 돌아서는 순간, 나는 그의 어깨를 붙잡습니다. 무슨 짓을 할지 모른다는 경계심을 그가 보입니다.

이거…….

내 손에 들린 선물 가방을 건넵니다.

아니, 왜요?

저도 선생님의 가족 상봉을 축하해 드리고 싶군요. 약소한 것이에요.

정말 돌았군, 이라고 여기는 도 선생의 눈빛이 한층 뚜렷해집니다. 나는 그의 손에 가방을 억지로 쥐여 줍니다. 그러고는 바쁜 척 서둘러 시내로 나가는 출구 쪽으로 향합니다. 황당해하는 그의 눈길이 내 뒤를 쫓는 것을 느낍니다.

불현듯 죽은 아내가 눈앞에 나타납니다.

자기야, 남 아내 가로채려고 그토록 통일을 기다렸어?

부동산 투기하려고 기다린 사람보다는 낫잖아?

아내의 얼굴이 뾰로통해집니다. 나는 멋쩍게 웃으며 마땅히 갈곳 없는 평양 시내를 멀뚱히 바라봅니다.

단군릉 이야기

장해성

장해성

1945년 중국 길림성 화룡현에서 태어났다. 1962년 북한으로 넘어가 1964년부터 8년 간 정부 호위총국에서 군 복무를 했다. 1972년 김일성종합대학 철학과에 입학했고, 졸업 후 1976년부터 1996년까지 조선중앙방송의 기자로 10년, 드라마 작가로 10년을 일했다. 1996년 5월, 한국에 입국해 국가안보통일정책연구소 연구위원, 국제펜망명북한작가센터 이사장을 역임했다. 장편소설로 『두만강』 『비운의 남자 장성택』이 있다.

날이 어두워진 지도 이슥하다.

박상민 교수는 컴컴한 사무실에 불도 켜지 않고 앉아 어둠에 잠긴 대학 구내를 바라보았다. 김일성종합대학 본청사와 1호 교사 사이에 있는 김일성 동상에만 환하게 불이 켜져 있다. 학생들 몇이 동상 앞 가로등 가를 오락가락하며 공부하는 모습이 보였다.

퇴근할 시간도 한참 지났지만 박상민 교수는 얼른 일어날 생각을 못 하고 있었다. 생각할수록 가슴 뛰는 일이었다. 이날 저녁 퇴근할 시간이 다 되어서였다. 대학 당 책임비서가 찾는다는 전화가 왔다. 올라갔다.

"학부장 선생 오셨습니까. 앉으십시오."

대학 당 책임비서 문명언이 사람 좋은 얼굴로 자리를 권했다. 이 책임비서가 김정일과 동창생이었다고 한다. 그래서 대학을 졸업하고 처음에는 지방 어느 별치 않은 대학에 일반 교원으로 배치되었는데, 이후 김정일이 모든 권력을 잡으면서 김일성종합대학 당 책임비서로 올라왔다. 완전히 하늘 땅 차이다.

물론 박상민이 처음 들어와 본 책임비서 방은 아니지만 정말이지 으리으리하게 꾸려져 있었다. 어떻게 보면 대학 총장 선생 방보다도 더 요란하였다. 책상이며 소파는 말할 것도 없고 전화기만 하여도 십여 대나 놓여 있었다. 그중 빨간 등이 달린 전화기도 있었으니 비록 불은 꺼져 있었지만 그건 틀림없이 김정일과 연결된 전화기일 것이다.

모든 것에서 당을 우선시하는 세상이다 보니 그럴 수밖에 없겠지만, 그래도 이건 너무한데, 하는 생각이 들었다.

"학부장 선생, 오늘 아침 위대한 수령님께서 우리 대학에 교시를 내리셨습니다."

책임비서는 무슨 문서 하나를 꺼내 들더니 마주 와 앉았다.

"위대한 수령님께서 말입니까?"

박상민이 내심 긴장하며 물었다. 그때쯤에는 이미 당의 유일사상체계가 깊어질 대로 깊어진 다음이다 보니 김일성이 교시라면 학부장 정도가 아니라 그보다 훨씬 높은 사람도 긴장할 수밖에 없었다.

"부관장 동지께 하신 수령님의 교시입니다."

책임비서는 문건을 펼쳐 들고 자리에서 일어났다.

김일성의 교시는 꼭 이렇게 서서 전달해야 한다.

"이번에 내 자료를 다시 검토해 보았는데, 평안남도 강동군에 있는 단군릉이 실제로 우리나라 초대 임금 단군릉일 가능성이 높습니다. 종합대학 동무들이 책임지고 그 무덤의 실체를 고증해 보도록 하시오."

김일성의 교시였다.

"그러니까 수령님께서 그렇게 교시하셨다는 말씀입니까?"

박상민이 자기도 모르게 가슴이 후드득 뛰는 것을 느끼며 다시 물었다.

"그렇습니다. 그래서 우리는 이 교시를 역사학부에서 박상민 학부장 선생님이 직접 책임지고 고증해 주었으면 합니다."

"알…… 알겠습니다."

김일성의 교시는 그 어떤 교시든 무조건 알았다고 해야 하고 절대성, 무조건성의 원칙에서 집행해야 한다. 그러지 않으면 머리가 열둘이라도 견디지 못한다.

"그리고 이건 제가 노파심에서 이야기하는 건지도 모르겠지만 학부장 선생님이……."

책임비서가 말을 하다 말고 문득 박상민의 얼굴을 쳐다보았다.

"예?"

"이거 참 뭐라고 할까. 물론 과학적 사료 고증도 중요합니다. 하지만…… 아니 잘 알아서 하리라고 믿습니다."

책임비서는 무슨 말인가 할 듯하다가 그만두었다.

밖으로 나왔다. 사실 박상민 교수가 단군릉에 관해 관심을 가졌던 역사는 오래다. 6·25 전쟁 전 남한의 서울대학교에서 역사학 교수로 있었을 때부터 벌써 관심을 가졌던 것이다. 물론 그때도 단군 왕검에 대해서는 이야기가 많았다.

『삼국유사』에 의하면 옛날 하늘나라 임금 환인의 아들 환웅이 아버지로부터 허락을 받고 삼천 명의 무리를 끌고 이 땅에 내려왔다. 그가 태백산 꼭대기의 신단수 아래에 내려와서 그곳을 '신시'라고 불렀고, 사람들은 그를 '환웅천왕'이라고 불렀다고 한다. 그런데 그때 어느 산골에 곰 한 마리, 호랑이 한 마리가 살았는데 그들이 어느 날 환웅천왕을 찾아와서 사람이 되게 해 달라고 빌었다고 한다. 환웅천왕이 이들을 기특히 여겨 쑥 한 자루와 마늘 스무 개를 주면서 "너희들이 이것을 먹고 100일 동안 햇빛을 보지 않으면 사람이 될 수 있을 것이다."라고 하였다는 것이다.

곰과 호랑이는 정말 그대로 쑥 한 자루와 마늘 스무 개를 먹으면서 동굴 속에서 생활하였는데 호랑이는 도중에 끝내 참지 못하고 뛰쳐나가 사람이 되지 못하였다. 하지만 곰은 끝까지 인내하여 아름다운 여인으로 태어날 수 있었다. 그 여인이 바로 웅녀였다.

웅녀는 혼인할 나이가 되었지만 대상이 없어 못 하고 있다가, 어느 날 신단수 아래에 가서 아이를 낳게 해 달라고 빌었다. 이것을 알게 된 환웅천왕이 잠시 사람 모습으로 태어나 그 소망을 들어주었는데 그가 낳은 아이가 바로 단군왕검이다. 그리고 그 아이가 자라서 고조선 시조 왕이 되었다고 하였다. 이것이 곧 『삼국유사』에 있는 것이니 실로 전설 같은 이야기라 하지 않을 수 없다.

그런데 이후 『고려사』 '지리지'를 보면 강동현 '박달곶촌'이라는 마을에 단군릉으로 보이는 무덤이 있다는 기록이 있다. 그뿐 아니다. 1530년에 편찬된 『신증동국여지승람』에 보면 "평안남도 강동군에 2기의 큰 무덤이 있는데 서쪽에 있는 둘레가 410자 되는 묘가 단군릉이다."라고 씌어 있다.

또 『숙종실록』에는 숙종이 단군 묘와 동명왕의 묘를 해마다 손질할 것을 지시한 것도 있고 『영조실록』, 『정조실록』 들에도 왕들이 평안감사에게 명하여 봄, 가을에 단군릉에 제사를 지내게 하였다는 기록도 있다.

어떻게 보면 전설 같기도 하고 또 어떻게 보면 실제 사실인 것 같기도 하고, 그래서 오래전부터 우리나라 사학계에서는 말들이 많았다.

박상민 교수도 서울에서 교편을 잡고 있을 때부터, 단군이 실화 인물은 아닐까 싶어 언젠가 정말로 꼭 가 보고 싶었고, 자기 손으로 직접 그 사실을 고증하고도 싶었다.

그런데 전쟁이 일어나고 난리 속에 북에 들어온 박상민 교수는 김일성종합대학 교수가 되었다. 전쟁이 끝나자 박상민 교수가 제일 먼저 찾은 곳이 바로 단군릉이었다 해도 과언이 아니다. 실로 그 후 십수 차례 찾기도 하였고, 때로는 거기에 나가 며칠씩 숙식을 하면서까지 '단군릉'의 실체를 파악하려 심혈을 기울였다.

그러다가 1963년이 되어 이와 관련한 김일성의 교시가 떨어졌다. 김일성이 자기도 이 문제를 생각해 보았는데 평양 일대에 단군 임금의 무덤이 있다는 것은 암만해도 이치에 맞지 않는다는 것이다. 다시 말하지만 그때 북한에서도 이 문제를 두고 사학계에서 말들이 많았다. 한쪽은 단군릉이 맞다는 것이었고, 다른 쪽은 그게 아니라는 것이었다.

아니라는 쪽의 이론인즉, 물론 평양 일대에서도 고조선 유물이 적지 않게 발굴되었지만 중국 요동 지방에서 더 많은 고조선 유물이 나왔다는 것이다. 거기에다 평양 일대에서 출토된 유물은 어쨌든 시대적으로 보면 요동 지방에서 나온 유물들보다 훨씬 이후 시기인 것으로 고증된다는 것이다. 그러고 보면 초기 고조선은 분명 요동 지방에 자리 잡고 있었겠는데, 어떻게 그 시조인 단군 임금의 무덤이 평양 일대에 있을 수 있겠는가 하는 것이다.

그래서 논쟁이 그치지 않았는데, 이 문제를 두고 김일성이 그렇게 교시하였으니 이상 더 할 말이 없어졌다.

그래도 끝까지 자기의 학문적 양심을 지킨다고 하던 사람들은 끝내 하나둘씩 소리 없이 없어지거나 좌천되고 말았다. 결국 강동군 문흥리에 있는 단군릉은 역사에 묻히지 않을 수 없었다.

하지만 그로부터 수십 년 세월이 흐른 오늘이다. 그런데 그것도 다른 사람도 아니고 거기에 단군릉이 있을 리 없다던 김일성이 직접 다시 그 무덤의 실체를 고증하라고 하니 박상민 교수는 반가운 생각에 앞서 두려운 생각이 들지 않을 수 없었다.

몇 해 전에도 그 비슷한 일이 있었다.

평안남도 안주에 세워진 백상루에 대한 것이다. 백상루는 612년 고구려와 수나라의 전쟁에서 고구려군이 대승하면서 그것을 기리기 위해 세워진 누각이다. 다시 말해서, 그때 고구려군의 최고 통수권자였던 을지문덕 장군이 살수(지금의 청천강)를 막았다가 퇴각하는 수나라 군대가 강에 들어섰을 때 터뜨려 수몰 작전으로 대승을 거두었는데 그걸 기념해 지은 것이 백상루라고 전해졌다.

그런데 이와 관련해 김일성의 교시가 내려왔다. 그때 고구려는 동아시아에서도 최고의 강성대국이었는데 어떻게 수나라 군대가 수도 가까이까지 쳐들어올 수 있었겠는가 하는 것이다. 김일성이 정말로 몰라서 그런 소리를 했을까.

당시 수양제는 백만 대군을 이끌고 고구려를 쳐들어왔다. 그러다 요동 지역에서 고구려군의 강한 방어에 막혀 들어올 수 없게 되자 우문술, 우중문 두 장군에게 정병 30만을 주어 우회하여 쳐들어가게 하였다. 이에 을지문덕 장군은 그들을 평양성 가까이에까지 끌어들여 피로케 하고 그들의 퇴로를 차단하였다. 그리고 그들이 퇴각하여 청천강에 이르자 수몰 작전으로 대승을 거둔 것이다.

이것이 살수대첩인데 살수가 청천강일 리 없다고 다시 알아보라고 하니 어떻게 한다는 말인가?

그러나 천만다행이라고 해야 할지 이 교시는 그때 사회과학원 조선역사연구소에 떨어졌다. 박상민은 큰숨을 내쉬었다. 하지만 얼마 후 사회과학원에서 발표한 것을 보고는 깜짝 놀라지 않을 수 없었다. 지난 시기 자기들의 주장이 잘못되었다는 것이다. 그리고 살수는 청천강이 아니라 요하의 여러 지류 중 어느 한 지류라고 하였다.

애초에 말도 되지 않는 이야기다. 하지만 지금은 모든 것이 달라진 다음이다. 사실이야 무엇이든 김일성이 노루라면 노루라고 해야지 그걸 아니라고 하면 그것으로 끝이다.

문 두드리는 소리가 났다. 아직 누가 퇴근하지 않은 것일까.

최동식 역사학부 부학부장 선생이 들어왔다.

길주 사람으로 비록 오래전 일이지만 그도 박상민 교수의 제자 중 한 사람이다. 공부는 잘하는 편이었지만 무슨 문제에서든 두뇌 회전이 너무 빨라 사랑도 받고 미움도 받던 사람이다. 그런데 그가 졸업하자 대학에 떨어졌고 얼마간 교원을 하는 것 같더니 강좌장을 거쳐 학부 부학부장까지 되었다.

그가 역사학부 노동당정책사 강좌장으로 있을 때 일이다. 언제인가 그날도 박상민이 할 일이 남아 늦게까지 퇴근하지 못하고 있는데, 최동식 선생이 들어왔다.

"저 학부장 선생님, 아직 퇴근하지 않으셨군요?"

"그래, 이제 막 퇴근하려던 차였는데?"

"다름이 아니라 학부장 선생님도 아시겠지만 요즘 우리 나라에서는 전 사회적으로 위대한 수령님의 혁명적 가정과 초기 혁명 활동에 대해 큰 관심을 가지고 있지 않습니까?"

"그래, 그렇다고 말할 수 있지."

박상민 교수는 영문을 몰라 최동식의 얼굴만 쳐다보았다.

"그래서 말입니다. 이제 잘하면 우리도 좋은 일을 한 건 할 수 있을 것 같습니다."

"무슨 좋은 일인가?"

"아예 세상을 들었다 놓고 위대한 수령님께 큰 기쁨을 드릴 수 있는 일입니다."

최동식의 얼굴에 기쁨이 찰랑거렸다.

"그래, 그 일이 도대체 뭐요?"

박상민은 들어볼수록 무슨 소린지 알 수 없어 다시 물었다.

"위대한 수령님의 혁명적 가정의 내력을 김응우 선생으로 그치지 말자는 것입니다."

"뭐라고?"

그때로 말하면 김일성의 혁명 역사 발굴에 대한 바람이 전에 없이 세차게 불어치던 때다. 그전에는 혁명전통교양이라고 하면 그저 김일성에 의해 조직 진행되었다는 동북 만주에서의 항일무장투쟁까지만 말했다.

그런데 김일성이 1967년 당중앙위원회 제4기 15차 전원회의를 열고, 여기서 자신의 유일사상 체계를 철저히 세울 것에 대해 말하면서 혁명전통교양의 폭을 대폭 늘리라고 하였다. 즉, 자기가 한 혁명 투쟁을 항일무장 투쟁으로만 국한하지 말고 그 이전 시기인 초기 혁명 활동과 자기 가정의 내력에 대해서까지 대폭 늘여 혁명 전통교양을 하라는 것이었다.

다시 말해서 그가 열네 살 나던 해인 1926년에 중국 동북 화전이라는 곳에서 '타도 제국주의 동맹'이라는 것을 조직하고, 그 이듬해에는 길림에서 '공산주의 청년동맹', '반제 청년동맹'을 조직하였으며, 또 '조선인 려길학우회'을 '유길학우회'로 명칭을 고치고 그들을 직접 지도하였다는 것이다.

그뿐만 아니라 그의 가정도 대대로 애국적이며 혁명적인 가정이었다는 것이다. 아버지 김형직이나 어머니 강반석은 더 말할 것도 없고 그의 할아버지, 할머니, 그리고 외가, 나중에는 증조부까지 대대로 애국적이며 혁명적이었다는 것이다.

물론 그러다 보니 여기서 전에 김일성의 가정과 조금이라도 연관이 있었던 사람들은 하루아침에 벼락출세를 하였고, 또 그에 저촉되었던 사람은 천 길 낭떠러지로 굴러떨어지기도 했다.

"그래서 말입니다. 물론 위대한 수령님의 증조부 김응우 선생님이 1866년 미제 침략선 '샤만호'가 대동강으로 올라왔을 때 평양 군민들을 조직 동원하여 그를 격침한 것은 사실이지 않습니까."

그전까지는 그런 말조차 없었는데 그때쯤 그것도 새롭게 발굴된 자료라고 했다.

"그래서?"

그때까지도 박상민은 최동식이 뭘 말하자는지 알 수 없어 그대로 얼굴만 쳐다보았다.

"제 생각인데 위대한 수령님의 혁명적 가정 내력은 절대 여기서 그칠 수 없다고 생각합니다."

"그럼 거기서 그치지 않는다면 어디까지 밝혀야 하는데?"

"학부장 선생님도 잘 아시겠지만 임진왜란 때 평양성으로 쳐들어온 왜장 소서비를 처단한 애국적 명장이 누구십니까?"

"그야 물론 김응서 장군이지."

"그렇다는 말입니다. 그래서 저 생각에는 위대한 수령님의 혁명적 가정을 김응우 선생에서 그치지 말고 연구를 더 심화시켜 김응서 장군까지 이어진다는 것을 우리가 고증하면 어떻겠는가 하는 것입니다."

"뭐라구?"

박상민 교수는 숨이 막히는 것 같았다. 바른대로 말한다면 김일성의 혁명적 가정을 김응우까지 확대하는 것도 숨이 찬 일이다.

박상민은 알고 있었다. 1866년 미국 상선 '샤만호'가 대동강으로 올라왔을 때 김응우 나이는 불과 열세 살이었다. 그런 그가 평양 군민을 조직 동원하여 샤만호를 격침했다는 것 자체도 말이 안 된다. 물론 강가에 나가 구경은 했을 수 있다.

그때 평양은 조선 서북부의 군사 요충지였다. 그래서 조정에서도 평양은 매우 중요하게 여겼고, 여기에는 상시적으로 많은 병력이 주둔했다.

그런데 그들을 모두 젖혀 두고 그때 겨우 열세 살밖에 되지 않은 꼴머슴 김응우라는 아이가 평양 군민을 조직 동원하여 샤만호를 격침했다? 이것부터가 말도 되지 않는 소리다. 그런데 최동식은 이것도 모자라 김일성의 혁명적 가정을 김응서 장군으로 승화시키려 하는 것이다.

하지만 때가 때이니 만치 사실이 아무리 말도 되지 않은 이야기라 하여도 단번에 부정할 수는 없었다. 잘못하면 박상민이 김일성의 혁명적 가정 역사를 왜소화하려고 했다는 의심을 받을 수 있기 때문이다.

박상민은 좋은 생각이라고 연구해 보자고 하였다. 그러나 아무리 생각해 봐도 그대로 둘 수는 없는 일이었다. 그러니 이것을 어떻게 해야 하는가, 그러다가 문득 떠오른 생각이 있었다.

다음 날 아침, 박상민이 출근하여 최동식을 불렀다. 최동식이 개잡은 포수같이 의기양양하여 들어왔다. 박상민이 그에게 김일성의 김씨 본이 어디 김씨인지 아는지 물었다.

"아니 위대한 수령님께서도 본이라니요?"

최동식이 깜짝 놀라 쳐다보았다.

"그럼, 우리 조선 사람은 누가 무슨 성씨를 쓰든 모두 본을 가지고 있는데 위대한 수령님께서만 본이 없단 말이오?"

"위대한 수령님께서 본이라니? 본이라니?"

분명 최동식은 미처 생각지 못했던 일인 듯 생각했다. 김씨면 다 같은 김씨로 알았던 모양이다.

"그래서 내가 알아보았는데 위대한 수령님의 김씨 성은 본이 전주 김씨이고, 김응서 장군의 김씨 본은 김해 김이더구면."

"예?"

최동식은 더 말하지 못했다.

이후 이 문제에 대해 더는 말하지 않았지만, 박상민도 최동식도 이것을 속으로 서로 잊지 못하고 있었다.

"저 학부장 선생님, 이번에 위대한 수령님께서 우리 학부에 단군릉 실체를 고증하라는 교시가 떨어졌다면서요?"

최동식이 말했다.

"아니, 그걸 어떻게 벌써 부학부장 선생이?"

박상민은 놀라지 않을 수 없었다. 자신도 금방 교시 내용을 전달받았는데, 부학부장이 아는 것이다.

"예, 다 아는 수가 있지요."

최동식이 그 얄팍한 입술에 한껏 웃음을 띠고 말했다.

"아니, 꼭 우리 학부라고 밝힌 건 아니고……."

"아, 우리 대학에 떨어진 교시면 우리 학부에 떨어진 거지, 대학에 우리 학부밖에 역사학부가 또 있습니까?"

최동식 부학부장이 하는 말이었다.

하긴 그렇다. 김일성의 교시가 꼭 역사학부에 떨어진 건 아니지만, 그래도 김일성종합대학을 집었으면 그건 이들한테 떨어진 거와 같다.

"그러니까 이제 발굴 연구단을 꾸려야겠지요?"

"그래, 당연히 그렇게 해야겠지."

"아무튼 이번에는 우리가 정말로 제대로 위대한 수령님께 기쁨을 드릴 수 있을 것 같습니다. 안 그렇습니까?"

"그래, 그럴 수도 있지. 하지만 그러자면 우리가 먼저 단군릉의 실제를 고증해야겠지."

박상민이 말은 그렇게 하면서도 마음은 편치 않았다.

금방 대학 당 책임비서한테서 교시를 전달받고 나왔는데 벌써 최동식이 알고 있다는 것부터 마음이 편치 않았다. 그리고 또 아직 그것이 단군릉인지 아닌지 고증된 것도 아닌데, 이번에는 제대로 김일성에게 기쁨을 드릴 수 있을 것 같다는 말도 바로 들리지 않았다.

"아, 위대한 수령님께서 단군릉인 것 같다고 하셨는데 우리가 거기다 뭘 더 고증한다는 말입니까?"

"아니 그럼 고증도 하지 않고 단군릉으로 인정하자는 거요?"

"아니, 그런 건 아니지만……."

"아무튼 우리 이번엔 단군릉 고증을 제대로 해 봅시다."

박상민 교수는 퇴근하여 집에 돌아왔다. 자리에 누웠어도 도대체 잠이 오지 않았다. 그렇게도 오래전부터 꿈꿔 왔던 단군릉 발굴인데, 막상 자신한테 책임이 떨어지고 보니 잠이 오지 않았다. 도대체 어떻게 실제로 단군릉이라는 것을 고증한다는 말인가?

그러다 문득 생각났다. 언제인가 그 마을 늙은이한테서 능에 유골이 있다는 말을 들은 기억이 났다. 이제는 물론 돌아갔겠지만 그 늙은이는 한 생을 거기서 산 사람이었다.

그런데 오래전 그 늙은이가 말했다. 일제가 이 나라를 강점한 지 얼마 후 한 무리의 일본인이 그 능을 도굴하였다는 것이다. 능 표피층을 벗길 때까지는 마을 사람들을 동원하였다. 하지만 정작 묘실이 나오자 마을 사람들을 모조리 밖으로 쫓아 버렸다. 그리고 묘실 내부는 자기들끼리만 들어갔는데 다 끝나고 나오던 중 마지막 한 놈이 두덜거리더란 것이었다. 무슨 무덤이 금붙이는 하나도 없고 다 고삭은 뼈들밖에 없는가 하더라는 것이다.

박상민은 거기까지 생각이 미치자 됐다는 생각이 들었다.

다음 날 아침, 박상민 교수는 여느 때와 같이 학부에 출근했다.

그러지 않아도 전에 없이 최동식 부학부장이 학부 전체 선생들을 모아 놓고 기다리고 있었다.

"학부장 선생님, 아무래도 수령님의 교시 전달도 그렇고 발굴단 조직 문제도 그렇고 필요할 것 같아 제가 모이게 했습니다."

당연한 처사였다. 하지만 그것조차 역시 좋게 생각되지 않았다.

그러나 박상민 교수는 다른 기색을 내보이지 않고 어제저녁 대학 당 책임비서에게서 받은 김일성의 교시부터 전달하였다.

"이미 아는 선생님들도 있으리라고 생각합니다만, 위대한 수령님께서 어제 우리에게 중요한 교시를 주시었습니다."

그리고 교시 내용을 전달하였다.

계속하여 박상민은 단군릉에 깃든 역사적 사연들에 대해 간단히 이야기했다.

즉, 이와 관련하여 『고려사』에는 어떻게 적혀 있고, 또 『삼국유사』에는 어떻게 적혀 있다. 뿐만 아니라 다른 여러 역사적 사료들에도 어떻게 나와 있다. 그런데 지금껏 일부 사학자들은 그런 사료학적 가치들은 모두 무시하고 이 단군 실화를 단순 전설에 불과한 것으로 여기고 발굴에 힘을 넣지 않았다. 그리고 나라가 일제 식민지가 된 다음 일본인들이 여기에서 능을 도굴하였다는 이야기까지 하였다.

"그렇다면 학부장 선생님, 혹시 그 능에 아직 유골이 있는지는 확인되지 않았습니까?"

고고학 강좌장 엄경태 선생이 하는 말이었다.

"아직 정확히 확인된 건 아니지만 그때 일본인들이 유골을 봤다는 말은 있습니다."

"학부장 선생님, 그렇다면 됐습니다. 그전에는 아직 과학기술이 발전하지 못해서 유골이 있어도 연대 측정은 하지 못했겠지요. 하지만 지금은 적어도 그런 유골의 연대를 측정할 수 있는 탄소연대 측정법도 나왔고, 또 전자 상자성 공명법도 나오지 않았습니까. 그걸 해 보면 어쨌든 거기에 있는 유골이 진짜인지 가짜인지 정확하게 밝혀질 게 아니겠는가 생각됩니다."

"옳습니다. 저도 바로 그게 이 문제 해결의 핵심이라고 생각합니다. 여기서 전자 상자성 공명법에 의한 유골 감식은 주로 일만 년 이상 된 유골을 측정하는 데 사용하지만, 오천 내지 만 년 이내의 유골은 탄소연대 측정법을 사용합니다. 그러면 거의 정확하게 유골의 연대 측정을 할 수 있습니다. 이것이 또 오늘 국제 학계가 인정하는 공증 방법이기도 하고 말입니다."

박상민 교수는 밤새 자기가 고심하였던 것들을 이야기하였다.

여러 교수들도 흥분하여 너도나도 끼어들었다.

박상민 교수는 끝으로 자신은 발굴 선발대를 이끌고 현장으로 출발하겠으니 최동식 부학부장은 평성과학원에 가서 그에 필요한 기술 설비들과 시약들을 준비해 오도록 하였다. 그것으로 일단 낙착을 보는 것 같았다.

하지만 회의가 끝나고 막 일어서려 할 무렵이었다. 최동식 부학부장이 일어섰다.

"저 학부장 선생님. 그런데 그것을 꼭 그렇게 연대 측정을 해 봐야 하겠습니까?"

"그게 무슨 말입니까? 그럼 연대 측정을 하지 않고 그 유골이 어떻게 실제로 단군 임금의 유골이라는 것을 식별할 수 있겠습니까?"

"아니, 저의 생각은 위대한 수령님께서 자신께서 자료를 다시 검토해 보았는데 평안남도 강동군에 있는 단군릉이 실제로 우리나라 고조선 초대 임금인 단군릉일 가능성이 높다고 하시지 않았습니까. 그러면서 그 단군릉의 실체를 고증해 보라고 하셨으니 우리로서는 수령님의 깊은 뜻을 헤아려야 하는 게 옳은 일이 아니겠는가 하는 것입니다."

"아니 그럼 고증도 해 보지 말고 인정하자는 겁니까?"

엄경태 선생이었다.

"물론 고증은 해야 하겠지요. 하지만 우리로서는 고증도 중요하지만 수령님께서 그렇게 교시하셨다면 그건 확신이나 같은 것이 아니겠는가 하는 것입니다."

"그러니까 부학부장 선생의 의견은 그럼 고증도 해 보지 말고 그대로 인정하자는 이야기입니까?"

박상민이 말하였다.

"아니, 제 생각에는 그보다는 이 문제는 이미 확인된 것과 같기 때문에 단군릉을 어떻게 새롭게 건설할 것인가 여기에 초점을 맞추고 토론하는 게 더 중요하지 않겠는가 해서 하는 말입니다."

"아니 그거야 확인된 다음 해도 되는 일 아니겠습니까?"

"그럼, 그거야 그렇지. 순서가 고증이 먼저지 건설이 먼저일 수야 없지."

옆에서 여러 선생이 끼어들었다. 결국 그 일은 나중에 다시 토론하기로 하고 회의를 마쳤다. 최동식 부학부장은 그래도 뭔가 마 뜩찮은 표정이었으나 여러 선생들이 그렇게 나오자 더 말하지 못 했다.

회의가 끝나고 점심시간이 거의 되어서였다. 박상민이 발굴 선 발대를 조직하는 일로 엄경태 고고학 강좌장과 토론하고 있는데, 뜻밖에도 대학 당 책임비서가 나타났다.

"저 학부장 선생. 그러니까 최동식 부학부장 선생은 평성과학원 으로 가고 학부장 선생님은 발굴 선발대를 끌고 먼저 현장으로 떠 나기로 했다지요?"

"예, 저희 생각으로는 그게 옳을 것 같아서 그렇게 결정했습니다."

"그럴 수도 있겠지요. 그런데 우리 생각으로는 여기서 가장 기본 적인 문제는 만약 거기에 유골이 있다면 그 연대 측정 설비와 시약 들을 가져오는 게 우선이 아니겠습니까?"

"그거야 그렇지요. 그래서 그건 부학부장 선생님이 맡기로 했습 니다."

"물론 부학부장 선생이 해도 될 수 있겠지요. 하지만 그래도 우 리 생각에는 학부장 선생님은 우리나라 역사학계에서도 명망이 높 으신 분이고 또 과학원에서도 널리 알려진 분이니 차라리 학부장 선생님이 평성과학원에 가고 부학부장 선생이 대신 조사 발굴단 선발대를 이끌고 먼저 나가는 것이 어떻겠는가 하는 생각입니다."

대학 당 책임비서가 조용히 웃으며 하는 말이었다.

생각해 보니 그 말도 그럴듯했다.

"글쎄, 그래도 된다면 제가 평성과학원에 가도 별문제는 없겠지요."

사실 평성과학원에서는 부학부장 최동식보다 박상민이 훨씬 명망이 높은 건 사실이다.

"그럼 그렇게 하는 것으로 하지요. 사실 저도 좀 알아보았는데 여기서 탄소연대 측정법을 이용한 유골 연대 측정이 제일 중요한 문제라고 하더군요. 그러니 이건 아무래도 학부장 선생님이 아니고는 그 누구도 쉽게 해결할 수 있는 일이 아닐 것 같습니다."

"알겠습니다. 그럼 그렇게 하겠습니다."

하여 박상민은 최동식과 분담을 바꾸기로 하였다.

그날 오후 박상민은 당장 평성과학원으로 갔다. 하지만 가면 금방 해결할 줄 알았던 것이 그렇지 못했다. 특히 전자 상자성 공명법에 필요한 시약이나 기술 설비는 그런대로 구할 수 있을 것 같은데 탄소연대 측정법에 필요한 시약들은 아직 외국에서 들어오지도 않았다는 것이다. 다만 다른 곳에서도 그 시약이 필요해서 이미 신청해 놓았으니 며칠 내로 들어올 것 같다는 것이었다.

박상민의 가슴은 타들어 갔다. 생각 같아서는 한시라도 빨리 해결해서 가고 싶은데 그것을 해결하지 못하고서는 아무 소용도 없었다.

사흘만 기다리면 될 것 같다고 하더니 내일, 내일 하면서 결국 열이틀 만에야 시약이 들어왔다. 박상민은 비록 늦기는 했지만 다행이라고 생각했다. 그날로 강동군 현지를 향해 떠났다.

당연히 교통수단이 있을 리 없었다. 그래서 또 애를 먹었다. 천만다행으로 강동까지 가는 낡은 목탄차가 있어서 얻어 탔다. 그가 탄 차가 대동강 맥전나루를 지나고 김일성의 아버지 김형직이 '조선국민회'를 조직했다는 봉화리를 지날 때였다. 300마력짜리 초대형 '블도젤(불도저)'을 실은 차들이 줄지어 나가는 것이 보였다. 또 사람들이 가득 탄 화물차도 보였다. 어디 또 큰 공사판이 벌어졌는가?

대박산이 멀지 않게 보이는 문흥리 초입까지 왔다. 거기서부터는 걸어갈 수밖에 없었다. 차에서 내려 얼마간 걷다 보니 대박산이 온통 사람으로 하얗게 씌운 모습이 보였다. 블도젤만 해도 몇 대씩 우르릉거리고 방송 차도 두석 대는 되는 것 같았다. 방송원이 뭐라고 떠들어 대는데 그 옆으로 구릿빛 나팔을 불어 대는 악사들도 보였다. 또 숱한 사람들이 등짐 같은 것을 지고 뛰어다니는 것도 보였다.

"저기서 도대체 무슨 대공사를 벌여 놓고 난리들인가?"

박 교수는 한동안 넋을 잃고 쳐다보다 그대로 발길을 돌렸다. 단군릉은 거기서도 한참이나 더 걸어 안골이라는 곳에 있었다.

하지만 안골에 거의 다 가도록 사람 그림자 하나 보이지 않았다. 도대체 어떻게 된 일인가? 못해도 부학부장이 이끄는 선발대는 나왔겠는데 왜 그렇게 조용한지 알 수 없었다.

꽤 오랫동안 와 보지 못했지만 단군릉은 옛 모습 그대로였다. 나지막한 울타리며 정갈한 묘역, 누군가 깨끗하게 벌초까지 해 놓았다.

박상민이 영문을 몰라 두리번거리는데 할머니 한 분이 꼴망태를 메고 올라왔다.

"저 말 좀 물읍시다. 여기 며칠 전에 사람들이 능을 발굴한다고 오지 않았습니까?"

"글쎄, 능을 어쩌려고 왔는지는 모르겠지만 한번 와서 돌아보고는 그대로 저기 대박산 쪽으로 나가는 것 같습니다."

"예?"

"저기 보이지 않수. 무슨 공사를 벌이고 있는지, 벌써 며칠째 숱한 사람이 와서 북을 치고 나팔을 불고 요즘은 온통 분주스러워 잠도 제대로 못 자겠수다."

할머니는 쯧쯧 혀를 차며 숲 쪽으로 사라졌다.

박상민은 이해할 수 없었다. 도대체 무슨 일이 생긴 건가? 해야 할 발굴은 하지 않고 부학부장 이 사람이 또 무슨 오그랑수를 쓰는가.

박상민 교수는 할머니가 말하던 공사장 쪽으로 나가지 않을 수 없었다. 다가가면서 보니 멀리서부터 키꺽다리 엄경태 고고학 강좌장 선생이 보였다. 둘러선 학생들에게 무슨 지시를 주는 모양이었다. 그러고 보니 얼굴을 알 만한 학생도 여럿 눈에 띄었다. 모두 흙투성이 땀투성이 몰골이다. 처음 보는 작업복을 입은 남녀 청년도 수없이 보였다.

하지만 그때까지는 무슨 일인지 알 수 없었다. 보는 모습 그대로라면 사람이 한 벌 씌어 산을 온통 발가벗기는 것뿐이다.

박상민이 엄경태에게로 다가갔다.

"아니, 강좌장 선생. 여기서 도대체 뭘 하는 거요?"

"예? 학부장 선생님 오셨구만요?"

그제야 엄경태 선생이 박상민을 알아보고 굽석 머리 숙여 인사했다.

"강좌장 선생, 여기서 도대체 뭘 하는가 말입니다?"

박상민이 다가가며 물었다.

"아니, 저…… 참…… 학부장 선생님은 그새 안 계셔서 잘 모르겠구만요. 그새 여기에 단군릉을 새로 건설하라는 지시가 있었습니다."

"뭐라구?"

박상민은 무슨 소린지 알 수 없었다.

"아니 단군릉을 새로 건설하다니?"

바로 그때 어디서 나타났는지 대학 당 책임비서가 나타났다.

"저 학부장 선생님, 오셨군요. 저 좀 봅시다."

책임비서가 그를 끌고 한쪽으로 갔다.

"책임비서 선생님이 여기 도대체 웬일입니까?"

박상민이 대학 당 책임비서에게 물었다.

"학부장 선생, 진정하십시오. 그새 당의 지시가 있었습니다. 능 건설을 내년 10월 10일 당 창건 기념일까지 끝내라는 것입니다."

"아니, 아직 능 고증 작업은 시작하지도 않았는데 말입니까?"

"고증은 고증이고, 친애하는 지도자 김정일 동지께서는 수령님께서 그렇게 교시하셨다면 거기에 대해 뭘 더 고증하고 말고 할 게 있는가 하시면서 속도전 돌격대도 두 개 여단을 새로 투입하게 해주셨고, 또 필요한 기술 장비와 기계 설비들까지 전부 해결해 주시었습니다."

박상민 교수는 숨이 꽉 막히는 것 같았다. 그때로 말하면 이미 김정일의 유일적 지도 체제가 완성된 다음이다. 그러니 거기에 이러니저러니 토를 단다는 건 말 그대로 호박 쓰고 돼지우리에 들어가는 일이었다.

"학부장 선생. 그런데 선생은 처음 위대한 수령님께서 무슨 자료를 보시고 이번 교시를 내리셨는지 아십니까?"

책임비서가 하는 말이었다.

"예?"

"바로 부학부장 최동식 선생이 올린 자료를 보시고 하신 교시입니다."

"아니, 우리 부학부장 선생이면 위대한 수령님께서 이미 그 능이 절대로 단군릉일 수 없다는 교시를 하신 것을 알아도 잘 알게 아닙니까. 그런데 다시 그런 자료를 올렸단 말입니까?"

"그게 바로 최동식 선생이 박상민 학부장님과 다른 부문이지요. 즉 세월의 흐름과 함께 변화하는 세상 만물에 대해 누구보다 먼저 읽는 그것이 바로 최동식 선생의 능력이지요."

바로 그것이었다. 그것이 절대로 단군릉일 수 없다는 김일성의 교시는 1960년대 초에 한 것이다. 그런데 그 후 많은 세월이 흘렀다. 오늘에 와서는 김일성이 우리 인민의 수천 년 역사에서 처음으로 모신 위대한 수령이라고 되었다.

그러면 모든 것이 완전히 달라졌다는 것을 의미하는 것이 아닌가. 결국 거짓된 충성심과 권력의 우매함이 결합하여 나라가 녹아나고 역사는 왜곡되는 것이다.

박상민은 최동식의 놀라운 잔머리보다는 나라의 앞날이 더구나 걱정되어 저절로 한숨이 나왔다. 마침 멀지 않은 곳에서 호각을 불며 지휘하는 사람이 보였다. 부학부장이었다. 아주 신이 나서 학생들을 지휘하고 있었다. 대학생들은 그의 신호에 따라 땀주머니, 물주머니가 되어 들것을 들고 달리고 또 달렸다.

그 옆에서 경제선동대는 붉은 깃발을 휘두르며 더 빨리 달리라고 독려하고 있고, 취주악대는 째지는 소리로 나팔을 불어 대고 있었다. 김정일의 '친위대 돌격대'가 되자는 곡이었다.

박상민 교수는 그 자리에 주저앉았다. 이 나라는 도대체 앞으로 어떻게 될 것인가.

그때로부터 일 년 후 마침내 단군릉 건설이 완성되었다.

삼합 닭곰 집에서

이성아

이성아

1960년 밀양에서 태어나 1998년 『내일을 여는 작가』에 「미오의 나라」를 발표하면서 작품 활동을 시작했다. 창작집으로 『절정』 『태풍은 어디쯤 오고 있을까요』가 있으며, 북한 인권을 말하는 남북한 작가 공동 소설집 『국경을 넘는 그림자』와 『금덩이 이야기』 『꼬리 없는 소』에 참여했다. 북송선 이야기를 다룬 장편소설 『가마우지는 왜 바다로 갔을까』로 제11회 세계문학상 우수상과 아르코문학상을, 단편소설 「그림자 그리기」로 제3회 이태준 문학상을 수상했다.

1

그는 식당 간판을 오랫동안 쳐다보고 있었다.

삼합 하고도 닭곰집이었다. 한글 옆에는 간자체로 '三合土鸡店'
이라고 쓰여 있었고, 암탉 세 마리가 삼각형 구도를 이루며 그려져
있었다. 하얀 아크릴로 만든, 단순 소박한 간판이었다. 실크스크린
으로 출력한 음식 사진을 덕지덕지 붙여 놓은 남한의 식당과 비교
하면, 무심 타법에 가까웠다.

그나마 강바람과 햇빛이 착실하게 지워 가는 중이어서 순백의
아크릴 상태로 돌아갈 날이 머지않아 보였다. 어쩐지 색조 화장을
지운 여인의 민얼굴을 떠올리게 했는데, 깨끗하다기보다는 지쳐
보이는 쪽에 가까웠다.

밥 먹는 데지, 뭐. 더 궁금한 거 있어? 간판은 그렇게 말하는 것
같았다.

식당이라고는 사실 이곳 한 곳뿐이었고, 그나마 가정집을 개조

한 곳이었다. 경쟁적으로 간판을 내걸 이유가 없었다. 유동 인구라고 할 만한 게 있을 리 만무했다.

　두만강 변의 식당이었다. 강 건너가 북한이었다. 그곳에는 높은 산이 병풍처럼 일렬로 늘어서 있었는데, 견고한 장벽 같은 산이 늘어서 있기에는 맞춤한 위치였다. 산자락을 따라 지붕 낮은 집들이 납작 엎드려 있었다. 그곳까지 거리가 얼마나 될까. 1킬로가 될까 말까? 가늠이 잘 되지 않았으나 인기척이 전혀 느껴지지 않아 마치 세트장처럼 보였다. 한겨울의 두만강은 수량이 부쩍 줄어든 데다 꽁꽁 얼어붙어 있었다. 어렸을 때 그가 썰매를 타고 놀던 마을 앞의 강과 다르지 않았다. 그러나 이곳은 그렇게 노는 곳이 아니었다. 공연히 으스스해져야 하는 곳이었으나, 사실은 별로 그렇지도 않았다.

　이래도 되나 싶을 만큼 긴장감이나 경계심이 느껴지지 않았다. 북한이다, 생각하고 봐서 그렇지 눈을 가리고 데려와서 풀어놓았다면 강원도 산골짜기라고 해도 믿을 것 같았다.

　일행들이 미니버스를 타고 온 길은 두만강을 따라 죽 이어진 비포장도로였다. 길은 텅 비어 있었다. 자동차는 물론이고 사람도 개새끼 한 마리도 보이지 않았다. 총을 든 경비병도 없었다. 물론 이쪽은 중국에 속한 지역이니까 그렇다고 해도 강 건너에도 경비병이나 초소는 눈에 띄지 않았다. 그의 눈에 보이지 않는다고 없다고 할 수는 없었다. 어디에선가는 이쪽을 지켜보는 눈이 있을 터였다.

삼합은 이곳 지명인 듯했다. 삼합이라……. 무엇 세 가지가 합쳐
진다는 걸까.

"실향민도 아니면서, 웬 감상이십니까? 들어가시죠. 얼어 죽겠
어요."

화장실에 다녀온 김 기자가 몸을 부르르 떨면서 식당 안으로 들
어갔다. 고향 후배인 김 기자는 신문사를 퇴사한 후 여행사 일을
도와주며 밥을 먹고 있었다. 대북 관련 기사를 전담했던 탓에 이쪽
으로 발이 넓었다. 조선족 가이드와도 오래 묵은 인연 같았다.

조금 전만 해도 여기저기 흩어져 두만강 건너를 살펴보던 일행
들은 어느새 모두 안으로 들어가고 그만 혼자 마당에 남아 있었다.

그가 옷깃을 여미며 몸을 돌리는데 무슨 소리가 들렸다. 흠칫 놀
라 뒤를 돌아보았다. 하지만 을씨년스러운 좀 전의 풍경 그대로였
다. 꽁꽁 얼어붙은 들판에 누가 있다고……. 거기 누가 있어 그를
부르겠는가. 그러나 그는 선뜻 안으로 들어가지 못하고 자꾸만 뒤
를 돌아보았다.

2

김 기자가 바람이나 쐬고 오자며 여행을 권했을 때 그 자리에서

폰뱅킹으로 경비를 입금한 건 순전히 홧김이었다. 그는 잔뜩 화가 나 있었다. 억울하고 답답했다. 온 세상이 그에게 등을 돌린 것 같았다. 물론 세상 따위야 그에게 한 번도 호의를 보여 준 적이 없었다. 부모는 무학에 무능력자였고 형제들은 그가 고학으로 딴 대학 간판이 대단한 백이나 되는 줄 알고 뭐라도 뜯어 가려고 덤볐다. 흙수저의 전형이었다. 그래도 실낱같은 거라도 조상에게 물려받은 게 있지 않을까, 샅샅이 뒤진 끝에 찾아낸 건, 눈치 하나는 빠르다는 것! 비정할 정도로 가진 것 없는 집안 장남으로 태어나, 이 정도나마 살 수 있었던 건 다 그 덕이라고, 그것 빼고는 설명이 안 된다고 그는 생각했다. 아는 사람보다 모르는 사람이 더 많은 경제 단체지만 출판부서장까지 지냈고, 관련 신문사로 자리를 옮겨 논설위원 타이틀도 달았다. 신도시에 중형 아파트도 장만하고 하나 있는 딸도 남부럽지 않게 키웠다. 눈에 넣어도 아프지 않은 딸이었다. 허접한 것들 눈치를 보며 굽신거린 건 다 가족들 때문이었다. 딸만큼은 자기 같은 모멸감을 당하지 않고 살기를 바랐다. 그런데 그 딸이 그에게 무슨 짓을 한 것인가. 사랑하는 것이 아프게 한다고 했던가.

처음에는 딸이 상처를 입었다고 생각했다. 안 그래도 얼굴 보기도 힘든 딸이었다. 인터넷 신문사에 취직한 후로는 자정 전에 귀가하는 걸 볼 수 없었다. 주말 저녁에도 세 가족이 오붓하게 식사 한

번 못 했다. 그런데 며칠 전부터 딸에게서 시베리아 냉기가 끼쳤다. 욕실이나 냉장고 앞에서 마주칠 때, 오늘도 늦느냐, 밥은 챙겨 먹고 다니느냐, 몸 상하면 안 된다, 힘든 일은 없냐, 진상 선배는 없냐, 그는 세상 가장 다정한 표정과 목소리로 딸에게 물었으나 돌아오는 대답은 짧디짧았다. 네, 아니요, 괜찮아요, 걱정하지 마세요, 신경 쓰지 마세요. 욱 치밀어 오르려는 걸 그는 꾸욱 눌렀다. 눈에 넣어도 아프지 않을 나이는 아무래도 지난 것 같았다. 그럼에도 세상에서 가장 사랑하는 존재였다. 신문기자 초년병이면 한창 오만할 나이였다. 세상 정의가 자기 손에 달린 것처럼 착각할 때였다. 하지만 세상이 호락호락하지 않다는 걸 느끼는 건 그리 오래 걸리지 않을 터였다. 그럴 때 딸의 울타리가 되어 줄 사람이 자신밖에 더 있겠는가.

그런 날이 정말 왔다. 현관 앞에 떨어진 조간신문을 가져오는데 가느다랗게 울음소리가 들렸다. 딸 방에서 나는 소리였다.

아내도 소리를 들었는지, 주방에서 아침 준비하던 걸 멈추고 고개를 빼꼼 내밀었다. 아내는 분명히 뭔가 아는 것 같은데 입을 꾹 다물고 있었다. 딸이 머리가 굵어지면서부터 그와 대화시간이 줄어든 건 그렇다고 치자. 아내까지 덩달아 못마땅한 표정으로 뚱하고 있는 건 참을 수가 없었다.

"내 말이 말 같지 않아?"

그는 밥숟가락을 탁, 소리가 나게 내려놨다. 밥그릇이 팽이처럼 때구루루 돌았다. 식탁 유리가 쨍 소리를 냈으나 깨지지는 않았다. 아내는 겁먹은 얼굴로 어깨를 움츠렸다. 유세를 하듯이 입을 꾹 다물 땐 언제고 피해자연하며 눈치를 보는 건 또 뭔가. 짜증이 머리 끝까지 솟구쳤다. 그는 아내의 팔을 휘어잡고 방으로 끌고 갔다.

아내는 고개를 외로 꼬고 코를 훌쩍거리며 말했다.

"댓글인가 뭔가 때문에……."

댓글? 그도 댓글이 뭔지 안다. 지금은 명퇴를 했지만 신문사 논설위원 시절 출근하면 인터넷으로 신문 보는 게 일과의 시작이었다. 처음에는 도무지 익숙해지지가 않더니, 댓글이라는 걸 보게 된 후부터는 댓글 보는 재미로 인터넷 신문에 익숙해졌다. 톡톡 튀는 감각과 재기가 놀라웠다. 어떤 댓글은 기사보다 더 촌철살인일 때도 적지 않았다. 옮겨 적고 싶을 만큼 인상적이고 재치가 넘치는 것도 많았지만, 무섭게 적대적이고 공격적인 글도 적지 않았다. 쌍욕과 조롱, 비하가 뒤섞인 인신공격성 댓글을 보노라면, 세 치 혀가 사람 잡는다는 오랜 격언은 바뀌어야 할 것 같았다.

"자네, 요즘 글 중에 공포와 스릴이 압도적인 장르가 뭔지 아나?"

"미스터리 추리소설이요?"

"노노, 댓글 장르라네."

동료들과 이런 농담을 주고받기도 했다. 그런데 딸이 댓글 공격을 당하고 있다는 거였다. 아버지이기 전에 기자 선배로서 딸을 방어하고 보호하고 격려와 위로를 해 줘야 한다는 책임감이 불끈 솟았다. 그는 딸의 기사를 검색해 보았다. 문제의 기사는 페미니즘 관련 기사였다. 강남역 살인 사건에서부터 홍대 누드모델 몰카 사건, 그리고 혜화역 시위에 이르기까지 이즈음 페미니즘 운동의 흐름을 짚은 후, 지나치게 남녀 성 대결로 몰아갈 경우 한 단계 진보하려는 한국 페미니즘의 흐름에 오히려 역풍을 부를 수도 있다는 진단을 내리는 기획 기사였다. 역사적으로 남녀평등의 진전을 이루어 낸 것은 마녀사냥에도 굴하지 않고 헌신적으로 투쟁했던 선각자들임이 사실이나 남성과 여성은 서로를 싸우고 공격해야 할 대상으로 여길 것이 아니라 조화를 이루어 나갈 방안을 찾아야 하며, 정작 싸워야 할 상대는 고정관념과 편견으로 가득한 가부장적이고 기득권적인 가치라는 게 기사의 결론이었다.

솔직히 딸의 기사는 그가 쓴 것보다 99.9배는 격조가 있었다. 한낱 이권 단체의 기관지 비슷한 신문에 쓰는 논설이라는 건, 99.9퍼센트가 억지 논리였다. 그런 허접한 글에 댓글을 다는 사람은 물론 없었다. 그런데 딸의 기사에 달린 댓글들이 너무나 악의적이었다. 토론이나 반론의 분위기는 아예 씨가 말랐고 인신공격성 글이 대부분이었다.

"니가 지금 그따위 개쓰레기 같은 기사 나부랭이를 쓰고 자빠져 있는 게 선각자분들이 흘린 피 덕분이라는 건 알고 있냐?"

"공주병 걸린 환자들이 이런 충고 하고 자빠졌음."

"너 같은 년들 때문에 페미들이 공격당하는 것이다."

감히 누구에게 이따위 막말을……. 온갖 욕설도 흥미진진하게 읽곤 하던 그였지만 화살이 딸에게로 향하자 걷잡을 수 없는 분노가 솟구쳤다. 처음 분노가 향한 곳은 딸이었다. 그는 딸의 사회생활을 반대했었다. 사회라는 건 진흙탕 같은 정글이므로 여성들은 가능하면 발을 들이밀지 않을수록 좋다는 게 그의 믿음이었다. 그가 사회생활을 하면서 만난 여성들도 차마 대놓고 말하지 못해서 그렇지, 그들이 진짜 바라는 건 돈 잘 버는 남편 만나 편하게 사는 것이었다. 말처럼 쉬운 일이 아니어서 그렇지, 그게 현명한 생각이었다. 페미니스트들이 아무리 깃발을 높이 들어 봐야 남녀가 평등한 세상은 이상이고 꿈일 뿐이었다. 사회가 돌아가는 원칙은 공명정대가 아니고 네트워크였다. 학연, 혈연, 지연, 솔직히 거기에는 남녀가 따로 없었다. 흙수저인 그에게도 그 이상은 넘사벽이었다.

그렇다고 그가 여성들의 사회생활을 무조건 반대하는, 그렇게 꽉 막힌 사람은 아니었다. 여자도 사회생활을 좀 해 봐야 남자들이 처자식들 먹여 살리기 위해서 어떤 굴욕을 감수하는지, 이해의 폭도 넓어질 테니 말이다. 아내가 그랬다. 직장 생활이란 걸 해 본 적 없는 아내는 남자들의 세상을 조금도 이해하지 못했다. 상사들이 부르면 주말에도 달려가야 하고 여자들 있는 룸살롱에서 난삽하게 노는 게, 좋아서 하는 짓이 아니라는 걸 몰랐다. 그 자리에 불러주지 않는 순간, 금 밖으로 밀려났다는 의미라는 걸 말이다.

딸은 신문사 기자질을 좀 하더니 제법 말에 가시가 돋기 시작했다. 그가 무심결에 아내를 무시하는 발언을 하면 딸은 그 자리에서 자신을 비판했다.

"아버지는 엄마가 가사 도우미인 줄 아세요?"

"엄마도 의견이 있으실 건데, 들어 보세요."

전에 없이 아내가 동창들과 일박으로 여행을 다녀오겠다는 말을 할 때는 딸을 내세워 허락을 받기도 했다. 그가 마지못해, 허락한다고 말했더니 딸은 그것마저 비판했다.

"허락이라뇨. 엄마도 훌쩍 바람 쐬러 가고 싶을 때가 있는 거예요. 아버지가 어디 갈 때 엄마한테 허락받은 적 있어요?"

그게 다 기자질 초기 증세라고, 그는 선배 기자로서 격려 차원에서 어여쁘게 봐주었다. 한편으로는 물론 서운했다. 가족을 보호하려는 마음은 헤아리지 못하고 페미니즘이라고는 한 개도 모르는 가부장주의에 찌든 꼴보수라고 생각하는 것 같았다. 딸이 아닌 다른 누가 그런 말을 했다면 못 참았을 것이다. 하지만 딸이었다. 쥐면 꺼질까 불면 날아갈까 애지중지하던 무남독녀 외동딸이었다. 거기에 무슨 논리가 있단 말인가.

그런데 댓글 뒤쪽으로 가면서 이상한 글들이 눈에 띄기 시작했다.

"알고 봤더니 아버지가 종편 보수꼴통 막말 주자더군."

"아, 더 이상 할 말 없다. 그 아버지에 그 딸이구나."

"탈북녀를 간첩, 포르노 배우로 몰아붙였던 그 작자 딸이었군. 세상에나."

"딸이랑 같이 포르노를 보는 아주 평등한 집안일지도⋯⋯."

"헐, 탈북자를 간첩으로 몰아붙였던 꼴통 딸이었군."

"아버지가 꼴통종편 패널이라는 걸 세탁하려고 딸은 진보 신문사로?"

네티즌 수사대들이 신상을 털면 꼼짝 못 한다더니, 자신이 그렇게 당하고 있는 줄은 꿈에도 몰랐다. 꼴통종편 패널이라니, 참을 수 없는 모욕이었다. 딸이 자신을 비난하는 것과 이것은 완전히 별개의 문제였다. 게다가 자신은 정작 딸과 대화 한번 제대로 못 했는데, 딸과 자신을 이렇게 굴비처럼 엮어서 동시에 비난을 하다니, 이거야말로 빨갱이들 식의 인민재판 아닌가. 부모에 대한 모욕이 자신이 당하는 모욕보다 더 치욕적이라는 걸 알고 하는 짓이었다. 비열하기 짝이 없는 놈들이었다.

오죽했으면 당차기만 하던 딸이 방에 틀어박혀서 울고 있겠는가. 악의적인 댓글러들은 모조리 싸잡아서 명예훼손으로 고소할 작정이었다. 그보다는 딸을 위로하는 게 먼저였다. 아버지로서보다는 선배 기자로서. 그런데 딸은 걸어 잠근 방문을 열지 않았다.

그리고 며칠 후 딸의 방이 휑하니 비어 있었다. 추궁하는 그에게 아내가 더듬거리며 말했다.

"이제는 자기도 성인이라고⋯⋯ 돈도 벌고, 회사까지 멀기도 하고⋯⋯."

"그래서?"

"그래서 방을 얻어서 독립을 한다고……."

그날 김 기자를 불러내 술을 마셨다.

3

인천공항에 모인 일행은 열대여섯 명쯤 되었다. 중국항공 카운터 부근에서 김 기자를 발견하고 걸어가던 그는 실망감을 감출 수 없었다. 일행 대부분이 여자들이었고, 남자는 김 기자 주변에 서성이는 서너 명이 다인 것 같았다. 명퇴 후에 느끼는 건, 우리나라 여자들처럼 팔자 좋은 여자들도 없다는 거였다. 남편 출근하고 아이들 학교 가고 나면, 수영과 헬스로 몸단장을 하고는 브런치 카페에 모여서 수다를 떨었다. 점심 무렵에 이탈리아 식당에 한번 갔다가 남자라고는 오직 그 혼자뿐인 걸 발견한 후 다시는 그런 데를 가지 않았다. 예술의전당에서는 유한마담들을 위해서 대낮에 실내악단 연주와 콘서트 등을 기획했다. 해외여행을 나가 봐도 여성 천국이었다. 그 생각을 하자, 또다시 모녀에 대한 적개심이 불타올랐다.

패키지 단체 여행은 처음이었다. 술에 취해서 홧김에 질러 버린 여행이었다. 낯선 사람들과 섞여서 닷새나 함께 지낼 생각을 하니 숨이 막혔다. 그러나 그동안 온갖 모멸을 감수하며 먹여 살린 공도 없이 자신을 따돌리는 모녀를 생각하면 더더욱 숨이 막혔다. 명퇴

후 몇 개월 동안 쏠쏠하게 용돈 벌이를 했던 종편 출연 섭외도 끊어진 마당에 자신도 자유를 만끽하고 싶었다. 가방을 싸는데, 아내가 물었다.

"어디 가세요?"

그는 대답도 하지 않고 보란 듯이 집을 나왔는데, 공항에 도착할 때까지 아내로부터 전화 한 통 오지 않았다. 혹시 전원이 꺼진 건 아닌지 몇 번이나 확인하다가 혹시 못 들을까 봐 진동 모드를 해제했지만, 전화는 오지 않았다.

중년 여인들만 우글거리는 걸 보자 다시 집으로 돌아가고 싶어졌다. 그와 김 기자를 포함해서 다섯 남자는, 성긴 머리숱에 흰머리가 절반이고 자기 관리가 뭔지도 모르는 술배 불룩한, 고만고만한 중년 사내들이었다. 해외여행 간다고 선글라스를 머리에 꽂고 어떤 이는 중절모도 쓰고 있었지만, 등산복 바지만큼은 포기하지 못하는 후줄근한 중년일 뿐이었다. 어쨌거나 그들도 사회의 중심에서 떨려 나온 자들일 터였다. 그들 중에 탈북자도 끼어 있었다. 일행들을 한 명씩 소개하던 김 기자는 유독 그에 대해서는 소개말이 길었다.

"여기 최용성 선생님은 고향이 함경북도 청진입니다. 네, 맞습니다. 탈북하신 분입니다. 벌써 십오 년쯤 되셨죠? 이제는 탈북민이라는 말을 쓰기도 좀 거시기하지만, 이번 여행 컨셉이 '탈북 루트를 가다' 아닙니까? 그래서 제가 특별히 모셨습니다. 여행 중간에 최

선생님이 탈북 때 에피소드를 간간이 들려주실 겁니다. 우리 여행이 한층 더 실감 나고 남과 북이 서로를 이해하는 데 도움이 될 거라고 생각합니다."

탈북 루트를 가다? 그는 처음 듣는 말이었다. 연변 여행을 간다는 말에 따라나선 길이었다. 여행 계획서를 보니 두만강과 도문 지역도 일정에 포함되어 있었다. 다른 사람은 몰라도 최 선생은 자신이 종편 패널이었다는 걸 알아볼 것 같았다. 그러자 더더욱 여행에서 빠지고 싶어졌다. 유일하게 의지할 수 있는 김 기자는 인솔자가 되어 사람들을 챙기느라 바빴다.

최 선생이 인사를 하자 여인네들의 박수 소리가 유난히 컸다. 고난의 행군 시기 전에 태어난 덕인지 집안 내력인지, 키가 그보다 머리 하나는 크고 숯검댕이 눈썹에 높은 콧날, 선이 분명한 입매가 젊을 때는 여인네 꽤나 후렸을 인상이었다. 결정적으로 입담이 좋았다.

그 자신이 은근히 따돌림당하고 있다는 걸 느낀 건 여행이 사흘째로 접어들 무렵이었다. 사실은 그가 먼저 원한 것이었다. 그는 문학소녀 취향의 중년 여인들과 노닥거릴 기분이 아니었다. 그들을 볼 때마다 아내와 딸이 떠올랐고 분노가 솟구쳤다. 그러나 자신이 원해서 따돌림당하는 것과 타의에 의해 당하는 건 다른 것이었다. 여정이 하루 이틀 지나면서 최 씨 주변으로 사람들이 모여들었다. 식당에 가도 그가 앉은 테이블의 자리가 먼저 찼고, 버스 옆자리는 언제나 누군가 앉아서 대화에 열을 올리고 있었다. 탈북 스토리가 뭐 대단하다고 그가 말할 때마다 중년의 문학소녀들은 눈물을 그렁거리며 감동하고 연민의 표정으로 그를 바라보았다. 하얼빈 빙등 축제에서도 그는 이 사람 저 사람과 돌아가며 사진을 찍느라고 바빴다. 영하 40도까지 내려가는 추위였다. 코와 귀가 떨어져 나갈 것 같아서 커피숍을 찾아 들어갔는데, 일행들이 왁자하게 떠들며 커피를 마시고 있었다. 그쪽으로 가려고 보니 어느새 거기 또 그자가 있었다.

열이 확 오르고 짜증이 일었다. 그는 그들 눈에 뜨이고 싶지 않아서 커피를 들고 기둥 뒤쪽 자리를 찾아 앉았으나, 말소리는 거기까지 들려왔다.

"김일성 생일날 노래극을 준비했단 말입니다. 그때 찬양 시를 썼는데, 우리의 태양은 하나밖에 없다, 이 말이 수령을 물건에 비유했다고 해서 사상 검증을 받았단 말입니다. 그 일 때문에 입당은 포기했어요. 먹고살 길을 찾다가 우연히 CD 장사를 시작했는데 그때 한류 드라마를 처음 봤어요. 아주 푹 빠졌어요. 식량은 없어도 드라마는 못 놓친다고 할 정도였으니까, 말 다 했지. 인권이니 자유니 하는 거, 한국 드라마 보면서 배웠잖아요. 그전에는 그런 개념도 없었어요."

그는 자기도 모르게 그의 말에 귀 기울이고 있었다. 북한에서 시인이었다고 했다. 북한 정권에 대해 비판적인 시 몇 편을 썼고 그걸 감춰 두고 있다가, 어느 날엔가 술에 취해서 가장 친한 친구에게 보여 줬는데 친구가 그걸 밀고하는 바람에 수용소에 끌려가서 치도곤을 치렀고, 그 후에 탈북했다고 말했다. 여인들은 마치 자신들이 수용소에 끌려가기라도 한 듯 온몸을 부르르 떨었다.

솔직히 고백하자면, 그도 인정했다. 최 선생 말을 듣고 있노라면 그도 빠져들었다. 전 세계를 손안에 놓고 속속들이 들여다보는 요즘 같은 세상에 유일한 금단의 지역이 북한 아닌가. 게다가 그는 목숨을 걸고 그곳을 탈출한 사람이었다. 거기에다 말재주까지 뛰어났다.

탈북자들이 출연하는 프로그램을 보고 있노라면 말 못 하는 사람은 하나도 없었다. 물론 말 잘하는 사람들을 가려 뽑았으니 그렇겠지만, 요는 말맛이었다. 북한 말은 어딘지 모르게 잊고 있던, 혹은 퇴화해 버린 정서를 묘하게 건드리는 지점이 있었다. 너무 리얼하고 노골적이어서 얼굴이 화끈거리는 말도 곱씹어보면 오히려 구수한 정감이 느껴지는 거였다. 투박하고 거칠지만 속정이 느껴졌다. 예의와 세련된 교양미로 잘 연마된 남한 말에서는 더 이상 느낄 수 없는 정서였다. 게다가 그들의 말솜씨는 매일 총화 시간에 자아비판을 하며 다져진 것이었다.

그런 점에서 그는 경각심을 느꼈다. 탈북자들에 비하면 남한 사람들은 너무 수동적이고 나약했다. 탈북자들 숫자가 많아지고 세력이 커지면 그 기세에 눌릴 게 뻔했다. 이렇게 심각한 문제를 누구도 지적하는 사람이 아무도 없다는 데 문제의 심각성이 더 컸다.

지금도 보라. 최 씨의 말솜씨에 여인네들이 녹아내리고 있지 않은가 말이다.

그렇게 생각하니 또 화가 치밀었다. 젠더 감수성은 고사하고, 인간 존재에 대해 최소한의 예의와 감수성조차 메말랐다고 했던가? 허락은 고사하고 그에게 인사조차 하지 않고 방을 얻어서 나간 딸이 보내온 장문의 메시지 속 문장이었다. 댓글 사건 이후 딸은 그가 출연했던 종편 방송을 찾아본 것 같았다. 이런 사람이 자기 아버지라는 게 너무 충격적이었다고, 딸은 쓰고 있었다. 그건 그가 할 말이었다. 평생을 살아오면서 이렇게 충격적인 비난은 들어 본 기억이 없었다. 다른 누구도 아닌 딸로부터 이런 비난을 들을 줄은 꿈에서도 상상하지 못한 일이었다.

4

오수정을 처음 본 건 탈북자들이 나오는 티브이 토크쇼에서였다. 얼굴도 예쁘장한 데다 애교와 끼가 철철 넘쳤다. 4차원 소녀처럼 엉뚱하고 발랄한 그녀는 방송에 최적화된 캐릭터였다. 북한

처럼 억압적인 사회에서 어떻게 그녀처럼 구김살 없는 성격이 형성될 수 있는지, 의심스러울 지경이었다. 그런 매력 덕분에 탈북녀 중에서도 아이돌급 인기를 누리고 있었다. 잘생긴 남자 연예인과 가상 부부로 출연하는 다큐 예능 프로에도 출연했고, 팬 카페까지 생겼다.

그도 그녀와 같은 프로그램에 출연한 적이 딱 한 번 있었다. 예능 포맷의 토크 프로그램이었다. 북한 여성들의 소비생활이 주제였는데, 그녀는 톡톡 튀는 찰진 북한 말로 좌중을 휘어잡았다. 평양 여성들의 명품에 대한 욕망, 수단과 방법을 가리지 않고 온갖 꾀를 다 짜내어 그걸 손에 넣는 여성들에 대한 조롱, 고위급 인사 자녀들의 도가 넘는 사치스러운 소비생활 대부분이 불법이라고 할 만한 것들이지만, 법망이라는 것 자체가 없어서 처벌도 하지 못한다는 이야기들. 그녀는 북한식 특유의 신랄한 화법으로 큰 웃음을 자아냈다. 그날 그에게 주어진 역할은 어리바리한 남한의 중년 남성이었다. 오수정의 말에 경악해서 입을 헤 벌리거나 진저리를 치면서 고개를 절레절레 흔들고 한심하다는 듯 깊은 한숨을 내쉬는 리액션을 과장되게 연기하면 되었다.

어차피 오수정의 말에는 신빙성이 없었다. 고위급 자녀도 아닌데 그들 생활을 들여다보듯 말하는 것 자체가 모순이었다. 그러나 예능 포맷에서 진위 따위는 중요하지 않았다. 더 자극적인 언어와 표정으로 북한을 무시하고 한심한 독재 정권으로 몰아가는 것, 참

쉽고도 지겨운 일이었다. 뻔한 이야기가 반복되는 짜증스러운 구도의 포맷에서 그녀는 상큼 발랄한 향수처럼 프로에 생기를 불어넣었다.

그녀가 톡톡 튈수록 그는 후줄근한 꼴보수 중년 아재의 전형처럼 보였다. 그녀의 주가가 한창 상종가를 치고 있을 때였으므로 뒤풀이 자리에서도 그녀는 단연 화제의 중심에 있었다. 그러나 세상살이에 노회한 그의 눈에는 눈웃음과 손동작 하나도 제작진들에게 잘 보이고 눈도장을 찍으려는, 철저히 계산된 행동으로 보였다. 누군들 그걸 비난할 수 있겠는가. 혈혈단신 탈북한 그녀가 누굴 믿고 의지할 수 있을까. 그도 처음 서울에 올라왔을 때 얼마나 막막했던가. 그런 감상에 젖어 안주나 축내면서 술을 마시고 있는데, 그녀가 술병을 들고 그에게 다가왔다.

"오늘 수고 많으셨습니다."

그는 깜짝 놀라서 엉거주춤 자리에서 일어나 술을 받았다.

"아이참, 이러지 마십시오. 제가 너무 송구스럽습니다."

스튜디오에서 고무공처럼 톡톡 튀던 것과 달리 그녀는 예의 바르고 겸손했다. 제작진이나 패널들을 대하는 태도에 관한 한 그와는 비교도 되지 않는 고수였지만, 그게 허물일 수는 없었다. 그런 정도의 생존 본능도 없었다면 사선을 넘을 수도 없었을 테니까. 그에게 다가와 술을 따른 것은 테이블을 한 바퀴 돌던 중 그의 차례가 되었기 때문이고 대화라고는 딱 두 마디가 전부였음에도, 그녀에 대한 인상은 호감으로 바뀌어 있었다.

그런 그녀가 어느 날 잠적했다. 물론 그녀는 대한민국의 국민으로서 거주 이동의 자유가 있으니, 잠수를 타든 비행기를 타든 그녀의 자유였다. 그녀의 잠적 사실을 처음 인지한 건 가까운 지인이나 방송 관계자 정도였다. 잠적이 월북이었다는 게 밝혀진 건 대남 방송 『우리 민족끼리』를 통해서였다. 내용은 충격적이었다. 그녀가 남한의 방송에서 북한을 비난하도록 강요받았으며 그게 죽을 만큼 괴로웠다는 것, 조국이 베풀어 준 은혜를 배신하고 적에게 이용당하는 현실이 너무 고통스러워 어떠한 벌도 달게 받겠다는 각오로 다시 월북했다는 것이었다. 두만강 푸른 물에 젖은 몸을 오들오들 떨고 있을 때 그녀를 발견한 경비대원이 담요로 그녀를 감싸 주고 삶은 감자를 주었는데, 그때 비로소 조국의 따뜻한 품에 다시 안겼다는 것에 안도하고 감격해서 눈물을 흘렸다고, 그녀는 말했다. 화면에 비친 그녀는 한국에서 보던 그녀가 아니었다. 흰 저고리를 입고 머리는 짧게 잘랐으며, 무엇보다 어색한 건 신파극의 배우처럼 코와 눈의 음영을 짙게 강조한 화장이었다.

방송의 충격파는 일파만파 번져 갔다. 온갖 추측과 추리와 과장이 분석과 해석이라는 그럴듯한 말로 포장되었다. 그녀가 살던 강남의 오피스텔에 가 보니 월북을 염두에 둔 듯 중요한 짐은 모두 챙겨 가고 쓸모없는 소품들만 남아 있더라, 오피스텔이란 곳은 어차피 보증금이 별로 없기 때문에 방을 뺀다는 말을 할 필요도 없었을 것이다. 남양주에 살던 그녀가 왜 강남으로 이사를 갔을까. 방송에서 뜨면서 돈을 꽤 많이 벌었으며 외제 차를 타고 다녔다고 하더라……

모두 확인할 수 없는 말들이었다. 유명세와 미모는 민들레 씨만 한 의혹만 따라붙어도 눈사태가 날 만큼 부풀리기 좋은 밑밥이었다. 그즈음 어느 여성 BJ가 음란 방송을 하다가 수사망에 걸렸다는 보도가 나왔다. 곧바로 그녀가 오수정이란 추측이 난무했다. 이미 그녀가 월북했다는 영상이 나온 후였으나, 그런 건 신경도 쓰지 않았다. 한국에 입국하기 전 그녀가 중국에서 포르노 영상을 찍었다는 소문이 돌고 있을 때였으므로, 여성 BJ에 대한 확인 절차도 없이 오수정이 한국에서 음란 방송까지 했다더라고 낙인찍어 버렸다.

그는 오수정이 중국에서 찍었다고 알려진 포르노 영상을 제작 회의 때 제작진, 패널들과 함께 보았다. 영상 속 여자는 얼굴을 정면으로 돌리지 않았으므로 오수정이라고 특정하기는 곤란했으나, 통통하고 아담한 몸집과 버선코처럼 오뚝한 콧날이 그녀와 무척 닮아 보이기는 했다.

"똑같은데 뭐. 오수정 맞네."

누군가 그렇게 말하자, 다른 사람들도 아니라고 하지는 못하겠다고 입을 모았다. 다들 그렇다고 하니, 그도 그녀인가 보다 했다.

"그런데 스튜디오에서 볼 때랑 완전 다른데?"

"색기가 장난 아니네요."

"팔색조 같은 여자야."

소위 북한 전문가라고 하는 패널들은 세상 가장 심각한 표정으로 팔짱을 끼고 포르노 영상을 감별했다.

"중국에 조선족 애인이 있다면서요? 한 달에 한 번 이상 중국에 갔다더라고요."

"그게 정말 애인인지, 직업적인 브로커인지?"

"애인 겸 브로커 아니겠어?"

"보위부 소속일지 모른다는 분석도 있어요."

"합리적인 의심이죠. 애인이라면 왜 한국에 데리고 와서 같이 살지 않았을까?"

"월북인지 납북인지, 그 조선족이 기획한 건지도 모르죠."

그렇게 말하는 그의 머릿속에 금발의 고혹적인 미녀 얼굴이 떠올랐다. 포르노의 고전 『에마뉘엘 부인』의 전설적인 섹스 심벌 실비아 크리스텔, 그리고 그녀가 주인공으로 나왔던 영화 『마타 하리』. 1차 대전을 배경으로 독일과 프랑스 남자를 동시에 사랑한 여자가 이중간첩 활동을 하다가 발각되어 처형당하는 비극적 이야기인데, 그 여주인공이 실존 인물이라는 소문으로 인해 신비함을 더했었다.

"마타 하리가 생각나지 않아요?"

그 말을 들은 프로그램 진행자가 귀를 쫑긋 세우며 그를 돌아보았다.

"신기하네요. 나도 방금 그 생각을 하던 참이었는데."

진행자가 그렇게 눈을 빛내며 그를 바라본 건 처음이었다. 지금껏 그는 한 번도 귀가 번쩍 뜨일 만한 쇼킹한 의견을 내 본 적이 없었다. 패널들의 현란한 말솜씨를 따라잡는 건 그의 능력 밖의 일이었다. 그나마 전직 논설위원이란 타이틀 덕분에 구색 맞추기용으로 버티고 있을 뿐이었다. 마침내 그에게도 기회가 온 것 같았다. 그는 한마디 더 보탰다.

"우리 정부가 탈북자들을 제대로 관리하고 있는 겁니까? 이런 일이 터지니까 이 정부가 불안한 겁니다."

"맞아요. 그 점을 반드시 짚어야 돼요."

"마타 하리란 영화가 괜히 나왔겠어요? 가능성을 배제하면 안 되죠. 이중간첩!"

눈앞이 환해졌다. 이런 걸 두고 개안이라고 하던가. 이른바 방송 감각이라는 게 두 손 가득 뿌듯하게 잡히는 걸 그는 분명히 느꼈다.

그날의 방송은 그가 주도하다시피 끌어 나갔다. 이중간첩, 마타 하리가 키워드였다. 그걸 뒷받침하는 유일한 근거는, 중국을 자주 들락거렸다는 것과 단신 탈북한 이유가 가족을 인질로 잡혔기 때문일 거라는, 아무런 증거를 댈 수 없는 추측이 다였다. 조선족 애인이 보위부원일지 모른다는 추리의 근거는 영화 『마타 하리』였다. 실비아 크리스텔이 등장하자 이중간첩설은 슬그머니 사라지고 섹스 심벌, 포르노, 음란 방송 등으로 마구 번져 나갔다. 말이 좋아서 시사 토론 프로그램이지, 누구도 근거나 팩트를 따지지 않았다. 방송 목표라면, 시청률을 1프로라도 높이는 것이었다.

거기에서 인권을 얘기하는 사람은 아무도 없었다. 어차피 그녀는 여기 없는 사람이었다. 그녀가 다시 돌아온다? 차라리 죽은 사람을 기다리는 게 빠를 것이다. 패널들이 아무 말이나 마구 던질 수 있는 건 그런 생각이 깔려 있기 때문일 터였다. 그들 중 가장 고무된 건 그였다. 마침내 그도 종편의 고삐를 쥐게 된 것이다. 그러자 말의 고삐가 풀렸는지, 생각도 하기 전에 말이 술술 흘러나왔다.

그는 뒤풀이 자리에서 스치듯 술 한잔 받은 걸, 그녀가 술로 유혹했으며 신문사에 근무할 때 일을 자꾸 물어보더라며 말을 부풀렸다. 그리고 그의 딸이 송곳처럼 지적했던 결정적 한마디를 던졌다.

"탈북녀들이 한국에 안착할 때까지, 무슨 일이 있었는지 그걸 어떻게 압니까? 탈북자들 중에 왜 여자들이 압도적으로 많겠습니까? 이 점을 곰곰이 따져 봐야 합니다."

그는 과감하게 한발 더 나아가, 이제 그녀는 이미 써먹은 카드이므로 곧 용도 폐기될 거라는 예언까지 보탰다. 그러나 민망하게도 바로 다음 날 그녀의 두 번째 영상이 공개되었다. 영상 속 그녀는 지난날의 과오를 용서받고 조국의 품 안에서 다시 명랑하고 밝은

예전의 모습으로 부모님과 즐겁게 여행을 하고 있었다.

탈북녀는 인권도 없느냐, 막말이나 해대는 쓰레기 패널, 집에 가서 마누라 감시나 잘해라, 니 딸이라도 그렇게 말할 수 있겠냐? 니 딸도 해외여행 가서 무슨 짓 하는지 누가 알겠냐……. 프로그램 게시판에 비난 여론이 일자, 고삐를 쥔 줄 알았던 패널에서 곧바로 제외되었다.

그건 상관없었다. 혹시라도 아내와 딸이 게시판을 보게 될까 봐 그게 제일 걱정스러웠다. 다행히도 종편이야 으레 그러려니 해서인지 비난 여론이 오래가지는 않았다. 그렇게 끝난 줄 알았던 짱돌이 딸을 향해 날아갈 거라고는 생각지도 못한 일이었다. 그가 오수정을 향해 퍼부은 막말이 고스란히 딸에게로 향하고 있었다.

5

일행들은 커다랗고 둥그런 포마이카 상 세 개에 나눠 앉아 밥을 먹고 있었다. 고사리, 더덕무침, 김치, 콩장, 마늘장아찌, 찹쌀순대와 삶은 달걀, 닭백숙까지, 어린 시절 시골집 잔칫상을 그대로 옮겨 놓은 듯했다. 가이드가 밥상에 술도 한 병씩 올려놓았다.

"된장술입니다. 우리 조선족들이 된장에서 추출한 걸로 만든 술인데, 된장으로 만들어서 그런가 다음 날 숙취도 별로 없고 좋습니다."

"된장술이요? 그 말 들으니까 된장녀가 떠오르네."

일행 중 한 여자가 그렇게 말하자 조선족 가이드가 고개를 갸웃거리며 물었다.

"된장녀가 무슨 말입니까?"

"가이드님은 잘 모르시는구나. 겉멋이 잔뜩 들어서 명품 좋아하고 비싼 커피숍이나 가는 여자들, 알고 보면 된장찌개나 먹는 허접한 여자라는 말이에요. 한국 여자들을 비하하는 말이죠."

"된장찌개 먹는 여자가 허접하다는 겁니까?"

조선족 가이드가 그 말을 이해하지 못하자 여자들이 큰 소리로 웃었다.

그사이에 식당 여인들이 밥을 내왔다. 닭 삶은 물로 지은 밥이라고 했다. 기름기가 자르르 흐르는 닭밥은 고소했다.

그제야 그는 방 안을 둘러보았다. 구조가 독특했다. 아궁이와 부엌, 방이 한 공간에 공존하고 있었다. 장판이 깔린 곳이 방이고 타일이 깔린 곳이 부엌 겸 아궁이였다. 타일 위에 무쇠솥이 두 개 걸려 있었고 그 앞을 덮고 있는 나무 널빤지를 열면 바닥으로 내려가서 아궁이에 불을 넣을 수 있게 되어 있었다. 꼭 한 사람이 들어앉을 정도의 공간이었다. 조선족 여인들이 그곳에서 밥을 퍼서 밥상으로 날랐다. 여인들은 말없이 움직였다. 오랫동안 손발을 맞춰온 듯 큰 소리 한번 내지 않고 조용했다. 그의 어머니도 그런 여자였다. 먹고살기가 힘든 시절 어머니가 그들 형제를 어떻게 키웠는지 그는 누구보다 잘 알고 있었다. 그러나 바쁘다는 핑계로 어머니의 임종도 지키지 못했다.

그는 옆 식탁에 앉아 있는 최용성 씨를 곁눈질로 보았다. 그와는 의례적인 인사말 외에 제대로 말을 섞은 적이 없었다. 뭔가 둘 사이를 가로막는 어색한 기운이 있었는데 아무래도 최 씨가 그를 알아봤기 때문이 아닐까, 그 혼자 지레짐작하고 있었다. 오수정 사건은 탈북자들 사이에서 모르는 사람들이 없을 테고, 그렇다면 그의 막말에 대해서도 모를 리가 없을 것이었다.

최 선생은 북한 인민들의 자유와 인권이 얼마나 형편없는 수준인가에 대해 이야기하는 중이었다. 된장술을 한두 잔씩 마신 여성들의 눈가가 촉촉했다. 그도 닭밥을 안주로 술잔을 기울이며 그의 말에 귀를 기울이고 있었다. 한 여인이 질문했다.

"그런데 말이죠, 태어날 때부터 자유나 인권 같은 건 아예 모르고 평생 세뇌를 당하면서 살아오신 거잖아요."

"그렇죠."

"그런데 어떻게 알지요?"

"뭘 말입니까?"

"자유가 뭔지 어떻게 아냐고요? 뭔지도 모르는 자유를 위해서 목숨까지 건다는 게 이해가 잘 안 돼요."

"그런 건 본능이죠. 가르치고 배우는 게 아닙니다. 캄캄한 어둠 속에서 바늘구멍만 한 빛이 있어도 반짝하지 않습니까? 그러면 사람은 빛을 향해 나가게 됩니다. 그게 인간입니다."

"맞네요. 그게 인간이죠."

여인들은 깊이 고개를 끄덕였다. 조선족 여인들은 부엌 벽에 기대서서 일행들이 떠드는 걸 바라보고 있었다.

술기운이 오르는지 후텁지근하고 가슴이 답답했다. 그는 슬그머니 자리에서 일어나 밖으로 나왔다. 현관 계단에 쪼그려 앉은 그는 두만강 건너를 무연히 바라보았다. 삼합 닭곰집 간판이 눈에 걸렸다. 삼합이라, 무엇 세 가지가 합쳐진다는 것이냐. 그는 딱히 누구에게랄 것도 없이 혼자 그렇게 중얼거렸다. 두만강을 달려온 강바람이 그의 뺨을 세차게 갈겼다. 된장술로 홧홧해진 얼굴이 얼얼했다.

멍멍이 이야기

이지명

이지명

1953년 함경북도 청진에서 태어나 2008년 12월 『한국소설가협회』에 장편소설 『삶은 어디에』를 발표하며 등단했다. 『삶은 어디에』는 2009년 1월 KBS한민족방송 라디오극장 드라마로 각색되어 방송되었다. 발표작품으로 「복귀」「환멸」「안개」「확대재생산」 등과 장편소설로 『포 플라워』가 있다. 북한 인권을 말하는 남북한 작가 공동 소설집 『국경을 넘는 그림자』와 『금덩이 이야기』 『꼬리 없는 소』에 참여했다. 전 북한작가, 현재 국제펜망명북한작가센터 편집장, 한국소설가협회 회원, 통일문학포럼 이사로 활동하고 있다.

설핏하던 해가 서산을 넘자 부챗살 같은 핏빛 노을이 산마루를 물들였다. 까마귀 한 놈이 빗살을 안고 너울너울 날아옌다. 시커먼 놈이지만 노을빛에 물들어 제법 봉황 같다.

"선일아, 저거 봐라. 수탉이 저렇게 높이 날 수 있나?"

하늘을 보던 형무가 마당서 콧물을 훌쩍거리며 아랫집 재호와 땅따먹기 놀음을 하는 아들에게 묻자, "어느 거?" 한다.

"저거 말이다."

"아부지, 돌았잼까? 그게 어째 수탉임까? 까마귀지. 요새 저 아부지 별났다니까."

이눔 자식 말버릇 하구는, 형무가 눈을 찔 흘기고 으험, 하며 대문을 나서는데 선일의 곁에 앉아 눈치만 보던 검둥이가 멍 하고 짖으며 껑충 뛰어와 매달린다.

"지개!"

시끄러워 개를 차려는데, "어디 감까?" 하고 선일이가 코를 쓱 문대며 다가온다.

"오, 아부지 장마당 간다."

"돼지고기 사러 감까?"

"이 자식, 배때기에 거렁배 찼냐? 그제 저녁에 돼지 불알 삶아 먹었는데 또 무슨?"

"고기 먹고 싶어 그람다. 지린내 나는 불알이 고김까? 사 오시오, 예?"

"생각해 보자."

대문을 닫는데 이놈이 어느새 뛰어나와 떡 버티고 서서, "안 사 옴 알지예?" 한다.

"뭐라나?"

"맨날 장마당서 술 마시는 거 엄마한테 싹 일러바칠 껨다. 어디 멍멍이 신세에 술임까? 막눅거리 돼지 불통이나 갖다 끓여 주구, 씨."

아니, 요 버르장머리 없는 놈이? 형무는 재호에게 뛰어가는 아들을 보며 어이없어 웃었다. 암튼 고기는 사 와야겠다. 아들놈한테까지 미움받긴 싫으니까, 켕기는 건 따로 있지만……

"야, 너, 제 아부지 보구 멍멍이가 뭐니? 버릇대기 없이, 그게 아들이 할 소리가."

재호가 눈을 치뜨며 한 방 쏜다.

"멍멍이니까 멍멍이라지."

"너 공산주의 도덕 완전 땡이구나. 아부지가 니 동미야?"

"야, 이놈아야. 직장엔 배급 없어 못 가, 하는 일 없이 집에만 박

혔으니 집 지키는 멍멍이지. 넌 어째 요즘 떠도는 말도 모르니? 멍멍이가 우리 아부지뿐인가? 과붓집 말구는 쌔구 쌨다.”

“그럼? 하하하, 멍멍이란 말이 그런 거였니? 우리 아부지두 집에서 노는데. 공장이 섰거든. 그래두 울 엄만 그딴 소리 안 해. 좌우지간 웃긴다, 하하하!”

“됐다, 고만 쪼개라. 요건 내가 먹었으니 몽땅 내 땅이다. 알았니?”

“좋아 마라. 그래 봐야 네 집 마당이구나, 뭘.”

형무가 장마당에 와 휘 둘러보니 날이 어두워지는데도 까마귀 떼 송장 둘러싸듯 오구작작 시끌벅적 지랄에 염병이다. 젠장, 먹지 못해 무더기로 죽어 나자빠진다면서 무슨 인간이 이리도 많아. 형무는 옷을 툭툭 털며 늘 다니는 박 과부 술 가게로 쑥 들어갔다.

“아유, 갱장 아주바이 오셨네. 어젠 왜 안 왔소? 얼매나 기다렸는데, 어서 앉아유.”

“거, 고기볶음 한 접시에 술 한 병 주오. 근데 오늘은 손님이 어째 많지 않구마.”

“그러게. 이 서러분 과부도 배때기에 기름 좀 바를라니까 어디 와야 말이지?”

불판에 볶을 고기를 썰며 박 과부가 넋두리처럼 중얼댄다.

“이것 보, 술부터 주오. 목구멍이 근질거려 못 살겠소.”

“네에, 그랍지비. 근데 갱장 아주바인 좋겠수. 돈 잘 버는 에미네 만나서……. 용치 뭐, 맨날 술독에 빠져 사는 낭군두 낭군이지비."

"지금 뭐라 했소. 낭군이 뭐 어쨌소?"

"양? 에구, 나는 낭군이 없어 좋단 소리지비. 원래 에미네는 세월 따라 함지 팔아야 돈 벌재오. 낭군 있음 팔겠소? 아구야! 이 썩대가리. 고기 볶는다면서 곤로에 불도 안 달구!"

박 과부가 소주 한 병을 상에 놓고 안에 들자 형무는 병을 쥐며 "저게 정신 빠졌나? 함지를 팔다니, 뭔 개소리야?" 하며 휙 마개를 따 내치고 한 모금 쭉 들이킨다. 함지를 판다는 말은 몸 파는 계집을 이르는 말이다. 형무가 주섬주섬 쌈지를 꺼내 담배를 말아 무는데 구석에 앉은 술꾼들이 떠드는 말이 귀를 후볐다.

"세상이 참 개떡 같다 이거야. 넨장 이렇게 살아서 뭐 하네, 엉?"

"뭔 소리야? 술독 오르니 주둥이가 남 됐어? 거 말조심하라."

"왜? 내가 못 할 말 했어? 굶어 죽고, 진해 죽고, 독 먹고 죽고, 죽으면 관도 없이 리어카에 실려 나가 묻히고, 사람 생명이 천하지대본이라는데 이게 개떡이지 참기름이냐?"

"농사가 천하지대본이지 생명이 천하지대본이가, 말꼬라지 하구는……."

"야, 이놈아. 유식한 척 마라. 쌀 없이 생명이 있냐?"

"자자, 마시라우. 오늘은 곤죽이 되게 실컷 마시자. 쓰잘데기 없는 소리 그만두고."

옆의 자가 취했는지 상에 젓가락을 두드리며 목청을 뽑는다. 거위가 왔다 울고 가겠다.

　형무도 고개를 끄덕였다. 술꾼들 말처럼 요즘은 집집마다 줄초 상이다. 한데 이상한 건 날이 새면 없던 묘가 길옆에 주르르 생겨도 지난밤에 곡소릴 들어 본 사람이 없단다. 이 말라비틀어진 세월, 사는 것이 곤욕인데 천수를 맞아 배고픔 모르는 곳에 갔으면 장땡이지, 고생바닥에 맨손 갖고 나앉은 놈이 왜 청승맞게 어이어이 곡소릴 내나 이거다.

　해안을 낀 이곳 성진은 동쪽 면을 내놓고 삼면이 다 높낮은 산으로 둘러싸였다. 그런데 산이라면 나무도 있고 잡관목도 있고, 그 속에 개암버섯이라든가 느타리, 싸리버섯 같은 것들이 돋아야 하는데 일절 보고 죽자 해도 없다. 나무란 나무는 몽땅 발가벗기고 잡관목은 땔감으로 싹 다 쳐 갔으니 쨍쨍 쬐는 땡볕 아래 버섯이 무슨 재간으로 대가릴 내미냐. 산이 발가벗었으니 도시도 황량하기 짝이 없다. 뙤약볕 아래 바짝 마른 개들이 헐헐 혀를 빼물고 꼬리를 처뜨린 채 강바닥을 싸다니고 시내 중심으로 흐르는 강바닥엔 잔고기 하나 찾아보기 힘들다. 깡그리 싹 다 잡아 잡쉈다. 온갖 쓰레기란 쓰레기는 다 내다 부어 퀴퀴한 냄새가 진동을 한다. 갯바닥에 가면 그렇게 흔하던 개구리조차 자취를 감췄다. 뱀보다 더 무섭고 사악한 인간 천적이 위에서 두 눈깔 뚝 부릅뜨고 번뜩거리니까. 개구리만 있어도 물웅덩이에 싸 갈긴 흐르르한 알 뭉텅이를 후루룩 꿀꺽, 단숨에 들이키는 재미도 쏠쏠했는데…….

고개 너머 제강소 반대쪽인 이쪽 산기슭에 사 년 전인가 제강소 주택으로 아파트를 쭉 지었다. 형무네 집도 그 주변이다. 그 통에 동네가 복잡하길 이를 데 없다. 걸핏하면 정전이 돼, 수돗물이 안 나와, 요즘엔 물난리까지 났다. 냇물이 흐르는 골짜기를 따라 올라가면 전쟁 대비를 하느라 뚫어놓은 갱도에서 나오는 물이 있어 매일 사람들이 외줄로 쭉 늘어선다. 먹을 물 한 통 얻는 것도 전쟁이다.

형무가 술 한 병 비우고 집에 들어오니 그래도 어미를 닮아 부지런한 맏딸 선녀가 5리터짜리 비닐 통에 물을 두 통이나 받아다 놓고 저녁을 짓고 있었다. 기특하기란. 김 뿜는 솥뚜껑을 여닫다 애비가 들어오자 창황 중에도 히쭉 웃어준다. 술도 한 병 사 왔다고 으쓱한다.

성진탄광에서 갱장 직책에 있는 형무가 있어 모두 굶어 죽는다는 이 각박한 세월에 식구 넷이 줄창 밥 먹고 사는 건 아니다. 장사라면 도가 튼 아내가 있어 그렇다.

형무는 갖고 들어온 봉지를 돼지고기다, 하며 선녀에게 내밀었다. 솥뚜껑을 열고 두붓국 간을 맛보던 선녀가 "와, 고기." 하며 얼른 물에 씻어 국솥에 숭덩숭덩 썰어 넣고는 풍당 뛰어 부엌에 내려가 아궁이에 장작개비 몇 개를 덧넣는다.

형무는 그 모양을 보다가 "선일아!" 하고 불렀다. 대답이 없다.

"이놈 자식, 땅따먹기 하다가 또 어딜 갔지?"

없다가도 숟갈 들 때가 되면 에누리 없이 척 들어앉는 녀석이라서 다시 불렀다.

"선일이 없슴. 재호네 집에서 놀겜다. 맨날 거기 엎뎌 뭐 하는지."

"때식 땐데 왜 남의 집에서 놀아? 뭘 얻어먹을까 해서 그런대?"

밥상이 차려졌다. 형무는 젓가락을 들어 고깃점 하나를 집어 우물우물 씹으며 "맛있군. 선녀야, 어서 와 술 한 잔 부으렴." 한다.

"예, 근데 아부진 왜 맨날 술임까?"

"어 그년 참. 먹으라고 사 온 거 아녔어?"

"아부지. 술 한 병이면 우리 네 식구 한 끼 식삼다. 절약도 모름까? 마시고 들어왔음 낼 마시면 되잼까."

그리 탓하면서도 공손히 술을 부어 양손에 들고 내민다.

"너는 무슨? 엄마처럼 잔소릴 해야 속이 시원하냐?"

선녀가 대답하기도 전에 문이 벌컥 열리며 후룩 콧물 들여마시는 소리가 났다.

"와, 고기 냄새. 아부지, 설마 돼지 불알 삶은 건 아니지, 예?"

"저 아새끼 말하는 거 봐라. 아부지, 콱 때려 놉서. 그거."

"오, 그러자. 근데 너 재호네 집에서 밥 안 주던?"

"아부지는? 지금이 어느 땐데 남의 집에서 밥 먹슴까? 염치없이."

선일이가 국그릇에 담긴 고기 한 점을 깜댕이 손으로 냉큼 집어 쩝쩝 먹고 나서 "아부지, 불알이 아니니까 되게 맛있슴다. 내예 약속대로 비밀 지키겠슴다." 하며 엄지를 쓱 내보인다.

"어이구, 이 자식 이젠 제법, 애빌 갖고 노네. 어이가 없어서."

"나두 이젠 연세두 먹었구 또 남자란 말임다."

"야, 이 머저라. 쪼꼬만 게 연세가 뭐니? 말할 줄이나 아니, 이 그……."

선일이가 얼른 눈 째리는 선녀의 말꼬리를 자른다.

"근데 아부지, 재호 누나 있잼까. 날이 어두우니까 또 나가던데, 돈두 엄청 번담다."

"뭐? 재숙 언니가? 뭐 해서 버는데?"

선녀가 더 놀라 묻는다.

"누나, 재호가 그러는데 재숙 누나 함지 판대. 누나도 같이 함지 팔면 안 되나? 어떻게 만날 엄마만 착취해 먹구 살아. 나는 엄마랑 같이 살문 좋겠다."

"야, 너? 함지가 뭔지 알고나 개소리니?"

"함지가 함지지. 뭘 알고 모르고야?"

"아니, 이 자식 이거?"

형무가 주먹으로 한 대 먹이려는데 이놈이 "아, 아부지!" 하며 넌떡 물러앉는 바람에 하마터면 상을 엎지를 뻔했다. 열두 살이나 처먹은 놈이 왜 저리 철딱서니 없는지. 아무튼 모르고 한 말이니 다시 손질할 생각을 거두고 빽 소리쳤다.

"빨리 밥이나 처먹어. 보자 보자 하니까."

"네에, 내 먹슴다. 고기 진짜 맛있다."

돼지고기와 두부점이 둥둥 뜬 국에 밥을 말아 훌떡 먹어치운 선

일이가 나가자, 선녀는 또 아비의 빈 잔에 술을 부으며 흘끔흘끔 눈치를 본다.

"뭐 할 말 있냐? 왜 흘끔질이냐?"

"저어…… 아부지."

"왜?"

"엄마가 혜산에서…….

"혜산에서 뭐? 돈 많이 벌었대?"

"그게 아니구, 하, 함, 음…… 함지 판담다."

"뭐야? 또 그 함지 소리냐?"

"아부지니까 말하는 겜다. 소문이 여기까지 짜르르 한데."

"뭐? 너 그거 누구한테 들은 소리냐?"

"누구한테 들은 게 중요함까. 함지 판다는 소리가 사람들 말밥에 올랐다는 게 문제지."

"이런 오그라질. 너, 그게 후라이면 죽는다."

"에그, 아부지면서 말하는 거 봐라. 혜산에 장사 갔다 온 사람이면 다 주절댄담다."

형무는 술이고 뭐고 등이 달았다. 아까 박 과부도 면전에서 슬쩍 함지 소릴 뱉었다. 다 내용이 있었어. 이런 젠장. 담배를 피우며 설거지를 하는 선녀를 멍청히 보다가 오금이 쑤셔 못 참겠는지 훌떡 일어나 뭐라 뭐라 이르고는 이내 역으로 나왔다. 함지를 판다는 아내를 찾아 혜산에 갈 잡도리다.

이곳 성진은 바닷가여서 사람들은 해산물을 들고 국경인 혜산에 줄쳐 다닌다. 해산물을 여기 값보다 비싸게 팔고 그 돈으로 양강도 특산물인 감자며 중국에서 넘어온 입쌀, 일용품, 공산품들을 사 갖고 또 이쪽에 와서 덧값 붙여 팔아 이윤을 뽑는다.

형무는 역전에 도착하자마자 홈에 나갔다. 요즘은 차표 같은 거 끊을 수도 없거니와 끊을 필요도 없다. 국경 지역에 가자면 퍼런 줄이 쭉 가로지른 여행증도 발급받아야 하지만 그것도 다 필요 없다. 있으면 좋지만, 여행증을 떼려면 거쳐야 할 절차가 굽이굽이 열두 굽인데 승인받아도 일주일 전엔 안 나오니까 그냥 도둑차를 타는 게 당상이다. 다들 그렇게 다닌다.

홈에서 형무는 마침 한동네에 사는 민수를 만났다. 물고기 장사로 늘 젖은 배낭을 지고 혜산에 다니는 생물 총각이다. 아직 열차가 들어오려면 시간이 있어 으슥한 곳에 민수를 끌고 갔다.

"아이구, 비린내. 야, 너 아직두 생선 장사하니? 구차하게? 그렇게밖에 못 살겠어?"

"뭐라오? 구차하게라니, 형은 생선 장사 해 보기나 하구 그러오?"

"없지. 탄광 간부인 내가 너처럼 비린낼 풍기며 다녀서야 되겠니?"

"흥, 아직 배 덜 고팠네. 집구석에서 멍멍이 노릇이나 하면서 무슨?"

빈정대느라 민수의 꼬리말을 스친 형무는 "됐다, 그건 그렇구, 너 혜산 가서 우리 처 봤어?" 하고 물었다.

"보지비. 왜? 형도 무슨 소리 들었소?"

"어? 너도 뭘 아는 거구나, 말해 봐라. 대체 애들 엄마가 거기서 무슨 짓을 하니?"

"나두 딱히는 모르오. 소문 듣고 그런가 부다 하지. 하여튼 남자 머리에 중국산 양복까지 쪽 빼입고, 흐흐 완전 멋있소. 혜산 같은 촌 골에 어디서 저런 멋쟁이가 나타났냐며 모두 입이 횅해 쳐다보오. 스나 새끼들이."

"이런 젠장. 야, 너 혜산 가문 우리 처 있는 집 알지."

"양. 집은 모르지만 어디 있는지는 아오."

"그럼 같이 가자. 가서 당장 데려와야지, 이거 불안해서 살겠니?"

"뭐 그깟 소문 갖고, 지금 세월에 그러려니 해야지. 얼마 주겠소?"

"얼마라니, 돈 달라는 게야?"

"양. 안냇값이야 줘야지. 중국에선 똥간값도 받는다는데 무슨."

"이 자식 이거? 아니 너 언제부터 돈벌레가 됐니, 엉?"

"세월이 그렇게 만든 게요. 국경이니 빼주 한 병이라도 내오. 같이 먹든가."

"좋아, 날 애 엄마한테 데려다만 놔라."

사실 형무는 혜산이 처음이다. 나이 사십이 넘도록, 또 사방에서 굶어 죽는 '고난의 행군'이 닥쳐도 배고픈 고생을 못 했다. 다 활약 좋고 돈 잘 버는 아내 덕이다.

아내 한춘희로 말하면 진짜 세월을 타고, 아니지 주름잡는다고 해야 되나? 척 보면 삼천리라 맞서는 사람마다 선망의 눈길을 보내는 신식 여자다. 인물 좋고 수완 좋고 돈줄 잘 보고, 만나 얘기하면 단박 호감이 생겨 같이 장사하고 싶어 오금이 저려난단다.

갓 서른여덟, 나이는 있지만 아직 삼십대 초반으로 봐도 괜찮다. 갸름한 얼굴형, 빛깔을 잃지 않은 눈동자, 한 줌 허리, 걸을 때면 빼뚤빼뚤 흔들리는 엉덩이, 드러낸 종아리는 하얗다 못해 눈이 부시다. 목소리 또한 허스키하거나 굵지 않고 그렇다고 약하지도 않고, 아마도 그건 본 목소리보다 지어서 내는 목소리라 해야 맞다. 완전 예술이다. 만나는 사람에 따라 변조된 목소리를 내며 상대의 애간장을 끌어가서 사람들은 그녀를 두고 '예술'이라 부른다. 한춘희라면 몰라도 한예술이라면 성진 시내에서 모르는 사람이 없다. 척 보면 삼천리라는 의미에서 삼천리여자, 아니면 삼천리에미네, 삼천리안까이라고 불러도 다 통한다. 형무는 그걸 은근히 자랑으로 여겨 탄부들 앞에서 어깨도 으쓱했지만 지금을 달랐다. 뭐 함지를 팔아? 그게 물건이야? 이런 젠장.

열차 지붕에 앉아 다섯 시간 만에 혜산에 도착했다. 차표도 증명서도 없어 개찰구를 빙 돌아 구내를 빠져나온 두 사람은 다시 바깥 개찰구 쪽으로 왔다. 다 다녀 본 민수가 있어 가능했다. 개찰구를 막고 선 철도 보안원과 역무원이 증명서와 차표를 검열하며 없으면 한쪽에 몰아세운다. 한참 서서 두리번거리던 민수가 손으로 뭔가를 가리킨다.

"형, 저기."

아내다. 개찰구 저쪽 전등불이 비껴간 나무 밑에 어떤 남자와 마주 서 있는 아내가 보였다. 허술한 차림이 아닌 양복을 입은 사내였다. 뚫어져라 쳐다보니 저게 내 아내가 맞나 하는 생각이 들었다. 낮은 소리로 무슨 얘기를 주고받고 있었는데 머리단장도 달랐다. 내려드리워 꽁지고 다니던 것을 아예 빡 올려 잘랐다. 민수가 남자 머리를 했다고 하던 말이 생각났다. 중국산 양복인지 진회색 옷을 입었는데 그렇게 잘 어울릴 수가 없었다. 얘기를 하던 두 사람이 무슨 합의를 봤는지 자리를 뜬다. 민수가 쿡 찌른다.

"따라가오. 저 남잘 숙소로 데려갈 게요."

"그래? 그럼 넌?"

"나는 갈 집이 따로 있소. 물건을 넘기고 낼 오전에 강변에 있는 중국시장에 갈 테니 거기서 보기오. 빼주, 잊어먹지 마오."

"응."

민수와 헤어진 형무는 슬금슬금 사내와 함께 걸어가는 아내의 뒤를 따랐다. 역전 주변을 벗어나 구석진 골목길에 들어서는데, 다행히 길이 구불구불해 들키지 않고 따라가는 데는 안성맞춤이다. 허술한 고층아파트를 지나 한 굽이를 도니 삼층집이 나타났다. 어깨 나란히 걷던 두 사람이 그 집 층계를 탄다. 형무는 2층의 맨 끝 집으로 들어가는 두 사람을 보았다. 안에서 문을 열어 주는 것으로 보아 집 안에 또 다른 사람들이 있는 것 같다.

주머니에서 쌈지를 꺼내 담배를 말아 문 형무는 후, 연기를 내뿜으며 생각을 굴렸다. 무슨 일일까? 설마 아내가? 젠장. 심장이 요동쳤다. 반도 타지 않은 담배를 층 아래로 던져 버리고는 세차게 문을 두드렸다. "뉘기오?" 하는 소리만 들릴 뿐 잠잠하다. 형무는 틀림없다고 생각했다. 재차 탕 탕탕 두드렸다. 안에서 문걸쇠를 벗기는 소리가 났다. 문을 연 사람은 뜻밖에도 아내였다.

"아니 당신이?"

놀란 소리는 듣는 둥 마는 둥 형무는 무작정 문을 잡아당겼다.

"당신, 왜 이러오?"

아내가 급히 문을 되잡아 당긴다.

"이걸 놓소. 당신 대체 여기서 뭐 하는 게야. 이러자고 집을 나왔소?"

"지금 무슨 소리를 하는 거요?"

"방금 같이 온 남자도 다 봤소. 대체 뭐 하자는 게야?"

"내가 설명할 테니 나갑시다."

아내가 문을 닫고 나오려 했으나 형무는 와락 잡아채며 안으로 들어섰다. 너른 객실로 보이는 방엔 아무도 없다. 형무는 방으로 뵈는 문을 벌컥 열었다. 안에는 방금 아내와 함께 들어온 남자가 있고, 구석엔 젊은 여자가 고개를 숙이고 서 있었다.

저쪽 방에서 나온 주인인 듯 보이는 노파가 형무에게 다가오며 "뉘기우?" 한다.

"예. 저, 나는……."

"이 사람은 저의 남편이에요. 밤차로 온 것 같은데, 소란 떨어 미안해요."

"아, 그러우? 그럼 배고플 텐데 얼른 밥 차려 주지 않구."

노파가 어스래, 어스래 하며 제 방으로 들어간다. 사잇문을 열고 부엌방에 형무를 데리고 들어온 아내가 눈을 빨며 "밥 잡숫겠소?" 한다.

도대체 뭐가 뭔지.

"밥은 애들과 같이 먹었소. 근데 도대체 어찌 된 일이오?"

"뭐가요? 당신 혹 내가 외간 사내와 뭘 어쩌나 하고 이러는 거 아니오?"

절로 머리가 끄떡여졌다.

"흥, 편안하네."

아내가 그러며 찬장에서 뺴주병을 꺼내 작은 유리잔에 부어 단숨에 마셔 버린다.

"나두 한잔 주오."

형무도 부어 주는 술을 단숨에 마셨다. 여기 산골 도시에서 먹기 힘든 명태 반찬을 솥에서 꺼내 놓고 두 사람은 아무 말도 없이 몇

순배 술을 마셨다.

"애들은 어떻게 하고 왔소?"

아내가 먼저 침묵을 깬다.

"선녀가 이젠 열다섯이오. 다 컸지."

"왜? 뭐가 급해서, 당신이 여기 와서 뭘 할 건데? 소문 듣고 참지 못해 확인 차 왔소?"

"그래, 선녀까지 그러데. 엄마가 혜산서 함지 판다고. 시내에 모르는 사람이 없다는데."

"그럼 그딴 말에 천 리 길을 천방지축 뛰어왔다는 게요?"

"그딴 소문이 일파만파라는데 내가 어찌 편히 앉아 있소."

"내가 당신에게 그런 에미네로 보였나? 딴 사람은 몰라도 당신이야 믿어야지. 그 일 아무나 하는 줄 아우?"

"그럼 소문이 가짜요?"

"편하니까 별, 이봐요. 그런 의심까지 받으며 당신과 더 이상 같이 못 사니, 싹 갈라섭시다."

"뭐? 지금 뭐라고 했소?"

"함지나 파는 여자와 무슨 말이 더 필요하겠소. 갈라서자니까."

"뭐라?"

"당신, 지금이 어떤 세상인지 아우? 왜? 꼬박꼬박 먹을 거에 마실 걸 받쳐 주니까 그 눈엔 도덕과 원칙밖에 뵈는 게 없소? 제 손으로 살아봐야 정신 들어 이건."

"어따 말 잘하네. 난 굶어 죽음 죽었지 당신처럼 그렇게 인간 존엄까지 팔며 살지는 않겠소."

"굶어는 봤소?"

아내는 더 들을 것도 없다는 듯 잘라 말한다.

"그래, 두고 봅시다. 그만 가 봐요. 애들은 내가 며칠 후 데려갈 테니 어디 혼자 살아 보우."

"흥. 순진한 애들까지 당신에게 맡길 생각 없으니 예서 혼자 잘 먹고 잘 사오. 내 앞에 다시 나타나지 마, 죽여 버릴 테니까. 어디 할 노릇이 없어 몸을 팔고 지랄이야? 더럽게."

결김에 뛰쳐나온 형무는 곧장 역으로 나왔다. 열차가 발차 준비를 하고 있었다. 혜산은 종착역이어서 형무는 두 시간 만에 되나가는 열차를 타고 성진으로 돌아왔다.

그처럼 황당할 수 없었다. 이렇다 할 근거는 없지만 아내의 태도가 이외였다. 잠도 못 잔 터라 집에 들어오자 이내 곯아떨어졌다.

점심때가 되어 학교에서 돌아온 선일이가 배고프다며 흔들어 깨운다.

"야, 네 절로 꺼내 먹어. 다 큰 자식이."

"체, 꺼내 먹을 게 있어야 꺼내 먹지. 아부진 밥 안 해? 아침도 굶겨 놓고 씨, 왜 잠만 자?"

"이 자식 이거, 선녀가 밥 안 해 놓고 학교 갔어? 그럼 개도 아침에 굶고 간 거냐?"

선일이를 불 때게 하고 얼른 밥을 지어 먹였다. 밥 먹고 멍하니 앉아 생각을 거듭하던 형무는 무슨 결심이 선 듯 오후 첫 시간에 장마당에 나와 쌀가게 주인과 한참 지껄이다 탄광으로 나갔다. 식량 공급이 안 돼 출근하는 사람이 없는 탄광이다. 사무실에 들어가자 멍히 앉아 있던 지배인이 반긴다.

　"아니, 어떻게…… 3갱은 전부 휴직이 아니었소?"

　"네, 맞습니다. 그래도 혹시나 해서 와 봤습니다."

　"말 마오. 식량 공급이 언제 재개되겠소. 탄광이 돌아야 나도 먹고살 텐데 참, 큰일이야."

　"지배인 동지. 그렇게 궁상떨지 말고 우리 부업이라도 합시다."

　"부업이라면? 뭐야, 개인 채탄을 하자는 거요? 자신 있소?"

　"네, 탄광이 서니 장마당에서 탄값이 하늘 끝에 걸렸대요. 석탄 한 톤이면 직접 팔지 않아도 입쌀 20킬로와 바꿀 수 있다는데 생각 없습니까?"

　"아니, 이보. 3갱장이 언제부터 철딱서니 빼먹었소. 국가 탄밭 갖고 개인 부업을 해? 언제 벼락 맞을지 모르잖나. 명색이 지배인인 내가 꼭 있어야 되우? 허참, 가슴이 벌써부터 널뛰네."

　"그저 지켜만 보십시오. 내가 다 알아서 할 테니, 탄부 몇만 데리고 하면 동발목이 있겠다, 곡괭이로 캐도 하루 대여섯 톤 문제없습니다. 앉아서 굶어 죽을 수야 없잖습니까."

　"아니 3갱장은 아주머니가 펄펄 날잖소. 뭐가 아쉬워서."

"아파 누웠습니다. 이젠 내가 생계를 책임져야지요. 이때껏 멍멍이로 살았으면 족하지요."

"그래? 거참 안됐군. 암튼 모른 척할 테니까 어디……."

"고맙습니다. 뭐 사방에서 개인 부업 굴이 기승떠는 판에 내라고 무슨."

"이봐 3갱장, 무슨 문제가 생기면 난 절대 모르는 일이야."

"네, 제가 탄밭 잘 아니까 앞으로 탄광이 생산을 시작해도 지장 없게 잘하겠습니다."

저녁에 집에 들어오니 아무도 없이 한산했다. 사람이 없는 것뿐이 아닌 아내의 사품도 애들 물건도 죄다 없어졌다. 마침 일 나가는지 연지곤지 찍은 재숙이가 지나가기에 물었다.

"모릅다."

눈을 찍 빨며 재숙이가 휭 치맛바람을 일군다.

'아니, 저게 함지 판다더니 양기가 살았네. 근데 이놈의 네편넨 며칠 후에 애들 데려간다더니 벌써?'

방 가운데 놓인 흰 종이 한 장이 눈에 띄었다.

– 말한 대로 나가니까 일절 찾지 마오.

'뭐? 아니 이게 18년이나 같이 산 남편에게 남기는 마지막 소린가? 진짜 십팔이네. 좋아, 어디 두고 보자, 누가 잘 사나. 탄광이 서서 어쩔 수 없이 멍멍이로 얹혀사니까 사람 알기를. 그래, 함지 팔고 엉덩이 팔아 잘 살아라. 젠장, 더러운 네편네 같으니.'

"다 세월 탓이지, 지금 어디메 도덕이 있고 규칙이 있고 상판대기가 있소. 굶어 봐야 안다니." 하고 쏘아 대는 아내가 앞에 있는 것 같아 대고 욕을 퍼부었다.

혼자 풀떡풀떡하다 가마 뚜껑을 열었다. 밥과 반찬이 있었다. 흥, 마지막 만찬인가? 꺼내 놓고 퍼 먹었다. 무슨 맛인지도 모르겠다. 아무튼 배부르다 젠장, 이를 악물었다.

다음 날 칠성이며 농철이며 해칠이를 데리고 탄광에 나갔다. 우선은 갱에 들러 필요한 도구들을 리어카에 챙겨 싣고 으슥한 곳에 갱 자리를 잡았다. 탄이 깔린 지점을 환히 꿰고 있는 기술자라서 수직으로 뚫고 들어가 탄맥과 맞다 들리는 건 시간문제다.

정말 계산대로 보름 만에 탄을 캐기 시작했다. 수직으로 6미터 정도 파고 들어가 석탄과 만났다. 이내 도르래로 철통에 담은 석탄을 밖으로 끌어냈다. 첫날 4톤을 캤다. 넷이니까 1톤씩이다. 결국 각자 20킬로의 쌀을 벌었다. 흐흐흐, 웃음이 절로 났다. 그간 밤잠을 설치며 한 고생이 연기처럼 구중천을 난다. 처음이라 그냥 네 몫으로 나누려는데 무슨 스파이를 심어 두었는지 달구지를 빌려 마지막 탄을 실을 때 지배인이 나타났다.

"잊지 말게, 나도 몫이 있다는 걸."

누가 안 줄까 봐 젠장, 무슨 애도 아니고. 어쩔 수 없이 본인 몫을 절반 갈라 밤중에 10킬로의 쌀을 지배인 집에 가져갔다. 일부러 동업자들에게 내 것만 절반 가른다는 것을 알게 했다. 그래선지 이것들이 일을 아주 본때 있게 해대 다음 날엔 6톤의 탄을 뽑았다. 30킬로의 쌀이 분배됐지만 형무는 또 일꾼들 몫은 다치지 않고 15킬로를 갈라 지배인 집에 보냈다.

그날 밤, 장마당에서 이것저것 사 들고 집으로 발길을 돌리다 한잔 생각이 나 박 과부 가게에 들어가는데 안에서 두런두런 말소리가 들렸다. 처음엔 심상했지만 갱장이 뭐 어떻소, 그렇소, 하는 소리에 말 시키려는 박 과부를 향해 입에 손가락을 대며 귓바퀴를 쫑긋 세웠다.

"걔 아무리 봐도 모자라. 왜 제 몫을 떼 남 주나 말이지. 일은 자본주의로 하면서 분배는 사회주의로 하잖나?"

"거야, 뭐 지배인에게 잘 보여야 되니까 그랬겠지."

"아니, 내 말은 전체 몫에서 갈라야지 왜 제 몫을 두 번씩이나 가르나 말이지. 이게 머저리지 별게 머저리야?"

"그럼 우리야 좋지, 나쁘냐?"

"그렇지만 지금 세월에 저런 모자라는 놈도 있나 하는 생각이 들어서 말이야, 흐흐."

"자 자, 개소리 그만하고 술이나 마셔. 갠 사회주의 간부 아니가. 좀 더 치여야……."

이런 젠장, 뭔가 묵직한 것이 뒤통수를 후려친 느낌이다. 아무 말 없이 밖으로 나왔다. 나와 서서 멍하니 하늘을 쳐다봤다. 수탉 같던 까마귀는 없지만 별찌가 행방 없이 떨어져 내린다. 애 적엔 저걸 보고 별이 똥을 싼다고 했다. 왠지 누가 똥 싼 항문이나 닦아 주는 바보구나, 하는 생각이 들었다. 아니다, 아니야, 하며 머리를 흔들었다.

안에서 박 과부가 형무가 간 줄 알고 놈팽이들과 맞장구치는 소리가 또 들렸다.

"그 사람 말이야, 에미네가 함지 판다고 애들이고 뭐고 다 몰아 내쫓았다우. 배때기 불렀지. 뉘기 덕에 호강한지도 모르고 저러니……."

"아니 그럼, 함지 파는 년 그냥 엉덩짝 두드려 줘야 옳겠소? 아무리 세상이 썩어도 말이야."

해칠이가 그리 말하며 텅텅 상을 친다,

"그래도 돈만 잘 벌어 오면 그게 보배지. 그깟 식어빠진 숭늉 같은 몸 돌려 돈 벌면 좋지 뭘 그래?"

"이 자식 제 일이 아니니깐 까불긴. 근데 내가 보긴 그 삼천리네 펜네 그렇지 않아. 나도 혜산서 봤거든. 그런 걸 마담이라 하던가? 맞아, 그렇게 불렀어."

"그렇지만 형무 갱장은 마담이어도 용서가 안 될 게야. 당에서 선발한 간부 아니가. 치."

당장 들어가 몽땅 주리를 틀고 싶었지만 형무는 발길을 돌렸다. 다음 날 일 나가고 싶은 생각도 없었다. 뭔가 허전했다. 이따위 목구멍 하나 때우자고 나라 석탄 도적질을 해? 젠장, 부양할 가족까지 다 달아난 마당에 뭘 혼자 잘 처먹겠다고 땅속까지 숨어들어 지랄이야 지랄이?

점심때가 돼서 칠성이 농철이 해칠이가 어젯밤 무슨 말 했냐 싶게 집에 찾아왔다. 나 이젠 일 그만둔다고 하니까 대뜸 장난하냐며 눈을 부라린다.

"갱장, 그럼 수직갱 뚫느라 보름이나 고생한 거 다 내놓소. 안 하면 우리도 가만 안 있겠소."

"뭐야? 가만 안 있으면 어쩔 건데?"

"이 자식 봐라."

해칠이가 단박 거친 말을 뱉으며 다가든다.

"야, 너 정말 죽고 싶은 거구나. 이 자식, 너 나와."

마당에 형무를 놓고 셋이 둘러싼다.

"너희들 대체 어쩔 건데, 해 보라우."

형무가 비웃음을 띠고 해칠이를 쏘아본다.

"그만둔다는 이유가 뭔지 말해 보라우."

"이 자식들, 내가 싫으면 그만두는 거지. 이유는 무슨? 너들 셋이 지금 집단 항의를 하는 거냐? 자, 한번 때려보라우, 맞아 줄 테니."

"됐다야, 개같이. 갱장이라고 믿었는데 노는 꼴 하곤. 그래, 그만두라, 우리끼리 할 테니. 너 없음 못할 줄 알아?"

"해 보라, 어디. 갱목은 어떻게 조달하고 밀어줄 사람 없이 며칠이나 해먹나 두고 보자."

형무는 퉤, 침을 뱉고 안으로 들어오며 한마디 덧댔다.

"자식들, 사람값에 쳐 주니까 놀자구 드네, 젠장. 야, 너들 생각해 못 떼지 않은 날 머저리라 지껄여? 이놈아덜아, 뒤에서 그따위 개소리 치는 거 내 모를 줄 알았어? 가라, 새끼들. 상판대기 보는 것도 역하다."

셋은 저들끼리 마주 보며 그제야 옹색해한다. 슬그머니 간다는 소리도 없이 꽁무니를 뺀다.

정작 그래 놓고 보니 조금은 허전했다. 내가 너무했나? 하는 생각도 들었다. 울뚝밸은 참.

오후 내내 방구들에 등 부비고 나니 후회만이 아니라 앞이 두려웠다. 뭘 해서 밥 먹냐. 쌀 25킬로로 뻗대긴 가긍하기 짝이 없다. 될 대로 되라지, 젠장. 그러면서도 생각했다. 저것들 분명 뒤를 받쳐 주는 놈 없어 며칠 내로 그만둘 수밖에 없을 테니까, 그때 다른 사람 모아 탄을 캐면 그만이다. 얼씨구, 기분을 돌린 형무는 어스름이 끼자 장마당에 나왔다. 박 과부 꼴 보기 싫어 장 과붓집에 갔다. 굶주림이 신통히도 사내들만 잡아가 그런지 이 도시엔 과부 천지다. 또 퍼렇게 남정이 있는데도 가게만 차리면 과부 행세를 하는 년도 있다. 돈깨나 있는 놈 후리려는 거겠지만. 또 홀몸이래야 손님을 끌 수 있다고도 생각한다. 그러고는 대고 지껄인다. 달라면 주지 까짓, 주무를 테면 주무르고 안고 싶음 안으라니, 그게 뭐 자리가 남메? 음식만 잡숴 준다면야 뭐, 해해해, 이런 젠장. 세상이 점점 어찌 되려고?

형무는 식탁에 앉아 연속 술잔을 비웠다.

장 과부가 해죽거리며 다가와서는 "저어기, 이러면 박 과부가 시기하지 않을깜……요?" 한다.

아따 이게 또 무슨?

"뭔 개소리요?" 형무가 주기가 오른 눈총을 쏘자, "그렇잖소. 제 손님 뺏겼으니. 나야 글쎄 갱장이 예 오면 좋지만, 요샌 개인 탄광을 해 벌이가 쏠쏠하다면요?"

그건 또 어찌 알았대? 소문은 참.

"술이나 붓소."

"알았수."

네꾸다이 맨 40도 대평주가 두 병째다. 쌀로 환산하면 다섯 킬로? 부자 행세가 따로 없다.

"거기 앉아 보오."

형무가 말했다. 해사한 장 과부의 얼굴이 둘 셋으로 보인다. 슬쩍 술을 권해 본다. 손님이 없어선지 쫄쫄 잘도 받아 마신다.

"몇 살이요?"

형무가 물었다.

"왜? 나인 왜 묻소?"

"왜 묻긴, 고바서 그러지."

"애구 참, 나이 오십에 별소리 다 듣네. 취했수?"

이쯤 되면 무슨 수작이 나올지 몰라 나이를 대폭 불린다. 대체로 가짜 과부들이 하는 수작이다.

"뭐요? 그럼 오십 먹은 할망구가 입술에 피를 발랐소? 완전 미쳤군."

그러거나 말거나 장 과부가 종알댄다.

"하긴 에미네 나간 지도 아슥하니 암컷 배때기 그립을 때도 됐지. 근데 요즘엔 먹는 게 변변찮아, 남정네들 말이오, 사내구실 해볼 생각조차 없다 하던데, 갱장은 안 그루우?"

"참 나, 남정네들이 다 그렇다문 함지 파는 에미네들은 개한테 판다우?"

말해 놓고 보니 아차, 하는 생각이 들었다. 이런 젠장. 슬쩍 장 과부 눈치를 살폈다.

"그래서 돈 잘 버는 에미넬 내쫓았소? 야앙? 그게 지금 세월에 가당키나 한 일이우?"

장 과부가 조금은 취한 듯 보였다.

"나두 모르우. 젠장, 왜 그랬던지."

"후회는 되나 보지, 흥."

"사내새끼가 후회는 무슨 젠장, 술이나 붓소."

"빨리 찾아 들이우. 더 큰 일 터지기 전에, 자아 잔."

"큰일은 젠장, 기껏해야 굶어 죽기밖에 더 하겠소?"

형무는 잔을 들고 술을 받으며 개탄 비슷한 소리를 낸다.

"굶어 죽을라니 오죽할까? 그랑 말고 내 말 찬찬히 듣수. 요즘 스나들은 떡함지에 엎어졌으면서도 떡함지 고마운 줄 모른다 하데. 직장에 목줄 매달았던 스나들이 장사가 뭔지 아우? 배급 잘려 이젠 제 손 씻어 먹어야 사는데, 개 꼬리 삼 년 가야 여우 꼬리 되우? 멍멍이면 멍멍이답게 제 푼수를 알고 얌전해야지, 딴에 속들은 살아서. 흥, 저길 보우. 저기 저거. 담배 묶음 메고 가는 저 영감탱이. 뉘긴지 아우? 한때는 노력영웅에 2급 기업소 지배인까지 했다우. 할망구가 먼저 가니 잎담배라도 팔아 목구멍 진상을 하는 거지. 세월이 이따윈데 갱장은 금 나와라 뚝딱 하문 금 나오고 은 나와라 뚝딱 하문 은 나오는 떡함지를 제 손으로 내쳐? 어이구 등신, 정신 빠져도 한참 빠졌지."

"젠장, 떡함지는 무슨. 함지 팔아 내쫓은 건데. 소문 알면서 시치밀 뗄 거요? 얄밉게……."

"이, 이거 봐, 하 함지 팔든 떡 팔든 돈 벌어 식구들 멕이는 에미넨 다 떡, 떡함지야! 재수 좋은 놈은 어 엎어져두 떡함지에 엎어진다는 말, 밑구멍으로 들었소? 이 이건 엎어져 있으면서도 모르니, 바보 멍충이지. 멍멍."

마침내 장 과부가 쾅 하고 상에 머릴 틀어박는다. 젠장, 추태는! 백번 옳은 말 같다마는 그래도 그렇지 뭐 할 게 없어서……. 형무는 움쭉 일어나 횅횅 집으로 돌아왔다.

집 마당에 들어서니 문 열기가 싫다. 또 담배를 말아 불붙여 물고 왔다 갔다 했다. 갑자기 시커먼 것이 왈칵 덤벼든다. 검둥이다. 발밑에서 멍멍 짖는다. 그러고는 끼잉 낑 하며 앞발로 신발을 툭툭 친다. 반기는 게 고마워 쓸어 주려 손을 내밀다가, 가만있자 내가 이놈 언제 죽 줬더라, 하는 생각이 들었다. 기억이 없다. 젠장, 부엌에 들어와 먹다 만 음식 찌꺼기들을 모아 물 붓고 된장을 푼 다음 주르르 구유에 쏟았다. 푸르르 텁, 푸르르 텁, 건더기도 변변찮은 개물을 텁텁텁 출렁출렁 잘도 먹어 댄다. 얼마나 배고팠으면. 젠장, 방에 들어와 네 활개를 폈지만 통 잠이 안 온다. 장밤 장 과부의 까부라진 말이 뱅뱅 귓바퀴 맴도는 까닭은 대체 뭔지.

다음 날 점심때쯤 큰일이 났다. 해칠이가 수직갱이 무너지는 바람에 즉사했단다. 농철이는 허리가 부러지고 칠성이는 대갈통이 깨져 죽어 자빠지기 코밑이란다. 하기야 지금 세월에 그깟 일이 무슨? 모두 심상히 그렇게 됐구나, 했지만 형무는 달랐다. 사고 난 탄굴 시공자여서 당장에 붙잡혀 보안서 구류장에 갇혔다. 괜히 그들 셋만 내보냈구나, 하고 후회했지만 행차 뒤 나발이다. 제 앞 걱정도 난세다. 예심 때 들었지만 사람이 죽었기에 적어도 3년은 빵에 가야 한단다. 거기다 불법 갱 착공, 멋대로 노동력 쓴 것, 공공 재산인 동발목 도용, 직위를 이용해 사욕을 채운 것 합해 7년이란다. 젠장, 뼈를 갈아 쌀 25킬로 벌고, 인생 빵 쳤다. 이게 무슨…….

형무가 재판받기 하루 전, 보안서에 뭘 얼마나 걷어 먹였는지 한 예술이 면회를 왔다. 아내는 첫눈에 봐도 신수가 환했다. 중국산 원피스에 바짝 자른 시원한 머리, 갸름한 얼굴 위에 붙은 까만 눈동자는 기름기가 찰찰 돌아 잘 익은 머루알처럼 반짝반짝한다. 젠장, 혼자 잘도 처먹었네.

"왜 왔소?"

형무가 퉁명스럽게 내뱉는다.

"당신 꼴이 그게 뭐요? 며칠 굶었소?"

"구류장 신세가 그렇지, 하루 세끼 고기 먹겠소?"

갑자기 설움이 울컥 치밀었다.

"어때요. 날 떠나니 살 만합디까?"

"뭐? 내가 떠났소? 제가 나갔지. 당신만 집 나가지 않았으면 내가 왜 이 꼴 됐겠어. 쳐 죽일 건 바로 당신이야, 알겠소?"

"오, 그래요? 그럼 좀 잘하지. 나 함지 판돈으로 떵떵댔으면 떡함지에 엎어진 줄 알아야지, 그걸 제 손으로 깨우? 싸지 싸. 7년 동안 대학 공부 잘하고 사람 돼서 나오우. 오지 않을까 하다가 그래도 같이 살았던 정이 있어 와 본 거니 딴생각 말고. 당신 같은 사람은 뭘 좀 겪어 봐야 세상 무서운 줄 알 테니까, 안녕."

형무 말은 들으려고도 않고 휙 돌아서 나간다.

쾅, 문이 닫힌다. 형무는 풀썩 바닥에 주저앉았다. 벌써 아는데, 왜 내 말은 듣지도 않고.

보안대원이 히죽 웃으며 "일어서." 하며 거칠게 잡아 일군다.

"너, 안까이 잘 만난 줄이나 알아."

"예에?"

"내일이면 알게 돼. 갱장이면 뭐 해. 세상 물정 모르는 밥통 같은 놈이."

"그게 무슨?"

"걸어."

형무는 구류장에 하루 더 있다가 기이하게도 다음 날 재판도 안 받고 무죄로 풀려났다. 무슨 영문인지 모르고 집에 들어섰다.

선녀가 "아부지." 하며 달려와 안긴다. 배때기가 불룩한 멍멍이가 멍 하며 껑충 뛰어 매달린다. 여느 때 같으면 지개, 하며 쫓았을 것을 형무는 혀를 너불대는 검둥이의 아양이 싫지 않아 이마를 쓸어 주었다. 멍멍이가 사랑받는 건 요렇게 군소리 없이 재롱만 떨어선가, 하는 새삼스러운 생각이 들었다.

"아부지 구류장 맛 어떻습디까. 헤헤, 돼지 불알 맛이지, 예?"

선일이 요놈은 언제 사람 될까. 애빌 놀리는 멋에 사는 놈. 와락 잡아당겨 꽉 그러안았다. 못 본 지 두 달이 넘는다. 눈물까지 쫄쫄 나온다. 젠장, 청승맞게 눈물은……

"아아 씨, 냄새 난다. 빨리 갯바닥에 가서 빨가벗고 씻읍서."

"알았다. 엄만 어디 갔냐?"

선녀가 대답 없이 아빠 곁에 사뿐 다가선다.

"저어, 아부지. 암만 생각해두, 예? 내, 잘못했음다."

"네가 뭘?"

"내 그때 함지 소리만 안 했어두……. 사실 있잼까. 엄마가 국경에 장사 갔다 사기당한 여자들이 굶는 게 불쌍해 그딴 소개해 준 게 말이 잘못 퍼졌담다. 그니까 엄마 잘못은 아니지, 예?"

형무는 할 말이 없어 눈만 껌벅거리다가 "나두 안다, 다 알아. 그때는 남이 거 팔든 제거 팔든 열불 터져서 그런 거구, 들어가자."

방에 앉자 선녀가 해죽 웃으며 밥상을 차린다. 형무의 목울대가 꿀럭 오르내렸다.

"얘 선녀야, 술은 없냐?"

"오, 내참, 있슴다. 엄마가 혜산 가며 장마당서 비싼 넥타이 술 사 왔슴다. 아부지 대접하라면서, 많이는 보안서에 가져갔고, 그러문서 한 말이 다시 그랬단 죽물도 없담다."

며칠간 구류장 여독을 풀며 생각을 거듭하던 형무는 저녁때 민수를 찾아갔다.

"어? 형이 어떻게?"

밤차로 혜산 장에 갖고 갈 생선을 얼음과 함께 포장하던 민수가 깜짝 놀란다.

"민수야, 내 전번 날은 진짜 미안했다. 용서할 거지?"

"뭐를?"

"내가 비린내 그만 풍기라며 혜산 갈 때 널 비웃었잖니."

"아, 그거? 그게 뭐, 그럴 수도 있지. 괜찮수, 거 배낭 아구리 좀 벌려 주겠소?"

둘이 함께 비닐에 포장한 생선을 배낭 안에 넣었다.

"민수야, 나두 이젠 생선장사 해 볼란다. 구멍, 요령, 판, 다 알려 줄 거지?"

"진짜요, 그게?"

"응, 결심했어. 딱 부러지게."

"하하하, 잘했소. 둘이면 배낭 대여섯 개는 움직일 수 있소. 이윤을 곱절 떨군다는 말이오. 근데, 탄광서 한다 하는 간부님이 푹 젖은 고기배낭 메고 다닐 수 있겠소? 보는 눈도 많은데?"

"자식, 지금 세월에 간부는 무슨. 한 집에 멍멍이가 둘씩 있어서야 되겠니?"

저녁 해가 지며 서산마루가 붉게 물들었다. 시커먼 새가 또 너울너울 난다. 얼핏 봐도 까마귀다. 세월이 하도 퀴퀴하니 까마귀 세상이 됐나? 하고 중얼거리던 형무가 뚝 걸음을 멈춘다.

"근데 내가 저번엔 저 흉측한 놈을 왜 수탉으로 봤지?"

봄에서 가을

정길연

정길연

1961년 부산에서 태어나 중편소설 「가족수첩」으로 『문예중앙』 신인문학상을 수상하며 등단했다. 창작집으로 『다시 갈림길에서』, 『쇠꽃』 『가족 수첩』 『나의 은밀한 이름들』 『우연한 생』 등이 있고, 장편소설로 『내게 아름다운 시간이 있었던가』 『변명』 『그 여자, 무희』 『백야의 연인』 『달리는 남자 걷는 여자』 등이 있다. 북한 인권을 말하는 남북한 작가 공동 소설집 『금덩이 이야기』 『꼬리 없는 소』에 참여했다. 그 외 산문집 『그 여자의 마흔일곱 마흔여덟』 『나의 살던 부산은』 등과 장편동화 『정혜 이모의 요술 가방』 『외갓집에 가고 싶어요』 등을 펴냈다. 1996년 평화문학상, 2016년 가톨릭문학상 본상을 수상했다.

＊

　텔레비전에서는 몇 번째 같은 화면을 반복해서 내보내고 있다. 지난봄 남쪽의 대통령과 북쪽의 후계자가 금기의 경계를 넘어오고 넘어가더니 드디어 공화국의 중심부 평양에서 세 번째 악수를 나누는 중이다.

　봄에서 가을. 그사이 별에게 달라진 것은 없다. 훈도 마찬가지다. 세계의 이목이 쏠린 첫 번째 악수 이후 주위 사람들의 질문은 좀 늘었다. 어떻게 생각해? 아무래도 감회가 남다르겠지? 어쩌면 그들은 별이나 훈의 심경이 궁금하다기보다 별과 훈이 북쪽에서 왔다는 사실을 환기하고 싶었던 게 아닐까.

　두 정상을 태운 자동차가 모퉁이를 돌아 모습을 보인다. 연도를 빈틈없이 메운 환영 인파가 별의 눈에는 최후의 방어선처럼 느껴진다. 이 너머의 세상을 궁금해하지 마시오. 인민은 당의 의지와 일체가 되어 깃발과 꽃다발을 흔들어 댄다. 카퍼레이드가 눈에서 멀어질 때까지 두 팔을 쳐들고 함성을 지른다. 별에게는 너무나도 익숙한 광경이다. 한 치 오차도 용납하지 않는 집단체조에 비하면 저건 거저먹기다. 소년 단원으로 국경절과 온갖 궐기대회에 빠짐없이 참가하던 시절이 있었다. 하얀 블라우스와 붉은 머플러의 촉감까지도 생생하다.

"저 보라. 열렬하구나야. 피양 인민이란 인민은 아새끼까지 끌어다 세웠갔어. 너도 저기 있었더라믄 치마저고리 저리 차려입고 팔이 떨어져라 꽃송일 흔들어 대지 않았갔슴?"

훈이 퉁명스레 이죽거린다. 마치 저와는 무관한 세상에서 일어나는 일처럼. 평소에 훈은 이북 사투리를 쓰지 않는다. 사람들의 주의를 끌기 때문이다. 별과 둘만 있을 때, 그것도 뱀이 난다든가 기분이 틀어졌다든가 할 때 사투리를 구사한다. 못마땅해하면서도 채널을 돌려 가며 방송사마다 이미지도 해설도 별반 다르지 않은 특집 뉴스를 들여다보고 또 들여다보는 심사는 뭐람.

별은 평양 거리가 화면에 잡힐 때마다 보리차를 들이켠다. 심장이 나대고 입 안이 바짝바짝 마른다. 훈이 얄미운 구경꾼인 데 반해, 별은 이 급작스러운 평화 무드가 수상쩍기만 하다. 출신 성분과 출신 지역과 이탈 동기가 다르다 보니 정상회담을 두고도 둘 사이에는 미묘한 온도 차가 생길 수밖에 없다.

"히야, 저 고층 빌딩들 좀 보라. 대단하구나야."

기죽는 게 딱 싫은 훈이다. 여의도의 빌딩 숲이나 잠실의 롯데타워에 데려다 놓아도 까짓것 뭐, 하고 대수롭지 않은 체한다. 그러나 방북단의 카메라가 조선인민공화국 수도 평양의 여명거리 대로변을 비춰 줄 때는 다르다. 그의 감탄은 절반쯤 진심이다. 그에게는 몇 배는 더 휘황찬란한 서울의 번화가보다 화면 속의 평양이야말로 별천지다.

별에게도 카메라가 지나가는 평양은 낯설다. 김일성광장과 창전 네거리는 여전하지만 대동강 주변만 해도 전에 없던 건물이 많이 들어섰다. 젊은 사람들의 손에 너나없이 손전화가 들려있는 풍경도 신기하다. 여자들의 치마 길이도 헤어스타일도 색조 화장도 확실히 대담해졌다. 불과 5, 6년 만에 저렇게 달라질 수 있다니.

"어때, 돌아가고 싶어?"

훈이 별을 떠본다. 별은 못 들은 척한다. 화면 속 평양 시민들 가운데 어릴 적 제 동무가 있을 것만 같다.

"길이 열리면 말이야."

훈이 입술을 삐죽이며 덧붙인다.

별 뜻 없어. 그냥 묻는 거야. 시큰둥하게 툭 던지는 말투야말로 훈의 허세다. 훈은 본심을 잘 드러내지 못한다. 음험해서라기보다 감정 표현에 서투르다. 한국에 오기 전까지 또래 아이들과, 더욱이 여자아이들과는 이야기를 나눠 본 적이 거의 없다. 한국에 들어온 첫해, 하나원에서 별과 티격태격했던 것도 제 딴엔 말을 섞고 싶은 마음이었는데 번지수가 자꾸 어긋나서 난감했다.

"그러니까 내 말은…… 저렇게 악수하고 껴안고 왔다 갔다 하다 보면……."

"어림없어."

별이 마지못해 짧게 대꾸한다. 별이 끝끝내 상대해 주지 않으면 훈은 말 같지도 않은 억지를 부리며 트집가락을 잡을 게 빤하다. 훈은 간혹 별것도 아닌 일에 흥분한다. 그러다 제법 큰 싸움으로 번진 적도 있다.

언젠가는 별이 물러서지 않고 대거리를 계속하자 훈이 제풀에 씩씩대더니 주먹으로 벽을 쳤다. 분이 풀리지 않는지 방문도 걷어 찼다. 쿵. 쿵. 쾅. 쾅. 경비실에서 인터폰이 울렸다. 별은 팔짱을 낀 채 꼼짝하지 않았다. 네가 한 짓이니까 네가 알아서 해. 훈이 지레 풀이 죽어 인터폰 수화기를 들었다. 경비 아저씨가 아랫집에서 항의가 들어왔다고 전했다. 말투가 험했다. 훈의 목소리가 기어들어 갔다. 훈은 별에게만 큰소리를 친다. 그러고는 한 며칠 쩔쩔맨다.

"뭐래는 거야?"

훈이 되묻는다.

"어림없다구."

"길이 열리지 않을 거란 얘기야, 돌아가지 않을 거란 얘기야?"

"그러는 오빠?"

훈은 얼버무리듯 텔레비전으로 고개를 돌린다.

"거봐. 오빠도 말 못 하잖아. 자기 주관이 없으니까 남의 속이 궁금한 거지."

별이 슬쩍 훈을 건드려 본다.

"주체사상의 물이 빠져서 그래."

훈이 히죽 웃는다. 별은 어이가 없다. 훈은 산속에 숨어 사느라 유치원 근처에도 안 갔다. 자아비판이니 생활 총화니 하는 통제 교육과 무관하게 살다 여덟 살에 두만강을 건넜다. 한마디로 주체사상의 물이 들 새가 없었다.

"웃기지도 않네."

"뚱해 있지 말고 좀 웃어 보라고. 하하하."

훈은 겉으론 무심한 듯해도 눈치 하나는 기차게 빠르다. 그가 거쳐 온 세상에서 꼭 필요했을 기능이다.

"이사장님한테 야단맞았어?"

별은 오늘 자신을 후원해 온 인권 단체의 이사장을 만나고 왔다. 만신창이로 한국 땅에 떨어진 별에게 사단법인 무궁화하나 이사장의 온정은 생명수나 다름없었다. 고아 탈북 소녀 별은 이사장의 손에 거듭났다. 이사회에 소개하고 인권운동가의 꿈을 불어넣었다.

별이, 그냥 내 딸 해라.

별은 그저 그 말이 고마웠다. 이사장은 아들만 셋이다. 이사장의 진짜 관심이 자신의 스토리에 있다는 건 중요하지 않았다.

"늘 하는 말씀이지, 뭐. 수업은 잘 따라가고 있냐, 교회는 잘 나가냐, 심리 상담은 잘 받고 있냐……."

별은 일단 발을 뺀다. 훈이 세모눈을 한다.

"원하는 게 있을 거 아냐? 밥 사 주고, 옷 사 주고, 용돈도 쥐여주고. 너도 알잖아. 자본주의사회에 공짜가 어딨어?"

화려한 인맥과 유려한 언변, 그리고 낮은 자의 대모라 불리는 이사장의 박애주의. 하지만 언제부턴가 별은 혼란스럽다.

훈은 별의 불안을 놓치지 않는다. 다만 그 불안의 근원이 이사장인지, 별인지 감이 잡히지 않을 뿐이다. 그럼에도 훈은 별에게 자신에게조차 숨겨야 할 무언가가 있다면 숨겨도 좋다고 생각한다. 최후의 보루가 무너지면 선택의 폭이 너무 좁아진다.

"저 위쪽이나 여기 아래쪽이나……."

훈답지 않게 말을 아낀다. 그러니까 정치인들은 믿지 마. 정치판에 한 발을 담근 위선자들도. 그들도 뒤에서 같은 말을 한다. 탈북자들을 어떻게 믿어? 더 심한 말을 하는 인권운동가도 있다. 조심해. 어쨌거나 조국을 배신한 자들이야. 얻을 게 없으면 언제든지 돌아선다고.

"나라가 잘못돼 가고 있대. 속는 줄 모르고 넘어간다고. 저쪽의 현실을 잘 아는 우리가 목소리를 내야 한다고."

"찬물을 끼얹고 싶은 거겠지. 남이고 북이고, 휴전선이 꽁꽁 얼어야 얻는 게 더 많은 사람들. 나라들. 다들 거품 물거나 쥐가 나도록 머릴 굴리고 있잖아. 난 왜 하필 이 땅에 태어났을까."

텔레비전에서는 여전히 스튜디오에 앉아서 이러쿵저러쿵 떠드는 전문가들과 평양 거리를 번갈아 내보내고 있다.

"그럼 오빠 어디서 태어났음 좋았겠어?"

"어디서든 빽 있고 돈 많은 사람."

훈이 전원 버튼을 누른다. 팟, 105층짜리 류경호텔이 화면에서 사라진다. 평양에서는 어디를 가든 저 삼각뿔 건물이 보였다. 별은 저 거대한 무덤에 부장된 자신의 유년기를, 청소년기를 발굴하고 싶지 않다.

"넌?"

난…… 태어나지 말았으면 좋았겠어.

*

한국에 들어온 지 5년 차. 별과 훈은 경로는 달랐지만 비슷한 시기에 남한에 도착했다. 조사 기간도 비슷해 하나원에서 같은 기수로 정착 교육을 받았다. 하나원에서는 실랑이가 잦았다. 주로 훈쪽에서 별을 건드렸다.

야, 윤별이랬니? 윤별이 넌 어마이 아바이를 잘 만났구나. 우리 같은 근로인민이 강냉이쌀 구경도 못 하고 땅 뒤집어 나무뿌리

캐 먹을 때, 너이 평양의 고급 인민은 입쌀 배급 척척 받았을 거 아님? 넌 저 위에 있을 때도 그저 등 따숩고 배불리 지냈더랬구나야.

별은 그렇다고도 아니라고도 말하지 못했다. 은덕에서는 평양에서 쫓겨난 사정을 캐물었다. 남에서는 북조선을 등진 사연을 물어왔다. 별은 그때마다 말문이 막혔다. 아니, 숨이 턱턱 막혔다. 짱짱한 포승줄에 온몸이 묶인 듯 피가 통하지 않았다.

이거이 이거, 말 못 하는 거 보라. 영 사회주의 부르주아였구만.

훈은 하얘진 얼굴로 숨을 고르는 별이 아니꼬운 듯 짓궂게 깐죽댔다. 별이 훈을 쏘아보았다.

뭘 안다고 함부로 나불대니?

내래 틀린 말 했슴?

니가 뭘 알아!

기럼 말해 보라. 야, 솔직히 같은 동포라도…….

별의 눈에서 눈물이 뚝뚝 떨어졌다. 훈은 살짝 당황했다. 제 눈앞에서 누군가가, 더군다나 여자애가 우는 건 처음이었다.

간나가 이래 물러터져서리 국경은 뭔 배짱으로 넘었슴메.

별은 함경북도 은덕에서 서울까지 오는 데 3개월이 채 걸리지 않았다. 흔치 않은 케이스였다. 혼자였고, 선택의 여지가 없었고, 한순간도 제정신이 아니었으며, 감당할 수밖에 없었다. 그녀의 삶은 하루아침에 곤두박질쳤다. 엄청난 일들이 순차적으로 일어났고, 순간순간이 끔찍했고, 마지막까지 모멸스러웠다.

시작은 아버지에게 덧씌워진 간첩 혐의였다. 안전보위부에서 해
외 정보를 다루었던 아버지가 체포됐다. 젊은 후계자가 세워지고
얼마 되지 않은 때였다. 여맹 간부인 엄마의 탄원도 통하지 않았
다. 오히려 엄마의 신상마저 위태로워졌다. 냉동고 안쪽 얼린 숭어
봉지 속에 꽁꽁 싸매 둔 달러와 위안화가 가택수사 때 발각 났던
것이다. 엄마는 연행되었다가 이틀 만에 가까스로 풀려났다. 거기
까지가 그나마 손쓸 수 있었던 한계였다. 마지막 희망이었던 달러
는 단 한 장도 되찾지 못했다.

끝이 아니었다. 최악의 상황이 남아 있었다. 정치범 수용소에 끌
려갔던 아버지는 9·9절 직전에 공개 처형을 당했다. 남은 가족에
게는 추방 판결이 떨어졌다. 체포와 처형과 추방까지, 극본을 따라
가듯 일사천리였다. 어떻게 해 볼 도리도, 슬퍼할 겨를도 주어지지
않았다.

은덕이 어딘지 아니? 거긴 끝에서도 끝이야. 우린 희망이 없어.
니 아바이가 살아 있기라두 하믄 모를까…….

별 모녀는 짐 보따리와 함께 구겨지듯 북행 열차에 몸을 실었다.
목적지에 도착할 때까지 보위원이 동행하며 감시했다.

공포와 충격과 에이는 슬픔 속에서도 별은 엄마가 곁에 있어서
불행 중 다행이라고 마음을 앙다물었다. 그러나 엄마에게 별은 그
다지 의지가 되지 못한 듯했다. 은덕에서 첫겨울을 나면서 엄마는

완전히 무너졌다. 방금 전의 일도 깜박깜박 잊고 딴소리를 해대기 일쑤였다.

그날 철커덩철커덩하고 렬차가 철교를 건널 때마다 내 오장을 죄고 있는 나사못이 조금씩 조금씩 헐거워지는 것 같더란 말이지.

어느 날 아침, 엄마는 뿌옇게 성에가 낀 유리창을 소매로 문지르다 말고 말했다.

강물은 얼마나 새까맣던지. 창밖은 또 얼마나 어둡던지. 내 속이 꼭 그랬거든.

희붐한 유리창 밖 거리는 밤새 내린 눈에 하얗게 덮여 있었다. 방 안은 휑뎅그렁했고 우중충했다. 그즈음엔 평양을 벗어나던 날 파견 나온 간부들에게 사정사정해서 이삿짐에 쑤셔 넣었던 가전제품도 쓸 만한 건 남아 있지 않았다. 아버지가 모스크바에 출장을 갔다 오면서 선물로 사다 준 털모자와 모피 외투도 옷걸이에서 사라졌다. 엄마의 외투는 엄마가 일하는 오리공장 지배인이 입고 있었다. 별의 것은 지배인의 딸에게 건네졌으리라. 한동안 부지런히 집을 들락거리던 지배인이 언제부턴가 발길을 뚝 끊었다. 더 이상 탐나는 물건이 남아 있지 않았기 때문이다.

보위원이 벌겋게 지키고 있지 않았음 렬차간에서 뛰어내렸을지도 몰라.

엄마의 병은 이미 깊었다. 꽁꽁 얼어붙은 은덕의 첫겨울, 엄마는 엄마의 강을 건넜다. 머잖아 별도 얼어붙은 강을 건넜다. 기다렸다는 듯이 자신을 찾아온 브로커 사내가 이끄는 대로.

넌 상팔자야, 나에 비하믄. 난 진짜 버섯 따고 열매 훑고 창자에서 쫄쫄 소리 나믄 개울물 떠 마시고 그랬으니까니.

훈이 어정쩡한 오기를 부렸다. 별이 언제 눈물 바람을 했냐는 듯 쌩한 얼굴로 일어섰다. 훈은 어쩐지 낯이 홧홧했다. 흥, 도도하게 구네. 제까짓 게 뭐라고. 아니꼬운데도 밉지 않은 건 요상한 조홧속이었다.

*

아버지는 훈을 데리고 백두산 골짜기 외딴집으로 야반도주했다. 앉아서 죽지 않으려면 도리가 없다고 했다. 훈을 위해서라고도 했다. 아버지의 말은 감동을 주지 않았다. 아버지 자신을 설득하기 위한 핑계로 들렸다.

훈이 처음부터 아버지와 둘이었던 건 아니다. 산 아랫동네에서는 세 식구였다. 아버지는 걸핏하면 엄마를 때렸다. 이웃에 살던 훈의 외할머니조차도 못 본 척, 못 들은 척했다. 그때는 훈도 아버지가 미웠다. 발에 차이고 주먹으로 얻어맞고도 아궁이 앞에 쪼그리고 앉아 나물을 삶는 엄마는 더 미웠다. 엄마에게 가던 매가 자신에게 떨어지게 되자, 훈은 때리는 아버지보다 귀띔 한마디 없이 사라진 엄마를 원망했다. 여섯 살 때였다.

가파른 산비탈을 타는 동안 아버지는 몇 마디 하지 않았다. 걸음을 멈추고 다리쉼을 할 때도 결연한 눈빛으로 산 정상을 응시할 뿐이었다. 훈은 아버지의 시선을 좇았다. 과연 아버지가 원하는 것이 저곳에 있을까. 산꼭대기는 골안개와 비구름에 가려 보이지 않았다.

두고 보라. 이제 이 아바이도 돈을 많이 벌 거임.

마침내 저만치 목적한 외딴집이 나타나자, 아버지는 문득 가슴을 펴고 말했다.

'두고 보라'는 아버지의 말버릇이다. 으름장을 놓을 때도, 각오를 다질 때도, 허세를 부릴 때도. 이제까지의 '두고 보라'는 번번이 빗나갔다. 몇 날 며칠 사스래나무와 들쭉나무 숲을 헤치며 당도한 곳은 소학교 운동장만 한 분지였다. 훈은 각오인지 예의 허세인지 모를 아버지의 '두고 보라'가 눈물이 날 것처럼 기뻤다. 쓰러지기 일보 직전이었던 것이다.

안도와는 달리 앞으로 얹혀살게 될 집은 실망스러웠다. 뭔가 어긋나는 기분이 들었다. 말이 집이지, 옹이 진 나무로 기둥을 세우고 가로로 판자를 덧댄 움막에 불과했다. 갈피진흙과 마른풀을 섞어 갠 흙으로 바람벽을 메웠는데, 갈라지고 터진 틈새로 칼날 같은 황소바람이 들이쳤다. 판자와 비닐 장판으로 인 지붕에는 비바람에 날아가지 못하도록 개울에서 가져온 돌멩이를 고여 두었다.

임시방편의 역사가 고스란히 드러나는 외관이 그러하듯, 움막 안의 사정도 좋지 않았다. 거적으로 가린 입구를 제외하고는 손바닥만 한 들창 하나 나 있지 않았다. 대낮에도 빛이 들지 않았다. 게슴츠레 눈을 뜨고 어둠이 눈에 익을 때까지 기다려서야 겨우 사물을 식별할 수 있었다. 훈은 움막으로 들어서자마자 세숫대야를 걷어찼다. 대야 운두에 정강이를 오지게 부딪쳐 눈물이 쏙 빠질 참인데, 아버지는 다짜고짜 훈의 머리통을 찍었다.

야! 눈깔 똑바로 뜨라.

훈은 두 눈을 끔뻑였다. 눈이 매웠다. 안에서 누가 호롱불을 켰다. 그제야 살림살이가 눈에 들어왔다. 움막 안은 매움한 연기로 가득 차 있었고, 천장에도 그을음이 잔뜩 끼어 있었다. 밖으로 뺀 굴뚝이 제구실을 못 한 탓이라지만 근본적으로는 장작 아궁이 하나로 취사와 난방을 겸하는 구조의 한계였다.

방과 부엌의 구획도 없었다. 입구 쪽이 부엌이고 안쪽이 방이었다. 방이라고 해 봤자 울퉁불퉁한 맨흙 바닥에 포대 자루와 담요를 깔아 놓은 게 전부였다. 오래 앉아 있거나 자려고 누우면 여기저기 배기고 쑤셔서 수시로 자세를 바꿔야 했다. 한뎃잠을 자지 않는 것만 해도 어디냐는 아버지의 강다짐이 아니더라도, 훈은 불평할 마음이 없었다. 오직 아버지가 자신을 버릴까 봐 두려웠다.

집주인은 산판을 일구어 부대농사(화전)를 지으러 들어왔다가 아예 머리카락이 허예지도록 눌러앉은 노부부였다. 그러나 오래전부터 농사를 짓지 않았다. 두 식구 먹을 양만 밭을 갈고 대부분의 시간과 노동력을 산에서 나는 것들을 거두는 데 썼다. 임산물로 눈을 돌린 건 그쪽이 돈이 더 되는 까닭이었다. 아버지도 그 일을 할 요량이었다.

칸막이도 없는 비좁은 공간에서 네 사람이 요령껏 부대끼는 생활은 고달팠지만 견딜 만했다. 아버지는 약초꾼인 할아버지를 따라 매일같이 산속을 헤집고 다니다 날이 이슥해지면 돌아왔다. 이틀이나 사흘쯤 걸려서 돌아오기도 했다. 마대 자루에 꾹꾹 눌러 담은 수확물을 거꾸로 쏟아 놓으면 이름도 알 수 없는 약초와 버섯과 열매가 무덤을 이루었다. 할머니는 할머니대로 움막 근처 산비탈을 돌며 산나물을 뜯어 와 삶고 말렸다. 깊은 산속에서는 하루해가 금방 넘어갔다.

머잖아 아버지는 훈춘 쪽 장사꾼들과 거래를 텄다. 산간을 돌아다니며 약초를 수집하는 장사꾼에게 넘길 때보다 이문이 배로 남기 때문에 위험부담을 감수하려는 것이었다. 접선 장소는 강폭이 좁고 국경 수비대의 감시가 덜한 두만강 상류 쪽이었다. 그때부터 아버지는 훈을 달고 다녔다.

골짜기를 타 넘어 절벽 끄트머리에 서면 건너편 중국 마을이 한눈에 잡혔다. 발아래로 철조망 대신 시퍼런 강물이 흘렀다. 두만강이었다. 절벽 바투 아래 좁은 자갈밭은 수풀이 우거져 해가 들어도 스산했다. 아버지는 전날 밤 비닐로 단단히 싸맨 마대 자루를 절벽 위에서 강으로 내다 던졌다. 말린 약초 자루는 부피가 커 한 번도 강을 넘지 못했다. 자루는 둥둥 떠서 물살을 타고 아래쪽으로 흘렀다. 중국 땅 수풀 속에서 누군가 튀어나와 헤엄을 쳐 자루를 건져 갔다.

건너편에서도 무엇인가를 팔매질했다. 돌멩이와 종이돈 뭉치였다. 비닐로 이중 삼중 싸맨 돈뭉치는 절벽 위 풀숲에 안전하게 떨어질 때도 있지만, 도중에 물속에 풍덩 빠져 버리기도 했다. 훈이 나설 차례였다. 훈은 나뭇가지와 덩굴을 붙잡고 미끄러운 경사를 타고 내려갔다. 자갈밭이나 얕은 물에 떨어지면 냉큼 주워 오면 그만이지만 한참 못 미쳐 깊은 강바닥에 떨어지면 아무리 추운 날씨라도 자맥질을 해서 돈뭉치를 건져야 했다. 숨을 멈추고 뜬눈으로 입수하기도 쉽지 않은데, 몇 번이나 물속에 머리를 처박고 강바닥을 뒤져도 비닐 뭉치를 찾지 못하는 날은 죽을 맛이었다.

아버지는 수풀에 몸을 숨긴 채 "한 번 더!"를 외쳐 댔다. 훈이 기진맥진하도록 자맥질을 하고 또 해도 허탕을 치고 만 날, 아버지는 빈손으로 움막에 들어서자마자 훈을 두들겨 팼다. 그러고는 중국 술을 들이켰다. 움막의 노인네들도 외할머니처럼 못 본 체했다. 훈은 구석에 웅크린 채 잠든 척했다. 매보다 배고픔보다 아버지가 자신을 두고 그 길로 사라질까 봐 전전긍긍했다.

걱정이 씨가 되었을까. 어느 날 아버지는 사흘을 넘기고 나흘이 되도록 돌아오지 않았다. 훈은 움막 입구에 서서 밖에서 바스락거리는 소리만 나도 거적을 밀치고 뛰쳐나갔다. 그때마다 찬 바람 든다며 노인네 둘이 번갈아 악다구니를 써댔다.

아버지는 닷새 만에 돌아왔다. 아버지의 마대 자루에서는 약초 대신 운동화와 뭉그러지고 쉰내 나는 두부 밥이 나왔다. 할머니에게도 손에 바르는 크림 하나와 목도리를 내놓았다. 운동화는 훈의 발에 조금 컸다. 소나 개도 끌려가서 죽을 때를 안다는데 훈도 뭔가 미심쩍었다. 예감은 적중했다.

자리 잡으면 사람을 보낼 테니 꼼짝 말고 기다리라.

이튿날 아버지는 '두고 보라'는 말을 남기고 떠났다. 훈 혼자 노인네들 사이에 끼어 눈칫밥을 얻어먹는 신세가 됐다. 두 노인은 아버지가 미리 치른 몇 푼으로는 밥값도 안 된다며 훈을 부렸다. 개울물을 긷고, 개울이 얼면 양동이에 눈을 퍼 담아 물을 끓였다. 땔감으로 쓸 나뭇가지를 줍거나 갈퀏밥을 긁어모으는 일도 훈의 몫이었다. 할머니는 걸핏하면 잔소리를 해대거나 욕을 퍼부어 댔다. 할아버지는 생쥐처럼 찍찍거리며 들리다 말다 하는 라디오가 먹통이 될 때도 훈에게 작대기를 휘둘렀다.

훈은 속으로 이를 갈았다. 두고 보라. 내래 언젠간 이 집에 불을 질러 버릴 테니까니.

진짜 불 지를 참이었어?

나중에 훈의 이야기를 듣고는 별이 그렇게 물었다.

그럼. 확 싸지르고 튈려고 했지. 진짜로.

맘이 변한 거야?

아니. 딱 그때 아버지가 사람을 보내왔거든.

아버지는 약속을 지켰다. 일 년 만이었다. 훈은 아버지가 보낸 길잡이를 따라 강을 건넜다.

훈은 아버지와 함께 거의 7, 8년을 중국 북부 나무판에서 나무판으로 떠돌았다. 돈은 모이기도 했고 하룻밤에 사라지기도 했다. 아버지가 판돈을 쓸어 모으자 조선족 로반이 손도끼를 탁자에 내리찍으며 말했다.

조용히 두고 꺼지라. 공안을 부르기 전에.

훈은 아버지를 이해할 수 없었다. 아버지는 수렁으로 떨어졌다. 살겠다고, 돈을 벌겠다고, 악착같이 산판을 전전하던 아버지는 수중에 돈이 모이자 도박판을 기웃거렸다. 돈이 떨어지면 빈속에 고량주를 들이붓고 곯아떨어졌다. 아버지 스스로 아버지를 베어 넘길 때까지 자멸의 행군은 멈출 줄 몰랐다.

너, 어마이 찾을 생각일랑 말라.

훈이 잠들지 못하고 벽에 붙어서 눈물을 훔치고 있던 어느 날, 잠든 줄 알았던 아버지가 이불 속에서 잠꼬대처럼 중얼거렸다.

어디, 찾았슴메?

기냥 기렇게 알고 있으라.

아버지가 엄마 이야기를 꺼낸 건 그때 딱 한 번뿐이었다.

훈이 남한행을 결심한 건 아버지가 나무판에서 스스로 찍어 넘긴 나무에 깔려서 목숨을 잃은 다음이었다. 한국행 비행기에 오르기까지는 또다시 2년이 더 걸렸다. 그 2년은 브로커와 공안과 날씨와 풍토병까지, 산 넘어 산을 넘어야 하는 불운의 연속이었다.

어머닌 찾았어? 만난 거야?

유언이 되고 만 아버지 말대로 훈은 엄마를 찾아가지 않았다.

엄마는 도망간 거야. 혼자만 살겠다고. 날 버리고.

별이 훈의 등을 가만히 도닥였다.

살아 계신 게 어디야.

별은 그래서 부럽다고 말하지는 않았다. 그건 다른 문제다.

알 바 아님. 그건 엄마의 인생이니까. 그래도 아버진 날 버리지 않고 여기까지 떠밀었지. 미운데도 미워할 수 없어. 마지막엔 진짜 시궁창에 빠진 것처럼 살았지만.

*

별은 고등학교 졸업 자격 검정고시를 거쳐 곧바로 간호학과에 진학했다. 훈은 지난해 중졸 학력을 통과했고, 올해는 고졸 학력 검정고시에 도전한다. 자신으로선 되면 좋고 안 되어도 괜찮지만, 별에게 너무 기우는 건 또 싫다. 전문대학은 어떻게든 마쳐야 되지 않을까. 별을 잃지 않으려면.

"공부는 안 맞아. 너랑 달라 내 머리에 쏙쏙 들어오지 않는다고."

백날 책을 들고 판들 승산이 없다. 벌써 결승점 가까이 도달한 여기 아이들과 막 출발선에 선 자신이 같을 리 없다. 훈은 낑낑대며 공부에 매달려 봤자 번듯한 직장을 구하긴 글렀다는 것도 안다. 여기 애들에게 지지 않는 방법은 단 하나다. 돈.

"자본주의 사회에선 돈이 하느님이야. 아닌 척해도 속으론 다 그렇게 생각해."

훈은 또래 탈북 학생들이 대체로 문과를 전공하는 것과 달리 자동차 정비 쪽으로 방향을 잡았다. 몸으로 하는 일은 무엇이든 자신이 있다.

"근데 말이지."

훈이 뭔가 생각난 듯 말한다.

"서른 살쯤으로 보인대, 내가. 스물다섯, 스물여섯까진 나도 내 얼굴 거울로 보니까 인정하겠는데, 서른 살은 쫌 너무하지 않냐?"

스물셋, 스물둘. 훈이 별보다 한 살 위다.

"헐, 누가?"

"키다리 간사가 그러더라. 지난번 걷기 대회 때 우리 조 인솔자였던."

"아, 한미래 간사."

지난여름 훈은 사단법인 무궁화하나에서 주최한 통일 걷기 대회에 다녀왔다. 남한 출신 청소년들과 북쪽 출신 청소년들이 DMZ를 횡단하며 우의를 다진다는 취지다. 5박 6일간 주간에는 정해진 구간을 걷고 야간에는 통일과 화해를 주제로 한 조별 발표도 해내야 한다. 전체 미션을 완수하면 장학금 명목의 후원금을 지급하기 때문에 나름 지원자가 몰리는 프로그램이다.

이사장은 언제나처럼 언론 홍보에 공을 들였다. 기자 간담회를 마련했고 단신으로 처리될 인터뷰에도 성실히 응했다. 단체의 활동과 실적을 적극적으로 알려야만 법인의 인지도가 올라갈 것이고, 그래야 기업이나 개인으로부터 후원금을 걷는 데 유리할 테다. 평소에도 법인의 내부 행사나 정기 세미나 일정이 잡힐 때마다 빠뜨리지 않고 보도 자료를 낸다. 티끌 모아 태산. 미디어 데이터도 적립금처럼 쌓아 간다.

"서른이라고 생각하게 내버려 두지. 그럼 오빠 소리 들었을 텐데."

"금방 들통 날 거짓부리를 왜 하냐? 먹어서 배부른 것도 아닌데."

"어리다고 만만하게 보는 거 싫다며?"

"지들 이십 년하고 내 이십 년을 같은 근수로 퉁치려고 드니까 싫지."

"지들도 꼬맹이 적부터 학원 다니랴, 대학 와선 알바 하랴 공시 준비하랴 고달프다잖아."

훈은 이럴 때 별이 못마땅하다. 가만있는 사람을 불평분자로 만드는 재주다. 편을 들어주면 어때서.

"아이고, 찍찍. 고양이 걱정은 고양이들끼리 하게 냅두시지."

말이 박애주의고 동포심이지, 사람들은 근본적으로 저부터 살자 한다. 훈도 마찬가지다. 지구상에는 자신보다 더 험한 일을 겪는 이가 많다는 걸 알지만 대신해 줄 수 있는 일은 아무것도 없다.

훈은 죽을 고비를 열두 번도 더 넘긴 자신에게 또다시 죽을 고비가 찾아온다면, 정말이지, 그땐 살고 싶지 않을 것 같다. 정작 살겠다고 얼어붙은 강을 건너와서는 스스로 삶의 끈을 놓아 버린 새터민의 절망감을 훈은 이해한다. 인민대중의 계급이 평준화한 사회에서 태어나 자란 그들에게 자본주의 계급사회는 낯설고 두려운 새로운 전쟁터다. 전쟁터에서는 무조건 살아남아야 이긴다. 아버지는 그 전쟁에서 패했다.

"솔직히 말해 봐. 이사장님이 너한테 요구하시는 게 뭐야?"

훈이 저녁 내내 변죽을 울리더니 기어이 핵심을 건드린다.

"사례 발표를 해 달라시네."

"네 스토리?"

별이 고개를 끄덕인다. 아버지의 숙청, 엄마의 자멸, 그리고 브로커와 보위원 합작으로 기획된 탈북. 이사장에게는 일목요연한 목차처럼 잘 짜인 인권 탄압의 표본에 불과할 뿐이다. 기억의 웅숭 깊은 우물에서 그 혹독한 시간을 끄집어내려면 얼마나 격렬한 동통과 씨름해야 하는지 짐작하지 못하리. 아랑곳하지 않으리.

"이미 했잖아. 가명이지만 자료집에도 들어갔고."

"유튜브에 올리자고. 파급력이 있어야 한다고."

이사장은 공개방송을 기획하고 있다. 몇몇 인도주의자 혹은 인도주의자로 비치고 싶은 인사들이 얼굴도장을 찍는 세미나에서 쭈뼛거리며 발표자로 나설 때와는 차원이 다른 노출일 수밖에 없다.

"유튜브 스타로 만들어 주시겠대? 너도 스타가 되고 싶니? 악플이 한 삼만 개쯤 달리는?"

"흥분하지 마."

"흥분할 일이야, 이건."

훈의 목소리가 커지는 것도 당연하다. 그래도 다소 오버하는 느낌이 있다.

"나도 내가 좀 제멋대론 걸 알고 있어. 너한테 한 번씩 못되게 구는 것도 알고. 마음은 안 그래. 머리가 나빠서 마음이 안 그렇다는 걸 잘 표현할 줄도 모르고. 억지나 뻑뻑 쓰고. 그렇지만 난 네 편이야. 넌 내 편이어야 하고."

"알아."

"이사장님은 널 위해서가 아니라 이사장 당신, 이사장이 속한 진영의 기득권을 위해 널 이용하는 거야."

"알아."

"알아, 알아, 알아……, 안다고 하면서 왜 싫다고, 안 한다고 딱 부러지게 말 못 해? 너 이제 나한테 뭐라 그러지 마라. 너도 나한테만 큰소리치고 따지고 그러더라."

"없던 일로 됐어. 그러니까 진정해."

이사장은 탈북 여성의 인권유린 실태 사례에서 '미투(Me Too Movement)'의 요소를 부각해야 한다고, 그러면 페미니스트들의 호응을 끌어낼 수 있다고 별을 구슬렸다. 그 말을 듣는 내내 별의 입술이 파르르 떨렸다. 욕지기가 올라왔다. 미투라니. 훈에게도 고백하지 못한 부분을 터트리라고.

별은 눈을 감고 고개를 저었다. 땀과 먼지로 번들거리는 사내의 얼굴이 시커먼 바위가 되어 자신의 몸을 짓눌렀다. 바위는 다시 조사관으로 변했다가, 이사장으로 변했다가, 이사회의 저명하신 휴머니스트들로 차례로 바뀌었다가, 한 번도 본 적 없는 수많은 타인들로 바뀌어 벌 떼처럼 웅웅웅웅 자신의 몸에 달려들었다.

물론 어느 정도 데미지는 있겠지. 하지만 잃는 것보다 얻는 것이 더 많을 거라 장담해. 국제사회에서도 북한 인권에 대한 목소리가 더욱 높아질 거고. 더 크고 넓은 무대에서 인권운동가로 성장할 수 있는 기회이기도 해.

별이 세차게 고개를 흔들었다. 싫어, 저리 가. 벌 떼가 떨어져 나가고 눈앞에는 낯익은 얼굴 하나가 남았다. 어린 학생들이 속수무책으로 물속에 가라앉은 다음 날 인터넷을 검색하던 이사장의 찌푸린 얼굴이었다. 우리 기사가 세월호에 다 묻혀 버렸잖아. 이사장에게 우호적인 신문이 육하원칙만 살려 서너 줄로 언급한 기사는 전날 무궁화하나 후원의 밤 행사에 관한 것이었다.

"없던 일이 됐다고? 제대로 거절하긴 했어?"

"속이 울렁거려서 화장실에 갔어."

훈이 검지로 자신의 관자놀이를 쿡쿡 찌르며 반발한다.

"미쳐. 그걸 거절이라고?"

"이사장실로 돌아가지 않고 그냥 나와 버렸어. 그랬더니 아까 집에 도착하기 전에 한 간사가 문자 했더라. 주소 불러 달라고."

"주소는 왜?"

"가방을 두고 왔거든. 어떻게 된 게 폰은 내 주머니에 있더라고. 화장실에 간다고 일어서면서 무심코 주머니에 집어넣었던가 봐. 웃기지? 내일 퀵으로 보내 주겠대. 착불로."

그제야 훈이 누그러져서 부드럽게 묻는다.

"이사장님은 어떻게 볼래?"

"오빠두 참. 내 생각만 하라며? 그새 쫄았어?"

훈이 어깨를 으쓱해 보이고는 거실을 빙빙 돌다가 의자에 걸쳐 둔 점퍼를 들고 현관으로 향한다. 벽시계의 바늘이 12시 10분 전을 가리키고 있다. 별이 눈짓으로 묻는다. 다 늦게 어디 가?

"편의점. 전 북한 인민으로서 한잔해야 하지 않갔슴? 화면으로 나마 평양 구경 실컷 한 기념으루다."

훈이 건들거리며 현관문을 열고 밖으로 나간다. 밤공기가 차다.

훈의 슬리퍼 소리가 엘리베이터 쪽으로 멀어져 간다. 별은 신발장 앞에 우두커니 서 있다가 두 팔을 높이 쳐들고 흔든다. 꺼졌던 센서 등이 다시 켜진다. 불현듯 싸늘한 한기가 전류처럼 별을 휘감는다. 온몸에 소름이 오소소 돋는다.

어쩌면 훈은 모든 것을 알고 있지 않을까. 발설하지 않은 시간을 의혹하고 있지 않을까. 문득문득 흐리마리하게 떠올랐다 사라지곤 하던 형체가 비로소 선명해지는 것 같은 이 느낌이 진실에 가까울 것이다.

쫄지 마. 내 생각만 하는 거야.

별은 심호흡을 하고 거실로 돌아와 텔레비전을 켠다. 화면 속의 평양은 낯익고 낯설다. 아프고 그립다. 곧 길고 멀었던 하루가 종료되고 내일이 올 것이다. 그리고 훈이 돌아올 것이다.

간리역 광장

도 명학

도명학

1965년 북한 양강도 혜산에서 태어나 김일성종합대학 조선어문학부 창작과를 수료했다. 전 조선작가동맹 소속 시인, 반체제작품 혐의로 북한 국가안전보위부에서 삼 년 투옥하고, 2006년 출옥 후 탈북 및 국내로 입국했다. 한국소설가협회 월간지 『한국소설』로 등단했다. 국내 발표작품으로 소설집 『잔혹한 선물』과 시 「곱사등이들의 나라」 「외눈도 합격」 「철창 너머에」 「안기부소행」 등이 있고, 에세이 「휴대폰이 없었으면 좋겠다」 「시(詩)야? 암호야?」 「사라져가는 이웃사촌」 등 백여 편이 있다. 북한 인권을 말하는 남북한 작가 공동 소설집 『국경을 넘는 그림자』 『금덩이 이야기』 『꼬리 없는 소』와 『한중대표소설집』에 참여했다. 현재 자유통일문화연대 상임대표, 한국소설가협회 회원이다.

"젠장, 사람 구워 먹갔다야."

옆에 쭈그려 앉은 노인이 투덜대며 런닝구를 벗어 내쳤다. 땀에 찐 아바이 냄새가 물씬 났다. 노인이 갈비뼈 앙상한 몸을 쓱쓱 긁어 댄다. 대합실에 창궐하는 빈대에 뜯기다 나왔는지 군데군데 벌겋게 부은 자리가 보였다. '하필 이 영감태기 옆에 앉을 건 뭐야.' 용호는 일어나 역전 광장 여기저기 딴 자리를 찾았다. 그늘진 곳은 이미 사람들이 다 차지하고 없다. 광장 뒤쪽 큰 나무 있는 곳에 갔더니 거기선 오줌 지린내가 났다. 밤에 몰래 방뇨하기 좋은 나무다.

간리역에 발 묶인 여행객이 몇천 명 잘된다. 밤이면 역전 광장이 한 사람 누울 자리도 찾기 어렵다. 사람마다 며칠째 무더위 속에 열차를 기다리느라 얼굴에 짜증이 가득하다. 그래도 낮에는 여기 저기 흩어져 시간을 보내는 사람들이 있어 공간이 좀 있다. 대합실 은 땀 냄새, 음식 냄새, 담배 냄새, 온갖 냄새가 진동해 땡볕을 견 디기 힘들거나 비가 올 때나 들어간다.

용호는 청진에 선보러 가는 중이다. 만기로 군대에서 제대한 지반년쯤 되고 신의주경공업대학에 재학 중이다. 당원이고 제대 군인이고 대학 졸업장만 받으면 간부로 발전할 수 있는 기본 표징은 다 갖추는 셈이다. 남은 일은 좋은 짝을 찾아 장가를 드는 것이다. 마침 청진에 사는 큰아버지가 "딱 소리 나는 새애기 한 명 있다." 고 소식을 보내 떠났다. 그런데 이곳 간리역에서 열차를 갈아타려고 내렸는데 오도 가도 못 하고 닷새째 고립될 줄 몰랐다. 신의주를 떠날 땐 평의선(경의선)을 타고 간리까지 왔다. 청진까지는 평나선(평양–나진)을 갈아타야 한다. 좋기는 간리를 지나 몇 역만 더 가 평양역에서 평나선 열차를 타면 좋은데 평양역은 승인번호를 받은 특별 여행증명서가 없으면 이용할 수 없다. 간리도 평양시에 속해 있지만 열차를 갈아타려고 내리는 사람은 허락된다. 간리역은 동해선과 서해선, 북행열차와 남행열차 모두가 교차하는 중요 지점이다. 평의선도 이 역을 통과하고 평나선도 이 역을 통과한다. 유사시 이 교차점만 파괴되면 평양은 고립되고 동서남북 철로가 마비될 것이다. 별로 크진 않으나 특별히 중요한 역이다. 간리역에서 평양역까지는 서포역과 서평양역 두 개 역만 지나면 된다. 서포역부터는 전차와 버스로 평양 도심에 바로 진입하기 쉬워 갈아타는 일이 허용되지 않는다. 그런 이유로 수도의 외곽 철도 교차점인 간리역이 평양역을 대신해 복잡해진 것이다.

닷새 전 용호는 한 시간 후면 청진행을 갈아탈 예정이었는데 역 안내 방송이 열차가 평양역을 출발하지 못하고 있다고 전했다. 거차고개에서 폭우로 산사태가 나 철길이 끊겨 버린 것이다. 철길 노반이 유실돼 레일이 허공에 쳐들려 있을 정도라고 했다. 거차고개는 함경남도와 평안남도 경계를 이루는 고개다. 해발이 높고 구배가 심해 종종 사고가 난다. 여행자들에겐 악명 높은 고개다. 동서를 오가는 열차들이 반드시 경유하는 역이 거차역이다.

당장 용호는 떨어져 가는 여비가 걱정이다. 집에서 준비한 도시락 배낭은 안주역 인근에서 잃어버렸다. 새벽녘에 깜빡 잠든 사이 선반에 올려놓은 밥 배낭이 사라졌던 것이다. 용호의 좌석 옆에 서서 가던 남루한 차림의 젊은 여자 소행이 분명했다. 하지만 복잡한 열차 구석구석을 다 찾아볼 수도 없었다. 다행히 가방은 건재했다. 웬만하면 바로 약혼식까지 하고 오라고 집에서 마련해 준 예물이 들어 있는 가방이다.

아무튼 끼니를 사 먹을 수밖에 없게 됐다. 하지만 며칠째 사 먹고 보니 주머니엔 두 끼 정도나 더 사 먹을 돈뿐이다. 먹는 양을 절반으로 줄이면 이틀 정도는 더 버틸 것 같다. 그때까지 열차가 재개될지는 봐야 안다. 열차를 타도 청진까지 먹을 것이 문제다. 도중에 또 열차가 멈추지 않는다고 장담할 수 없다. 19시간이면 갈 거리를 이틀 사흘씩 가기 다반사다.

용호는 몇 잎 안 되는 지폐를 콧구멍에 대고 흠흠 냄새를 맡았다. 화장품 냄새가 난다. 향수를 잔뜩 처바른 어느 여자 핸드백에 들었던 돈인 게지. 배에서 쪼르륵 소리가 났다. 젠장, 없다니까 먹은 게 더 잘 꺼지는군.

용호는 스적스적 음식 파는 쪽으로 갔다. 역전 주변은 음식 장수들이 진을 치고 있었다. 광장 뒤편과 측면 도로 옆에 국영 식당들이 있지만 국정 가격에 팔지 않은 지 오래고 장마당 가격이다. 웃기는 것은 식당이 때로는 심야 숙박소 노릇까지 하는 것이다. 비가 내리거나 겨울에는 여행객들이 식당 안으로 들어온다. 달랑 맥주나 술 한 병을 시켜 놓곤 나가지 않으려고 시간을 끄는 사람들이 많다. 나가라고 하면 취한 척 제 편에서 봉사성이 없다고 야료를 부렸다. 해서 차라리 늦은 밤에는 숙박료랄지 이용료랄지 아무튼 돈을 받고 들여놓게 되었는데 슬그머니 관행처럼 굳어졌다. 용호도 도착 첫날 식당에 들어갔는데 괜히 돈만 버렸다. 그날도 날이 저물자 비가 내릴 것처럼 구름이 몰려들었다. 그것도 일찍 들어갔기 망정이지 좀 지나 숱한 사람들이 밀려와 못 들어갈 뻔했다. 하지만 밤새 비는 내리지 않고 아침에 해가 두둥실 떠올라 남은 구름 조각들을 벌겋게 태우며 열기를 뿜어댔다. 아까운 돈만 쓰고 나오는 꼬락서니를 식당에 못 들어가고 밖에서 잔 사람들이 고소하다는 듯 쳐다봤다. "빠른 놈도 제 팔자, 늦은 놈도 제 팔자."라며 낄낄대는 소리가 들렸으나 창피한 생각이 앞서 못 들은 척 지나쳤다.

음식 장수들 있는 곳에 이르자 용호는 무엇을 먹을지 살폈다. 빵한 개, 강냉이국수 한 그릇 값이 시중보다 거의 곱절이다. 싸게 사려면 땡볕을 쪼이며 30분 넘게 아파트 단지 있는 곳까지 걸어가야 한다. 시장은 더 멀다. 시오 리 떨어진 곳에 가야 있다. 싼값에 끼니 한 끼 에우러 갈 곳은 못 된다.

용호는 빵 한 개만 사 들었다. 중조를 넣어 어찌나 잘 부풀렸는지 움켜쥐면 한두 입 물면 그만일 양이다. 비싸면 먹지 말라는 배짱인데 철도 사정이 나쁜 덕을 이 마을 사람들이 톡톡히 입고 있었다.

옆에서 철도 제복을 입은 청년이 술을 마시며 장사꾼 아낙네와 나누는 소리가 들린다.

"기차가 복구될라믄 아직 멀었시오?"

"왜요, 복구되면 날강도 가격에 못 팔까 봐 기래요?"

"에그, 기케 딱 대놓고 말해야 시원하나."

"아마 내일 저녁쯤 복구될는지. 철도성이 총력 집중했구, 군대도 공병여단을 동원했대요. 그쯤 되면 오래 안 걸려요."

용호는 군대까지 동원됐다는 말에 귀가 번쩍 뜨였다. 군사 복무 시절 숱한 공사 현장에 동원되어 봤지만 군대가 나서면 늘 상황이 달라지곤 했다. 그럼 그렇겠지. 아무렴 내가 길에서 객사하란 법이야 없지. 기분이 좋아졌다. 이런 대목에 빵 한 개로 때워? 용호는 "에라 모르겠다. 나중엔 갑산 가더라도." 하며 돈을 더 꺼내 술과 안주를 샀다. 고열에 술까지 마시자 금세 취기가 올랐다. 윗옷을 벗었다. 장사꾼 아낙네가 "그 옷 여기 놨다 입고 가요." 하며 좋아한다.

"삼춘은 어디 가요?"

아낙네가 말을 걸었다.

"청진 가는데 여기서 닷새째 이 꼴 됐어요."

"잠은 밖에서 잤나?"

"별수 있나요. 대합실은 냄새에다 빈대 소굴이지. 여관은 방이 없어요."

용호는 술김에 주절대기 시작했다. 대학 다니고 제대 군인이고 선보러 가는 중이고 하며, 아낙네가 받아 주는 말장단에 녹아 술도 더 사 마셨다.

"오늘 밤엔 밖에서 자지 말구 우리 집에서 자요."

용호는 웬일이냐 싶었다.

"혹시 집에서 대기 숙박도 해요? 여긴 평양인데 단속하지 않나요?"

대기 숙박은 여행객을 상대로 한 개인들의 불법 숙박업이다. 손님들은 국영 여관들이 형편이 나빠 숙박비가 비싸더라도 개인 집에 묵는 것을 선호했다.

"평양은 밥 거저 주나. 다 살자고 하는 거 아니가. 첨엔 단속했는데 이젠 지쳐서 모른 척해요. 우린 기래두 지방보단 비싸게 안 받아요. 수도시민 체면이 있디."

용호는 코웃음이 나왔다. 겨우 벌어먹는 주제에 수도시민이란다. 사방이 논밭인 시골에 살면서도 평양시에 속했다고 수도시민 티를 낸다.

아무튼 편안한 구들에 눕고 싶긴 하다. 용호는 주머니 속의 돈을 속으로 계산해 보았다. 숙박비 내기에 모자란다. 문득 가방에 들어 있는 예물에 생각이 미친다. 뭘 하나 팔 만한 게 없을까. 아니 안돼. 집에서 어떻게 마련한 건데. 하지만 그래도…….

용호가 망설이는 눈치를 알아채고 아낙네가 치고 들어왔다.

"뭐 팔 거라도 없시오? 손님들 며칠씩 묵다 보면 다 그렇게 버티던데."

여행자를 상대로 먹고사는 이곳 여인들은 이런 데 도가 텄다. 손님 태도만 봐도 돈 좀 있는지, 아니면 헐값에 손에 넣을 만한 물품이 있는지 넘겨짚는다.

끝내 용호는 아낙네의 꼬임에 가방에서 보기만 해도 욕심나는 여성용 아랫동네(한국산) 구두를 꺼냈다.

"어마나, 이걸 예물로 가져가나? 약혼식에 신발 주면 색시 달아난대요. 어마나, 이 삼춘 어카면 좋니."

구두를 살펴보며 아낙네가 혀를 찼다.

"그게 정말이나요?"

"거럼. 신발 주고 파혼한 일 얼마나 많게. 기니까 이런 건 예물 주면 안 돼요."

"하, 그게 또 그렇게 되나……."

차라리 여비가 모자라 걱정인데 잘됐다 싶다. 막다른 처지에 놓이면 누구든 스스로 위로받는 쪽으로 생각을 합리화하기 마련이다. 해서 용호는 구두를 아낙네에게 팔고 말았다. 받은 돈은 신의주에서 살 때 절반 값도 안 된다. 마음 한구석이 알찌근했다.

아낙네가 저쪽에 대고 "진향아!" 하고 소리치자 열 살쯤 돼 보이는 여자애가 쪼르르 다가왔다. 딸인 모양이다.

"이 삼촌, 함께 집에 들어가."

용호는 아이를 따라 역에서 좀 떨어진 단층주택들이 촘촘히 들어앉은 마을로 갔다. 힐끗힐끗 살펴보니 대기 숙박 집이 여럿 되는 것 같다. 방문을 열어 놓고 앉아 장기를 두거나 카드놀이를 하는 사람들이 척 보기에도 외지인들이다. 가진 것 없는 사람들이나 역전에서 지내지 돈깨나 굴리는 사람들은 열차가 오기까지 먹고 마시고 노름을 하며 이를테면 '자동휴가'를 보내며 느긋한 시간을 보내고 있었다.

아낙네의 집은 미닫이를 사이에 두고 방이 두 개였다. 윗방에다 손님을 들이는 것 같은데 어지간히 커 보였다. 벽에는 열차시간표와 '조선철도략도'까지 붙여 놓았고 방바닥에 사자 대가리, 용 대가리 모형 재떨이 두 개가 놓여 있다. 용호는 아늑한 느낌이 들며 벌렁 드러누웠다. 아이가 이불장에서 베개를 꺼내 주자 이내 코를 골기 시작했다. 두 시간쯤 잤을까. 두런두런 말소리가 들려 눈을 떠 보니 열린 미닫이 아랫방에서 주인 아낙네가 처녀로 보이는 젊은 여자와 무슨 재밌는 얘기를 하는지 낄낄대고 있었다. 여자 손님을 들였나. 가까운 사이처럼 얘기 나누는 걸 보면 그런 것 같진 않고.

"이거 성안에 갖고 가면 얼마 받을 것 같니?"(평양에서는 중심구역을 '성안', 그 외 지역을 '성밖'이라고 부른다.)

"글쎄요. 아랫동네 건 사람에 따라 부르는 게 값인데, 기래두 되놈들 거에 비하면야……."

"긴데 이거 진품 맞나 모르겠다. 되놈들이 한국 상표 붙여서 내오는 것도 있잖아."

"기거 이젠 안 통해요. 다 가려 본다니까요. 자, 보라요. 이 구두 벌써 느낌부터 다르지 않나."

용호한테 산 구두를 두고 하는 얘기였다. 처녀가 그걸 넘겨받아 도심에 들어가 팔려는 것 같았다. 가만 들어보니 이곳 간리에서 여행자들이 헐값에 내놓는 상품 중 값진 것들만 수집해 평양 도심에 들어가 이득을 얻는 데 전문인 것 같았다. 적은 밑천으로 많이 남겨 먹는 장사다. 구두가 아까웠다. 예물 마련하느라 애쓴 식구들한테 미안하지만, 망할 놈의 기차가 오지 않는 걸 난들 어떡해.

날이 저물자 마당에 자전거를 끌고 이 집 남편 되는 사람이 들어섰다. 자전거에 낚싯대와 물고기 초롱이 걸쳐 있었다.

"아버지, 고기 많이 잡았나요?"

딸애가 반겼다.

"야아! 고기 많다. 엄마, 이거 봐."

딸애가 탄성을 질렀으나 아낙네는 한번 힐끗 돌아보곤 젊은 여자와 그냥 쑥덕거렸다. 돈 얘기 말곤 흥미 없는 듯했다.

주인 남자가 고기를 손질하기 시작했다. 용호도 호기심이 동해 토방에 나가 끼어들었다.

"아, 숙박 손님이구만. 더운데 고생 많갔시오. 어디까지 가게요?"

"청진 가는데 여기서 닷새째 꽃제비 신셉니다."

"그러게 언제면 세월이 제대로 되는지 원."

주인 남자는 고기를 손질하는 내내 투덜거렸다. 직장은 생산을 못 해 종업원들이 강연회나 정치행사 참가할 일이 아니면 대개 출근하지 않는다고 했다. 직장에선 '8.3'이라 불리는 수익금 명목의 돈만 바치면 나오지 않아도 개의치 않는단다.('8.3'은 '8월 3일 인민소비품생산'의 약어로 통하는 낱말이다. 원래는 생산 과정에 남은 폐자재·부산물을 이용해 간이생필품을 만들어 팔아 주민 생활에 도움 주고 기업소가 얻은 추가 이득을 종업원 복지에 보태라는 정책이다. 1984년 8월 3일 당시 당중앙위원회 조직비서였던 김정일이 이 운동을 지시하여 시작된 후 점차 본질에서 벗어나 시장과 연결되며 왜곡된 형태로 지속되고 있다.) 용호는 평양이나 지방이나 다 거기서 거기구나 하는 생각이 들었다. 용호가 사는 신의주에도 '8.3' 돈을 내고 출근하지 않는 사람이 많다.

"이건 돈 벌 재주도 없는 주제에 맨날 직장에 돈만 갖다 바치고, 그러니 저 여편네가 날 보고 술 사 와라, 뭘 사 와라 한다고 우리 집 소비지도원이래."

"소비지도원이요? 그 별명 점잖은데요."

"점잖긴. 경제권 잃으니까 머저리 됐지. 그전 같으면 얻다 대구 세대주한테."

"그래두 평양은 식량 배급이 나오잖아요."

"배급? 나오지. 나오는데 한 달에 열흘이나 보름치 정도밖에 더되나. 지방은 그렇게도 못 준다며? 여긴 시골이긴 해도 평양시니까 좀 낫기야 하디."

주인 남자는 나라에서 해마다 내년엔 나아진다 어쩐다 해도 그말만 믿었다간 말라 죽을 거라고 툴툴댔다. 물고기 안주가 다 되자주인 남자는 같이 한잔하자고 권했다.

아낙네는 또 음식 대야를 이고 역전에 나갔다. 저녁 끼니를 찾을여행객들이 몰려들 시간이다. 쑤군대던 젊은 여자도 도심으로 들어가는 통근열차를 타야 한다며 자리를 떴다.

"근데 이자 그 처년 장사 수완 좋은 모양이던데요?"

용호는 술잔을 따르며 헐값에 준 구두 생각이 나 물었다.

"잘하긴 뭘 잘해. 물에 빠진 사람보고 돈 내면 건져 주겠다고 하는 것과 뭐가 달라. 도둑년이지. 가무잡잡하게 생겨 가지고 도둑심보에. 저런 게 시집이나 가갔나."

무슨 일로 눈에 난 건지 모르지만 평가가 야박했다.

"인물은 곱던데요."

"그게 고와? 흥. 곱게 생겼으면 고려호텔 앞에 나가지 저 짓 하갔나. 하긴 손님 눈에야 곱게 보일 수 있갔디. 제대 된 지 오래지 않으니까 절구통에 치마 덮어 놓은 거만 봐도 가운데가 용도끼를 낼 때긴 하지. 나두 그전에 그랬으니끼, 흐흐."

술기운에 집주인 말이 좀 세졌다.

"근데 왜 곱게 생기면 고려호텔에 가나요?"

"엥? 왜라니."

"……."

용호는 감이 잡히지 않아 눈을 껌뻑거렸다.

"아, 호텔 종업원으로 들어간다는 게 아니고 호텔 앞 말이야. 호텔 앞……. 아, 거기 양코배기들, 눈 파랗고 노란 놈들 있잖아. 곱게 생겨야 그놈들 꼬실 거 아니가. 달러를 버는 거지 뭐. 흐흐, 이제야 알아 듣누만."

짐작은 했었지만 평양에도 매춘이 성행하고 있는 것이다. 혁명의 수도는 개뿔, 평양두 푹 썩었구나, 하는 말이 혀끝을 맴돌았다.

다음 날 새벽 역전에서 들려오는 안내 방송이 여전히 열차가 평양역을 출발할 수 없다고 전했다. 운행이 재개될 줄 믿고 예물까지 손댔는데 낭패다.

용호는 집주인을 따라 낚시질하는 곳에 갔다. 낚시터는 간리역에서 20분 남짓 걸어가 있는 개울이었다. 이미 새벽잠 없는 노인들이 나와 낚싯대를 드리우고 있었다.

"아바인 왜 기케 잠두 없시오. 좋은 자리 또 먼저 차지했수다레."

집주인이 한 노인에게 다가가 수작을 붙였다.

"새벽이면 배때기 고프지, 허리 아프지, 그래서 일찍 나오는 거야."

"기니까 고기 잡아선 잡숫지만 말구 장에 팔아 쌀 사서 밥해 드세요."

"흥. 마누라 죽었지 며느리 도망갔지. 고기 팔러 갈래두 허기져 죽을 것 같아 급한 대로 그냥 술안주 해 버리는 거야."

불쌍한 노인이었다. 낚싯대도 버들가지를 꺾어 만든 것인데 좀 떨어져 앉은 노인의 것과 비교되었다. 떨어져 앉은 노인의 낚싯대는 고가의 낚싯대로 보였다. 옆에 다가가 낚싯대가 좋다고 하자 으스대는 말투로 응수했다.

"이거 독일제요, 독일제. 아들이 독일 출장 갔다가 사 왔디. 외무성에서 한자리 좀 하거든. 국제관계대학 나오고 그쪽으로 발전했는데 말이야……."

노인이 말 걸기 바쁘게 묻지도 않은 '가문의 영광'을 쫙쫙 엮어 대는데 듣기 싫진 않다.

낚시터엔 노인들이 여럿 되는데 낚싯대를 보면 생활수준을 알 것 같았다. 버들가지를 꺾어 만든 것도 있고 독일제, 일본제 등 고가의 낚싯대도 보인다. 독일제 노인은 대동강에도 여가를 즐기러 나오는 영감들과 집에서 배고파 시간 보내기 힘들어 나오는 영감들이 따로 있다며 은근히 제 자랑을 섞었다.

낚시터 옆 도로로 자동차들이 지나가는 것이 보였다. 평양시를 빠져 평성시 방면으로 가는 차들이었다.

"차라리 언제 올지 모를 기차 기다리기보담 자동차 잡이 해서 가는 게 나을지 몰라."

숙박집 주인이 간리역에 발 묶인 사람들이 그렇게 가는 걸 종종

본다고 말했다.

"운전수들이 차를 세워 주나요?"

"운전수한테 서비 돈(불법 운임 혹은 뇌물) 좀 주든가. 아님 좀 가면 경사 급한 오르막길이 있는데 거길 지키고 있다가 손 들어 안 태워 주면 그냥 적재함에 매달려 오르는 거지."

용호는 군대 때 배운 방법으로 웬만큼 달리는 자동차는 어렵지 않게 매달릴 자신 있다. 그 생각을 왜 진작 못 했던가. 일단 평성 방향으로 가는 차를 타자. 그다음 원산 쪽으로 가는 차를 잡아타고 상원군이나 황해북도 방향으로 꺾어지면 평양−원산 고속도로를 만날 것이다. 거기서 원산까지 가면 동해선 북행열차를 탈 수 있다. 괜히 간리에 엿새째나 묵었다. 그동안이면 자동차로 원산에 가서 기차를 바꿔 타고 청진까지 넉넉히 갔을 시간이다. 자동차로 간다 이거지. 용호는 주먹을 마주치며 결기를 가다듬었다.

용호는 바로 낚시터를 떠나 가방 가지러 대기 숙박집으로 돌아갔다. 그런데 막상 대장정에 나서자니 돈이 더 필요할 것 같다. 가다가 또 무슨 일이 생길지, 일단 돈은 넉넉해야 상황 대비를 할 것이다. 하지만 돈을 만들려면 가방 지퍼에 손 가는 걸 어쩔 수 없다. 도둑질할 수도 없고, 방법이 없지 않은가. 너무너무 부모님께 죄송하지만 또 한 번 예물 조정 좀 할 수밖에. 제일 중요한 품목인 신부 첫날 옷감으로 준비한 핑크빛 꽃무늬 비단천은 무조건 따로 내놓았다. 다음 신부 쪽에서 누구 차지가 될지는 모르지만 양복천 두

벌 감도 뺐다. 팔 것은 신의주에서 생산되는 명품 국산 화장품 '봄향기' 세트와 아랫동네산 의류들과 일본산 세이코 시계 등 기호품 몇 개로 정했다.

그런데 간리에서 팔면 구두처럼 또 말도 안 되는 값에 팔아야 한다. 용호는 간리역에서 갈라지는 지선철로를 따라 대동군과 평양시 경계에 위치한 시정장마당에 갔다. 마침 열흘에 한 번 맞는 장날이었다. 여느 날도 장이 서지만 농촌지역이라 협동농장 휴식일인 장날에 사람이 많다. 하지만 이미 늦은 오후여서 파장할 임박이었다. 급한 마음에 이 사람 저 사람 붙들고 흥정을 걸었으나 쉽게 임자를 만나기 힘들었다. 겨우 화장품과 세이코 시계를 팔았는데 사정 급한 여행객인 걸 약점 잡고 값을 깎는 바람에 간리에서 팔기보다 별로 나을 게 없이 주고 말았다.

사람이 점점 줄자 마음이 더 다급해졌다. 용호는 아예 의류들을 두 팔에 한국산 상표가 잘 보이도록 걸쳐 들고 돌았다. 몸이 통째로 옷 걸개가 되어 "아랫동네 옷가집니다. 중국 거 아닙니다. 모조품 아니야요. 사정 급해 밑지고 팝니다." 하고 다녔다.

한참 도는데 등 뒤에서 "어이 동무! 동무!" 하고 어깨를 쳤다. 단속 나온 보안원이었다.

"어디 사는 누군지 증명서 좀 확인합시다."

증명서를 꺼내 주자 펼쳐 보지도 않고 바지 뒷주머니에 쑤셔 넣고 "따라 오시오." 한다. 용호는 똥 먹은 인상으로 어정어정 따라갔다.

보안원이 책상 위에 올려놓은 물건들을 헤집으며 상표를 들어 보았다.

"이것 봐라. 몽땅 남조선 물건이구만."

신의주 시장에서 샀다는 말밖에 할 대답이 없다.

"이거 밀수한 물건인지 어케 알아. 조사하면 다 나오니까 미리 털어놓으라우."

"진짭니다. 이거 약혼식 예물로 산 거란 말입니다."

보안원이 누굴 속이려고, 하는 눈길로 쏘아봤다.

"첨부터 팔려 한 건 아니고 기차가 막혀 할 수 없이⋯⋯."

용호는 비굴함 반, 간절함 반 섞인 소리로 그동안 겪은 일을 말하며 사정 봐주기를 애걸했다.

"그렇더라도 철도 사고 난 게 한두 번도 아니고, 간리역에서 열차나 갈아타면 되지, 평양 여행증도 아닌 걸 들고 평양시 경내를 왜 맘대로 다녀? 거기다 괴뢰들 물건까지 버젓이 쳐들고."

바로 간리 여행자집결소에 넘기겠다고 위협했다. 여행 규정 위반으로 단속되면 여행자집결소행이다. 그중에도 간리 여행자집결소는 가장 대표적이고 처벌이 가혹한 집결소로 유명한 곳이다.

용호는 용서를 싹싹 빌었다. 집결소에 가면 한 달, 상황에 따라 그 이상도 연기될 수 있다.

"제멋대로 평양시 경내를 다닌 건 그렇다고 치고, 남조선 물건 버젓이 판 건 어떡하지."

"잘못했습니다. 진짜 너무 급한 나머지…… 용서해 주시면 그 신세 꼭 갚겠습니다."

"흥. 신세를 갚아? 원수 갚을 궁리나 하겠지."

먹히지 않는다. 그래도 계속 빌었다. 위기를 빠져나갈 생각에 모로 기래도 길 판이다. 보안원이 한참을 더 뻣뻣하게 애먹이고 나서야 좀 누그러진 태도로 변했다.

"하여간 동무 사정 이해는 가는데, 앞으론 주의하라우. 딱한 사정 듣고 보니까 나두 사람이라 집결소까지 보내긴 좀 그렇고, 이 물건들은 어케 하나. 남조선 꺼, 이게 더 심각하거든."

얼른 용호는 물건을 포기할 수밖에 없다고 단정했다. 이 상황엔 몸만 무사히 풀려나도 감지덕지해야 할 판이다. 보안원이 또 한참 뜸을 들인 후에야 물건은 회수처리 하고 당사자를 훈방조치 하는 것으로 조서를 작성하고 손도장을 찍게 했다.

용호가 멀리 사라진 후 보안원은 흡족한 표정으로 회수한 물건들을 쇠로 만든 큼직한 사물함에 챙겨 넣었다. 며칠 지난 후에도 별 이상이 없으면 형식상 꾸민 조서는 쫙쫙 찢어 폐기하면 그만이다.

결국 용호는 자동차 타러 길에 나서 보지도 못한 채 손해만 보고 터벌터벌 걸어 간리역 광장 지린내 나는 그 자리로 원점 복귀했다. 맨바닥에 앉기 꺼려져 누군가 두고 간 비닐박막을 집어다 깔고 털썩 주저앉았다. 생각할수록 분했다. 그게 어떤 물건들인데. 보안원 그자가 꿀꺽할 게 뻔하다. 그러지 않을 거면 벌써 상부에 보고하든

집결소에 보내든 했겠지. 뇌물에 인이 박여 발톱 빠진 고양이 노릇하는 것들이 보안원이 아니던가. 흥, 저희들 짓거리에 사람들이 벼르는 줄 아는 모양이지. 신세 갚겠다는데 뭐 원수 갚을 궁리 한다고? 용호는 군복 입고 다니던 반년 전만 해도 별치 않게 보이던 것들한테 굽실거리게 된 처지가 맹랑했다.

저쪽에서 땟국이 반지르르한 꽃제비 아이가 히뜩히뜩 사방을 두리번거리다 용호와 눈이 마주치자 슬금슬금 다가왔다. 그러곤 갑자기 청하지도 않은 노래를 목청껏 불러댔다.

걸음을 걸어도 씩씩하게 보란 듯이
노래를 불러도 큰 소리로 보란 듯이
이 세상에 둘도 없는 사회주의 내 나라

이런 행동은 '배고파요, 도와주세요.' 하는 뜻이다. 하지만 뭘 주는 사람은 없고 '노래 잘한다야.' 하는 칭찬이 다. 용호는 주머니 속을 만지작거렸으나 잔돈이 없었다. 그래도 아이는 실망하는 기색 없이 이번에는 꽃제비들이 지은 노래라며 불렀다.

곰 세 마리가 한집에 있어 할배 곰 애비 곰 새끼 곰
할배 곰은 뚱뚱해 애비 곰도 뚱뚱해 새끼 곰은 너무 미련해
으쓱으쓱 다 해 먹는다.

와하하, 사람들이 웃었다. "야, 그거 재밌다야. 2절 없나, 2절." 하고 한 사내가 지폐 한 장 꺼내 보이며 낄낄댔다. 돈을 본 아이는 더 신나게 발뒤꿈치까지 들었다 났다 하며 2절을 불러 댔다.

그때 한 여인이 "너 그 노래 부르면 큰일 나. 원산에선 그 노래 부르다가 잡혀갔어. 그 노래 남조선 거래." 했다. 사람들이 '정말?' 하는 기색으로 여인을 쳐다봤다.

아이는 그러거나 말거나 "에, 그럼 이번에는 만담입니다." 하고 코믹한 목소리를 냈다.

"에, 제목은 '모두 다 이빨을 뽑자', 대본에 칫솔, 연출에 치약, 출연에 인민배우 나."

잠시 심각했던 사람들이 저건 또 무슨 소리야 하고 쳐다봤다.

"여러분, 이빨은 생활의 원수입니다. 벌레 먹어 쏘고 잇몸이 부어 아프고, 쏘는 이빨 빠진 것처럼 시원하단 말 왜 생겼습니까. 이빨을 뽑으면 좋은 점은 첫째 칫솔 치약을 사지 않아도 됨. 둘째, 구강병원 갈 일 없고 의사들은 메스껍게 남의 입 안 뒤적거리지 않아도 됨. 귀한 마취제는 구강과 대신 수술실에 보내 나라 살림 보탬이 됩니다. 셋째로 좋은 점, 가정이 화목해짐. 할아버지, 할머니, 아들, 며느리, 손자, 손녀 모두 배급 없는 시국에 평등하게 죽을 먹으면 됩니다. 씹지 않고 삼키니 소화가 천천하고 위병도 낫습니다. 넷째로 좋은 점은 매 맞을 때 이빨이 부러질 염려 없고……."

하도 기가 차 구경꾼들이 입을 딱 벌렸다. 점점 더 모여 왔다. 열차를 기다리던 군인들도 몰려왔다. 이럴 때 보면 대개 군인들이 돈이든 뭐든 잘 준다. 소득이 생기자 신난 녀석은 목이 쉴 때까지 할 작정이다.

"인민의 이름으로 단호히 이빨을 뽑읍시다. 자, 그러면 이빨을 어떻게 뽑아야 하겠습니까. 이빨을 뽑는 첫 번째 방법, 나무에 올라 질긴 실로 한 끝은 이빨에다 다른 한 끝은 나뭇가지에 매십시오. 그리고 뛰어내리십시오. 참고로 위쪽 이빨을 뽑을 땐 머리부터 거꾸로 떨어져야 합니다. 떨리면 수류탄을 입에 물고 적진에 뛰어든 공화국 영웅들을 생각하십시오. 이빨 뽑는 두 번째 방법, 다섯 킬로짜리 뻰찌로 무지하게 비틀어 뽑는 방법이 있습니다. 세 번째 방법으로는 볼때기를 힘껏 쳐서 한 방에 뭉텅 빼는 방법이 있고⋯⋯."

여기저기서 "와! 저 새끼 수재다. 아깝다 진짜." 하고 탄성을 올렸다.

역 안내 방송이 평양발 신의주행 급행열차가 들어온다고 알렸다. 용호는 청진이고 뭐고 그냥 저 차로 집에 돌아가 버리고 싶어졌다. 하지만 무슨 낯으로 집에 나타난단 말인가. 포기할 거면 진작 했어야지, 도무지 부모님 앞에 설 면목이 없다.

개찰구로 나오는 손님이 많지 않았다. 간리역은 신의주발 평양행 열차에서 평나선 갈아탈 사람은 많이 내려도 반대로 평양발 신의주행에서 평나선 갈아타려고 내리는 사람은 없다.

낯익은 얼굴이 보였다. 대기 숙박집에서 봤던 그 처녀다. 가져간 물건들을 처분하고 또 다른 물건 건지러 오는 모양이다. 용호는 팔아먹은 구두가 어찌 됐을지 궁금했다. 처녀가 대기 숙박집 방향으로 갔다. '또 그 집에 가는 건가.' 따라 들어가고 싶은 생각이 든다. 하룻밤 편한 구들에서 잤더니 지린내 나는 곳에서 밤 새우기가 끔찍해졌다. 그렇지만 머쓱하다. 낮에 자동차 따위 하나 잡아타는 건 일도 아닌 듯 장담하고 나왔는데 다시 들어가다니……

어둠이 깔리기 시작했다. 또 끼니를 에워야 할 시간이다. 용호는 음식 장수들 있는 쪽으로 갔다. 한참을 뭘 먹을지 정하지 못하고 흘끔흘끔 살피며 돌았다. 문득 "신의주 삼촌 아니야요?" 하는 소리에 보니 어젯밤 잤던 숙박집 아낙네 앞이다.

"아니 차 잡이 해서 갔다더니……."

"그게 저…… 일이 좀 꼬여서요."

용호는 멋쩍어 뒷덜미를 만졌다.

개찰구에서 본 처녀가 옆에 있었다. 눈이 마주치자 어색한 목소리로 "안녕하세요." 한다. 손에는 누가 먹을 건지 술과 안줏감이 든 비닐봉지가 들려 있다.

아낙네가 "아무튼 또 우리 집에서 자야 되갔네." 하며 처녀에게 자기도 곧 갈 테니 함께 먼저 들어가라고 했다.

용호는 어제저녁 숙박집 주인이 처녀를 도둑년이라고 험담하던 기억이 나 슬쩍슬쩍 처녀를 곁눈질하며 걸었다. 겉만 봐선 그렇게 심보 나쁜 여자처럼 안 보인다.

용호는 시내에 갔던 일은 잘되었는지 말을 걸었다.

"네, 적당히요." 처녀가 짧게 대답했다. 장사꾼이 말하는 '적당히'는 이득이 괜찮단 얘기다.

처녀가 슬며시 신의주에 혹시 아랫동네 상품을 다량 구입할 만한 인맥이 좀 있는가 물었다.

"직접은 없지만 알아볼 순 있지요."

"시내에 그런 물건 요구하는 사람이 많아서요. 근데 청진엔 선보러 간다면서요?"

"예? 그걸 어떻게⋯⋯."

대기 숙박집 아낙네가 얘기했던 모양이다.

"뭐 그렇긴 한데, 길에서 괜히 방학 기간 다 보내고, 이럴 거면 떠나지나 말걸."

"대학에 다니나요?"

처녀가 호기심을 보이자 용호는 대충 자기 신상을 소개했다.

"신의주에도 색싯감 많겠는데 괜히 멀리 가느라 고생이군요."

"뭐 그쪽 여자들 생활력 강하다나요. 우리 부모님 고향이 그쪽이라서 그런지."

"아이참. 함경도 여자만 생활력 있나요. 그건 편견이에요."

처녀가 살짝 불만조로 말했다. 생활력으로 따질 것 같으면 이 처녀도 만만치 않아 보인다. 함경도 여자가 생활력 강하다니 어느 정도일진 모르나 방방곡곡 살아남는 법을 터득한 능력자들은 어디나

있다. 아닌 게 아니라 교통도 불편한 그 먼 곳에 꼭 이렇게 개고생
하며 가야 하나 하는 생각이 들었다.

대기 숙박집에 들어서자 군복 입은 군관이 처녀를 맞았다. 목
깃에 붙은 계급장이 중위다. 처녀의 손에서 술과 안주가 든 봉지
를 받아 주며 "근데 뭘 이렇게 많이 사 와?" 한다. 처녀가 용호에게
"저의 오빠예요." 하고 소개했다. '오빠? 처녀한테 오빠가 있었네.'
중위가 함께 온 사람은 누구냐는 눈길로 여동생을 봤다.

"이 집 손님이에요."

"아, 첨 뵙겠습니다. 저도 손님입니다."

중위가 손을 내밀어 악수를 청했다. 붙임성이 좋아 보였다. 부
엌에선 낚시터에서 돌아온 주인이 물고기로 술안주를 만드는 중이
다. 방 안에 젖먹이를 안은 여인도 있는데 처녀를 '별이 고모'라고
불렀다. 중위의 아내인데 용호를 민망할 정도로 찬찬히 뜯어본다.
마치 시누이한테 남자가 생겼나 하는 눈빛이다.

술상이 차려지고 중위와 집주인이 용호에게 함께 마시자고 권했
다. 사양했으나 처녀가 "술은 남자들 음식인데 같이 들라요." 하며
떠밀었다.

술이 몇 잔 오르내리자 중위가 먼저 취했다. 그는 제 자랑을 반
쯤 섞으며 부대 얘기를 늘어놨다. 부대가 신의주에 있었다. 그 소
리에 용호는 "저두 신의주에 사는데요. 백운동에 우리 집 있어요."
하며 반가워했다. 중위는 함남 단천에 장인 환갑잔치에 가는 길이

었다. 여동생한텐 간리역에서 보자고 미리 연락해 놓았다. 하지만 간리역에 내리니 언제 기차를 갈아타게 될지 모르는 상황이다.

중위가 여동생을 가리키며 "쟤가 군관한테 시집가라니까 싫대요. 우리 부대에 좋은 사람 많은데도 귓구멍에 방탄벽을 막았는지 말 안 들어요." 했다.

"군관이 뭐가 좋나. 산골에 박혀 돼지나 키우고 걸핏하면 이사 다니지." 하고 처녀가 대꾸했다.

"윤희야, 너 그렇게 말하면 별이 엄만 머저리라서 나한테 왔겠구나." 중위가 입맛을 다셨다. 그제야 용호는 처녀의 이름이 윤희인 걸 알게 됐다.

중위는 윤희의 하나밖에 없는 혈육이었다. 평양 태생인 이들 오누이는 오빠가 군대에 간 후 늘 떨어져 살았다. 오빠는 군관학교를 졸업하고 군관이 되었고 윤희만 부모님과 생활했다. 그러나 권력도 지위도 없는 데다 고지식하기 이를 데 없는 부모는 생활고에 병을 얻어 딸만 남겨 둔 채 세상을 떠났다. 그렇게 공부에 극성이던 윤희는 대학 2학년에 그만두고 말았다. 홀몸이 된 윤희는 돈을 벌기로 결심했다. 장사 밑천을 하려고 평양 외곽 순안구역에 있는 집을 팔았다. 그 돈을 더러 까먹고 투자 대 수익이 높은 장사를 찾은 것이 지금 하는 장사다.

자정이 가까워지자 중위가 졸기 시작했다. 윤희는 술상을 거두고 또 어디론가 나갔다. 용호는 자리에 누워 뭐라고 단마디로 꼭

찍어 말하기 힘든 기분을 느꼈다. 장마당에서 그 아까운 물건들을 회수당한 것도 억울하지만 구두를 헐값에 착취한 장본인의 집에서 술 얻어먹고 잠을 자고, 집주인이 욕하는 '도둑년'과는 구면이 되어 버린 것이다.

잠시 후 비몽사몽간에 역전 광장이 보였다. 숱한 사람들 속에 '모두가 이빨을 뽑자.'고 떠드는 아이의 목소리가 아주 멀리서처럼 들려오기 시작했다.

쾅쾅쾅!

누군가 요란하게 문을 두드렸다. 야심한 밤중에 예의도 없다. 집주인이 하품을 하며 나갔다.

손전등 불빛이 대문이 열림과 동시에 하얗게 집 안을 헤가른다. "숙박 검열 나왔습니다." 보안원이다.

"이 사람들 뭐요?"

까칠한 물음에 집주인이 얼른 대답을 못 한다.

보안원이 "손님들, 증명서 확인합시다." 하고 소리쳤다. 용호가 머리맡에 벗어 놓은 양복 주머니에서 여행증과 공민증을 내줬다.

"평양시민 아니문 역전 여관에 들어야디 개인집에 왜 드나? 촌놈들 때문에 골 아파 죽갔구만."

보안원이 증명서를 호주머니에 쑤셔 넣었다.

그러고는 그냥 누워 있는 중위를 향해 "어이 거기. 일어나란 소리 안 들리나!" 하고 소리쳤다.

중위가 아함, 하품 소리를 길게 내며 일어났다. 보안원이 얼굴에 면바로 손전등을 비췄다. 순간 중위가 "불 치우라!" 하며 때릴 듯 튕겨 일어났다. 보안원이 얼른 아래위를 훑어봤다. 짧게 깎은 머리에다 벽에 군복이 걸려 있다. "군인 동무요?" 하자 중위는 "인민군대가 인민의 집에서 자면 안 되나." 하고 빈정댔다. 보안원이 "아, 군인들은 괜찮습니다." 하고는 눈길을 아랫방에 돌렸다. 중위가 가족이라고 말하자 돌아섰다. 그러곤 자존심 상한 화풀이를 집주인한테 쏟았다. "잘 생각해 보고 내일 보안서에 나오시오." 했다. 잘 생각해 보라는 건 뭘 좀 챙겨 오면 봐주겠단 소리다. 아무 힘없는 용호만 보안원에게 끌려갔다. 중위가 함께 가는 길동문데 좀 봐주면 안 되겠냐고 해봤으나 소용없었다. 용호는 기분 더럽기 짝이 없었다.

똥 냄새가 새벽 공기를 흐리며 풍겼다. 용호가 보안원들이 먹을 채소밭에 똥거름을 주고 있다. 밤중에 끌려온 뒤 조서에 지장을 찍고 창문에 쇠창살을 댄 사무실에 갇혀 쪽잠을 자고 밭에 불려 나온 것이다. 용호 말고도 단속되어 온 사람이 네 명 더 있다. 모두 고생한 티가 얼굴에 팍팍 씌어 있다. 일이 끝나는 대로 여행자집결소 이송이다. 장마당에선 물건 회수당하는 것으로 모면했지만 이번엔 빠질 것 같지 못하다. 일이 꼬이더니 똥통에 빠진 격이 되고 말았다. 장가고 뭐고 이제는 다 귀찮고 지옥 같은 집결소만은 면해야 하는데 수중에 남은 돈과 가방에 든 예단을 다 내놓아도 아예 받을 생각을 안 했다. 애초에 자기들이 먹을 부업농사 인력이 모자라 숙박 검열을 조직해 잡아들인 것이다. 뇌물이 목적이 아니었다. 집결소는 말이 교양기관이지 보안원들을 위한 부업농사 인력을 보장하는 곳이라 해도 과언이 아니다.

작업이 끝날 때쯤 출근 시간인지 자전거를 탄 보안원들이 하나둘 나타났다. 조회가 끝나고 나면 집결소에 데려갈 것이다. 밥 줄 생각도 하지 않는다. 집결소에 갈 땐 가더라도 밥이라도 먹여야지. 하지만 그런 호사는 옛날에나 바랄 수 있던 것이다. 부림소도 일을 시키면 먹이를 듬뿍 주건만, 이건 짐승보다 못하다.

보안원 한 명이 나와 밭을 살폈다. 만족스러운지 깔끔하게 잘했다고 하곤 다시 사무실에 가두었다. 옆방에서 조회를 하는지 잡담을 하는 건지 모를 말소리가 벽으로 간간이 들리긴 하지만 알아들을 수는 없다. 용호는 안절부절 뒤숭숭한 기분을 못 참고 쇠창살 사이로 밖을 내다보았다. 정문으로 보안원들이 들어오고 나가고 하는 것이 보였다. 그러다 한순간 낯익은 모습을 봤다. 윤희가 아닌가. 잘못 봤나 싶었지만 윤희가 맞다. 무슨 일로 왔는지 기색이 좋지 않다.

복도에서 알아듣진 못하겠으나 윤희가 보안원들과 이야기하는 소리가 들렸다. 다투는 건지 질책하는 건지 언성이 높다가는 도란

도란 다독이는 것 같기도 하고 간간이 잠잠해지기도 했다.

좀 있다 뚜벅뚜벅 구둣발 소리가 나고 자물쇠가 달그락거리더니 문이 열렸다. 대위 계급장을 단 보안원이 최용호가 누구냐고 불렀다.

"예, 접니다."

"짐 갖고 나와."

"……."

"뭐 하고 있나, 나오라는데. 여기 약혼하러 왔다며?"

"예에?"

용호는 얼떠름한 소리를 냈다.

"색시가 찾아왔어. 얼른 나와."

현관문 앞에 윤희가 기다리고 있었다.

'그럼 나 때문에 여길?' 용호는 무슨 말로 인사할지 몰라 뒤통수만 쓱쓱 긁었다. 색시로 둔갑한 윤희 역시 얼굴이 발개지며 웃었다.

윤희는 아침에 돌아와 용호가 숙박 검열에 단속되어 보안서에 갔다는 것을 알았다. 지체되면 집결소행이라는 것을 알고 윤희는 바로 보안서로 달려갔다. 여행 질서 위반자 한 명 꺼내는 것쯤은 윤희에게 그리 어려운 일이 아니었다. 하지만 어쩌다 알게 된 길손일 뿐인 용호에게 왜 신경이 쓰여 한달음에 달려왔는지 그 자신도 몰랐다.

그토록 기다리던 평나선 재개 소식이 역 방송에서 나왔다. 사람들이 우와, 탄성을 질렀다. 좀 지나 복구 현장에서 철수한 평양철

도국 선로복구 차량들과 육중한 장비들이 쿵쿵대며 역을 통과했다. 한 시간 후엔 거차고개에 장기간 고립돼 멈췄던 혜산발 평양행 제2급행열차가 들어왔다. 플랫폼 가득 신의주 방향 열차를 갈아탈 승객들이 쏟아져 내렸다. 그런데 개찰구로 나오려 하지 않고 그대로 플랫폼을 차지해 버렸다. 개찰구로 나가면 밖에서 기다리는 인파에 치여 다시 개찰하기 어렵다는 것을 타산한 행동이다. 하지만 그걸 바깥사람들이 그냥 보고만 있을 리 없다. 미리 플랫폼에 나가 있어도 밀고 당기고 하다 열차를 놓칠 판인데, 역전 광장 군중이 일제히 움직이기 시작했다. 개찰구를 막아선 보안원, 안내원들을 밀고 들어가려는 사람, 역 울타리를 넘는 사람, 역 뒤편으로 에돌아가는 사람, 그야말로 아수라장이 되어 버렸다.

용호도 평나선 소식에 대기 숙박집을 나와 역전으로 갔다. 함께 지낸 중위도 아이를 업은 아내를 이끌고 나섰다. 윤희가 오빠의 짐을 들고 걸었다. 역 구내에 쉽게 들어가려면 역 보안원들을 잘 아는 윤희가 나서야 한다. 역 보안원들과 철도보위대, 규찰대가 역구내로 마구잡이로 들어오는 사람들을 단속했다. 여기저기서 단속성원들이 불어대는 호각소리가 귀청을 때리고 욕지거리, 부르는 소리, 단속성원을 피하느라 몰려다니는 사람들로 난리다. 열차가 와도 그 많은 사람들 중 몇이나 탈 수 있을지, 매표구에선 아예 차표를 팔지도 않는다. 차표고 뭐고 일단 열차에 오르고 봐야 한다. 타고 가면서 열차원들에게 이야기하면 간이 차표를 끊을 수 있다.

윤희는 일행을 개찰구로 이끌지 않고 역 화물취급소로 갔다. 윤희는 화물취급소 직원들과도 잘 아는 사이였다. 화물 지도원이라는 이가 윤희가 건네준 봉투를 "이러면 진짜 곤란한데." 하면서도 주머니에 쓰윽 넣었다. 그러곤 화물취급용 철문을 드르릉 소리를 내며 반쯤 열어 줬다. 바로 플랫폼과 연결된 문이었다. 조금 앞에 보안원이 서 있었다. 보안원이 화물 지도원을 향해 주먹을 들어 보였다. 그러나 화물 지도원은 뭘 이쯤한 걸 갖고 그러냐는 인상으로 히쭉 웃고는 문을 드르릉 닫고 사라져 버렸다. 편법으로 공생하는 이들에게 규정은 있으나 마나 했다.

역 방송이 평양을 출발한 두만강행 급행열차가 곧 들어선다고 알렸다. 얼마나 애타게 기다렸던 열차인가. 뿌웅, 고동이 들리고 장단 치듯 차바퀴 소리가 레일을 따라 다가왔다. 플랫폼을 가득 메운 군중이 결사전을 앞에 둔 양 이를 사려 물고 열차에 먼저 오를 태세를 취했다.

끼이익 끼익, 열차가 제동 잡는 소리를 내며 플랫폼에 들어섰다. 멋게 바쁘게 문마다 사람들이 몰려들어 밀기 시작했다. 하지만 팔에 '검열관' 완장을 두른 승무보안원들과 열차원들이 문마다 막아서서 제지했다. 한 사람씩 여행증과 차표를 확인하고야 태웠다. 막무가내로 오르는 사람은 보안원이 구둣발을 들어 위협했다. 그러니 시간이 너무 걸렸다. 열차는 뿌웅뿌웅, 출발을 재촉했다. 급해 맞은 사람들이 열차 지붕에도 오르고 창문에도 매달렸다. 군인들이 창틀에 엉덩이를 걸치고 오르지 못하게 막고 앉은 창문들도 있다. 엉덩이를 쿡쿡 찔러 돈이든 술이든 주겠다면 올려 주고 그러지 않으면 움쩍도 안 했다.

용호는 윤희 오빠 덕분에 군인 칸으로 올랐다. 그러나 경무원(헌병)이 군인 가족이라도 민간인은 일반 칸으로 이동하라고 했다. 쉽게 오른 것만도 감지덕지한데 그쯤이 대수겠는가. 창밖에 윤희가 배웅하며 서 있었다. 웃는 얼굴에 살짝 패어 있는 보조개가 이제야 눈에 띄는 것이 이상했다. 그동안 참 고마웠고 오래도록 추억에 남을 것이다.

경무원이 거듭 이동을 재촉했다. 용호는 대위의 아내와 함께 일반 차칸으로 넘어갔다. 일반 차칸은 발 디딜 틈 없이 빼곡했다. 애초에 평양에서 손님이 꽉 찬 상태로 출발한 것이다. 겨우 비집고 들어가 승강대에 설 자리라도 잡고 섰다. 대위의 아내는 업은 아기를 앞으로 돌려 안았다. 선풍기 하나 없는 차칸은 찜통이다. 아기도 엄마도 금세 땀에 젖어 범벅이 됐다. 아기가 울어 댔다. 어른도 죽을 지경인데 젖먹이가 오죽할까.

"왜 이리 소란스러워?"

뻘건 완장을 두른 승무보안원이 지나가다 멈췄다. 울음소리에 낯을 찡그리고 아기 엄마에게 증명서를 요구했다.

"군인 칸 남편한테 있어요. 군인 가족이에요."

아기 엄마가 아이를 달래며 군인 칸을 가리켰다.

"군인 가족이면 가족이지, 동무 증명설 보잔 말이야."

"남편이 보관했어요."

"내가 그딴 거짓말 한두 번 듣는 줄 아나."

"진짜예요. 가서 확인하면 되잖아요."

완장이 군인 칸 쪽을 쳐다봤다. 사람들이 빼곡히 서 있는 속을 뚫고 지나기 어렵다고 느껴지자 아기 엄마를 차에서 내리라고 했다.

"차 떠나려는데 왜 내려요? 증명서가 있다니까요."

"그니까 내려서 군인 칸 가잔 말이야. 애 안고 이 사람들 뚫고 나갈 수 있나?"

발차 신호를 받은 기관차가 길게 고동을 울렸다. 지금 내렸다가 차가 움직이면 완장은 매달려 타겠지만 아기 엄마는 그럴 수 없다.

용호가 나섰다.

"보안원 동지. 저도 일행인데 아기 아버지가 군인 칸에 있는 거 맞습니다."

완장이 넌 또 뭐야, 하는 눈길로 돌아봤다.

"손님 증명서두 확인합시다."

용호가 증명서를 건넸다. 그런데 대충 훑어보고는 "함께 내리시오." 하며 증명서를 엉덩이 뒷주머니에 넣었다. 보안원이란 자들이 툭하면 이딴 식이다. 무슨 의도가 있으면 증명서를 뒷주머니에 쑤셔 넣는다. 몇 번을 이렇게 당했는가. 용호는 화가 치밀었다.

"아니 증명서 왜 안 줍니까. 뭘 잘못했나요?"

용호가 거칠게 항의했다.

"잘했는지 못했는지 그건 내려서 보잔 말야."

완장이 막무가내로 팔소매를 잡아당겼다. 용호가 버텼다. 그러자 완장은 "안 내려?" 하며 더 우악스레 당겼다. 순간, 뿌드득 소리와 함께 팔소매가 따지고 단추가 떨어졌다. 놀란 용호가 "아잇, 씨팔!" 하고 본능적으로 쌍욕을 뱉었다.

"뭐이 어드래! 이 새끼가!"

완장의 주먹이 얼굴에 날아들었다. "아이쿠!" 용호가 얼굴을 싸쥐었다. 눈에 불이 번쩍하고 코피가 터졌다.

피를 본 완장이 독기가 올라 아기 엄마에게 "야, 이 간나 내리라잖아!" 하며 승강대 쪽으로 밀었다. 덜컹하며 차가 움직이기 시작했다. "차가 떠났어요!" 아기 엄마가 비명을 질렀다. 완장이 "그니까 냉큼 내리라우!" 하며 힘껏 아기 엄마를 밖으로 밀쳐 버렸다.

사람들이 어어, 소리를 질렀다.

"사람 깔렸다!" 하는 비명이 들렸다. 끼이익! 스산한 소리를 내며 열차가 멈췄다. 용호는 불길한 직감에 싸쥔 얼굴을 쳐들었다. 아기 엄마가 안 보였다. 후다닥 밖으로 뛰어내렸다. 그다음 몸서리치는 광경에 눈을 딱 감았다. 승강대에서 떨어져 객차 밑에 굴러 들어간 아기와 엄마가 육중한 쇠바퀴에 동강 나 있었다. 진한 피가 레일과 침목을 적셨다. 용호는 속이 하얗게 질리고 다리 힘이 쑥 빠졌다.

흥분한 군중이 떠들기 시작했다.

"보안원이 사람 죽였다!"

"저 새끼 차 가는데 사람 밀쳤다!"

"엄마 애기 둘 다 죽었다!"

아우성이 요란하자 군인 칸에서도 군인들이 창문으로 머리를 내밀었다. 아기 엄마 죽었다는 소리를 가려 듣자 윤희 오빠가 본능적으로 불길한 느낌을 받고 차에서 내려 뛰었다. 곧 가족의 시신을 목격한 그는 말뚝처럼 꼿꼿해졌다. 그러다 와락 차 밑에 뛰어들어 토막 난 시신을 정신없이 거둬 플랫폼에 올렸다. 기겁한 사람들이 뒤로 물러섰다. 호각소리가 나고 역 보안원들과 승무 보안원들이 사람들을 헤치며 몰려왔다.

중위의 눈에 얼쩡대는 시뻘건 완장 무리가 피 묻은 악마의 환영처럼 보였다.

"누구야? 어느 새끼야!"

중위가 몸을 날렸다. 완장 하나가 모두 발에 꺼꾸러졌다. 완장들이 제지하려 들자 더욱 악에 받쳐 길길이 날뛰며 손발이 닿는 족족 때려눕혔다.

땅! 총소리가 났다.

보안원 한 명이 권총을 발사했다. 중위가 푹 쓰러졌다. 사람들이 숨을 딱 멈췄다. 보안원들이 중위한테 몰려들었다.

그때 "오빠아!" 하는 소리와 함께 윤희가 나타나 보안원들을 밀치고 시신에 매달렸다.

"이게 웬일이야. 오빠 왜 이렇게 됐나?"

윤희가 보안원 한 명을 잡아 뜯으며 소리 질렀다.

"이 쌍 미친 간나가!"

멱살을 잡힌 보안원이 허둥거리다 발길로 찼다. 윤희가 나동그라졌다. 그 찰나 이성을 잃고 용호가 반사적으로 튀어 나가 발질한 보안원 면상을 이마로 받아쳤다. 그러자 옆에 있던 자가 황겁히 권총을 뽑아 들었다. 용호는 재빨리 옆으로 몸을 날렸다.

땅!

총성이 울렸다.

하지만 권총을 빼든 자가 넘어졌다.

한 병사가 AK자동소총을 쏜 것이다. 팔에 '기통수'라고 쓰인 완장을 차고 있었다. 병사가 연이어 점발사격으로 보안원들을 사살하기 시작했다. 보안원들도 일제히 권총을 쏘아 대며 대응했다. 눈먼 총탄에 승객 여럿이 다쳤다. 혼비백산한 군중이 달아났다. 용호는 정신없는 윤희를 잡아끌어 플랫폼 밑에 엎드렸다.

조금 후 총성이 멎었다. 용호는 살며시 머리를 들어 플랫폼 위를 보았다. 교전이 끝난 상태였다. 여기저기 보안원들의 시신이 보이고 급히 당도한 경무원들이 보였다. '기통수'가 경무관(헌병 장교)에게 다가가 거수경례를 붙이고 큰 소리로 보고했다.

병사는 기통수 임무 세 번째 조항에 따라 인민군 군관이 현장에서 총에 맞아 죽는 것을 보고 규정이 부과한 임무를 수행하였으며 현재 중요문건 후송 중이므로 무기는 바치고 기존 임무를 위해 출발하겠다고, 처벌은 임무 완수 후 받겠다고 말했다. 규정대로 했다는 데야. 경무관이 무기만 회수하고 출발을 허락했다.

기통수가 군인 칸에 오르자 놀랍게도 박수 소리가 터졌다.

"통쾌하게 잘 싸웠어."

"새끼들, 감히 장군님 군대한테 총질해."

"인민들 못살게 구는 놈들은 다 죽여야 돼."

중구난방 떠드는 칭찬과 분노가 뒤섞여진 소리들로 차칸이 술렁댔다.

신의주로 뻗은 신작로로 야전지휘 차량과 병력 수송용 트럭이 내달렸다. 윤희의 오빠와 새언니와 어린 조카의 시신이 부대에 옮겨지고 있었다. 용호는 윤희를 측은한 눈길로 바라봤다. 너무나 큰 충격에 넋이 나가 몸이 차가 들추는 대로 이리저리 흔들렸다. 처녀는 이제 살붙이 하나 없는 외톨이가 된 것이다.

생각할수록 용호는 기가 막혔다. 생에 한 번이나 볼지 말지 한 일을 겪었다. 그동안 더럽게 고생 고생하고, 그 아끼던 약혼 예물은 총알이 날아다니는 와중에 누구 차지가 됐는지도 모른다. 선보러 간다고 떠난 지 열흘도 넘었다. 아, 그 젠장 맞을 간리역. 이제 중도에서 거꾸로 돌아가는 판이 됐다. 다만 이제 다시 먼 곳으로 선보러 갈 일은 없어도 될 성싶다.

길주 풍계리, 2040년

방민호

방민호

1965년 충남 예산에서 태어나 2012년 『문학의 오늘』에 단편소설 「짜장면이 맞다」를 발표하며 소설 창작 활동을 시작했다. 창작집으로 『무라카미 하루키에게 답함』과 장편소설로 『연인 심청』 『대전스토리, 겨울』이 있다. 세월호 참사 추모소설집 『우리는 행복할 수 있을까』와 북한 인권을 말하는 남북한 작가 공동 소설집 『국경을 넘는 그림자』와 『금덩이 이야기』 『꼬리 없는 소』를 기획하고 참여했다. 현재 서울대학교 국문과 교수이며 비평 및 시와 더불어 소설 창작 작업 중이다. 제6회 소나기마을문학상 황순원신진상을 수상했다.

먼 옛날 동옥저의 땅

함경북도 길주는 함경산맥과 마천령산맥이 겹치는 곳, 설령봉(1836미터), 고두산(1988미터), 두류산(2309미터), 만탑산(2205미터) 등 높은 산봉우리가 빽빽이 들어선 땅이다.

높은 산 계곡 따라 흘러내린 물이 남대천을 이루어 바다로 흘러간다. 여름에 비가 많이 내리고 겨울에는 눈이 많이 내린다.

오늘날의 길주는 먼 옛날에 동옥저 땅이었다. 중국 역사책에 이 나라는 고구려 개마대산 동쪽 큰 바닷가에 있다 했다. 산을 등지고 바다를 향한 나라였다. 사람들은 성질은 곧고 강하며 용맹하다고 했다. 왕이 없는 나라였다. 고을마다 사람마다 서로 평등했다. 서로 아끼고 사랑했다.

땅은 비옥하고 기름져 밭에 곡식을 심기 좋았다. 야생 풀꽃이 봄, 여름, 가을, 계절 따라 피어나고 높은 산봉우리와 계곡에는 숲이 우거졌다. 호랑이, 여우, 살쾡이, 고라니, 노루, 사슴 같은 온갖 산짐승들이 뛰놀았다.

그때 어른들은 아이들에게 산 높은 곳, 계곡 깊은 곳, 숲이 우거진 곳에는 가지 말라고 일렀다. 더 먼 옛날부터 그런 곳에는 보통 짐승들과는 다른 것들이 산다고 했다.

등 위에 뿔이 달리고 발이 말발굽처럼 생긴 고라니, 발이 네 개에 꼬리가 아홉 개나 되는 여우, 두 귀에 각기 뱀을 걸고 있는 호랑이 같은 것들. 더러는 눈이 하나에 팔도 하나, 다리도 하나인 사람들도 나무숲에 살고, 얼굴이며 눈이며 팔이며 다리가 모두 검은 털로 뒤덮여 있는 모인도 산다고 했다.

물론 이는 어른들이 아이들을 단속하기 위해서 지어낸 이야기일 수도 있었다.

2040년 8월 1일 아침

며칠 전 민 중위는 길주군 풍계리로 들어가라는 명령을 하달받았다. 풍계리라면 극심한 방사능 오염으로 올해까지 벌써 20년째 무방비로 방치되어 온 땅이었다. 그곳에 들어가 몇 가지 사항에 관해 조사를 실시하라는 것이다. 방호 본부는 만일의 사태에 대비하여 소속 부대원 하나만을 동반하도록 했다.

─제가 같이 갈게요.

수영의 이야기를 듣자마자 유리가 위험한 임무를 떠맡겠다고 나섰다. 수영 혼자 그렇게 위험한 지역으로 들어가게 할 수는 없다는 것이다. 유리는 수영이 소속된 방호부대의 간호장교였다. 내년이면 수영처럼 중위로 진급할 수 있었다.

―그렇게 하고 싶지 않아. 우리 둘 다 위험해져서는 안 돼.

―수영 씨가 잘못되면 저도 살 수 없어요.

유리는 이번 투입이 얼마나 위험한 임무인지 알았다. 2020년 8월 3일 대지진 이후 진앙인 풍계리를 중심으로 한 반경 40킬로미터 지역은 사람이 전혀 들어갈 수 없는 폐허로 변했다.

보통 사람에게 허용된 시간당 방사능 피폭 허용치는 약 0.19마이크로시버트. 풍계리에서 조금 떨어진 길주, 화대 등지만 해도 시간당 치수가 21마이크로시버트까지 치솟았다. 이를 연간 방사능 피폭 허용치로 환산하면 무려 110년 치나 됐다. 실로 엄청난 양이었다.

풍계리는 길주 시가에서 만탑산 쪽으로 깊이 들어가는 계곡 초입에 있다. 이 지역이 현재 어떤 상태인가는 아직 아무도 확신하지 못한다. 함흥이나 과거에 김책시라 불렸던 성진에서는 풍계리 일대에 대한 소문이 흉흉들 했다. 섣불리 믿을 수 없는 괴상한 이야기들이 많았다.

함흥 방호부대에 함께 근무한 지난 삼 년 동안 수영과 유리는 서로를 깊이 이해하게 되었다. 요즈음 두 사람은 결혼까지 생각하고 있었다. 젊은이들 사이에서 드문 케이스였다.

　—왜 두 사람만 들어가도록 한 걸까?

　—그러게요.

　—완전무장을 갖추라는 것도 이상하기는 마찬가지고.

　—깊은 산중이라 산짐승들 위험 때문이겠죠.

　수영과 유리는 방호 본부의 지시가 왠지 모르게 불합리하게 느껴졌다. 그래도 군대에서 불복종이란 있을 수 없다.

　2020년의 풍계리 대지진과 이로 인한 지하 핵 실험장 붕괴는 모든 것을 바꿔 놓았다. 평양 당국은 함경남북도와 양강도 쪽에서 밀려드는 피난민들을 통제할 수 없었다. 사태는 북중 국경 지대도 통제 불능 상태로 만들었다. 이재민들이 대거 압록강을 넘어가는 가운데 북한 당국은 노동당 창건 75주년을 기념하는 대규모 열병식 행사를 밀어붙였다. 그해 10월 10일의 평양은 무섭게 뜨거웠다. 김일성광장에서 열병식을 거행하던 수만 명의 병사들 사이에서 역사를 뒤바꾼 함성이 터져 나왔다.

　그러나 이처럼 커다란 격변도 미증유의 방사능 오염 사태를 어쩌지는 못했다. 대지진 직후에 이미 한국의 신속 대응군이 북한 당국의 양해 아래 길주 일대에 투입된 바 있었다. 신속 대응군은 광범위한 방사능 오염 지역 둘레에 철책을 치는 한편 풍계리 쪽으로 긴급 편성한 방호부대를 투입하는 작전을 실시했다. 이들의 최후는 나중까지도 사회 일반에 알려지지 않았다고 했다.

2017년 12월 2일

북한의 핵실험 장소인 함경북도 길주 풍계리에서 2017년 12월 2일 오전 7시 45분 규모 2.5의 지진이 발생했다. 진앙은 지난 6차 핵실험 장소에서 북동쪽으로 약 2.7킬로미터 떨어진 지역이다.

기상청은 파형 분석 결과 이번 지진을 자연 지진으로 분석했다. 그러나 이번 지진도 2017년 9월 3일에 단행된 북한의 6차 핵실험으로 유발된 지진이라고 밝혔다. 6차 핵실험 이후 풍계리에서는 벌써 네 번째 지진이 발생해 지반 붕괴 가능성도 나오고 있다.

지난 9월에는 규모 2.6과 3.2 지진이 발생했고 10월 13일에도 규모 2.7 지진이 발생했다.

특히 함몰지진을 포함해 진앙지가 나란히 위치한 것을 볼 때 핵실험 이후 지각에 상당한 변형이 가해진 것으로 보인다. 잇따른 핵실험으로 많은 에너지가 주변 지질에 압력을 가했고 그 압력으로 인해서 자연 지진이 유발되는 상황이라는 것이다.

국내외 많은 전문가들은 풍계리 지역에서 몇 차례 추가 지진이 발생하면 지반 자체가 무너질 수 있다고 진단한다. 특히 갑작스러운 산사태나 갱도 붕괴가 발생할 경우 대규모 방사능 유출로도 이어질 수 있으리라는 것이다. [서울=연합뉴스, 성진호 기자]

2040년 8월 2일 낮

수영과 유리를 태운 방호부대 차량은 아침 일찍 두 사람을 수풀 우거진 옛 길주 역사 앞에 떨구어 놓았다. 트럭은 두 사람을 남겨 놓고 흙먼지를 날리며 멀리 사라져 갔다.

−둘뿐이네요.

−둘만 남으니 좋은데.

−방호복이라도 벗었으면.

유리가 장갑 낀 손을 뻗어 수영의 손을 잡았다.

−큰일 날 소리.

그러면서도 수영은 유리의 손을 굳게 잡고 풍계리 쪽으로 이끌었다. 방호 헬멧 안쪽으로 보이는 유리의 얼굴에는 행복한 미소가 떠올랐다. 수영도 유리도 서로를 마주 보고 소리 없이 웃었다. 지금 두 사람은 즐거운 소풍이라도 나온 것만 같다. 그렇다면 이제부터 시작될 이틀간의 임무 수행은 두 사람만을 위한 특별 휴가 여행일 수도 있었다.

찌는 듯한 한여름이다.

그윽한 산간 지방이라 해도 한국의 팔월은 폭양이 기승을 부린다.

가뜩이나 무거운 방호복에 산소 봄베(Bombe)까지 짊어진 두 사람은 곧 말의 해로움을 깨닫는다. 입을 벌리고 입김을 내뿜을 때마다 밀폐된 헬멧 안이 뿌옇게 흐려졌다.

납덩이가 들어간 밀폐 방호복도, 산소 봄베도, 두 사람이 대화를 나누는 블루투스 무선 마이크도 모두 이번 임무를 위해 특별히 제작된 최신형이라 했다.

　―시간당 2000밀리시버트까지는 안전하게 커버할 수 있어.

　―지하 갱도에 들어가도 끄떡없겠어요.

　유리가 말하는 지하 갱도란 20여 년 전 북한 구정부가 핵실험을 할 때 파 놓은 달팽이 모양의 관을 가리키는 것이다. 대지진 때 완전히 무너진 것으로 추정되고 있었다.

　수영과 유리는 폐허가 된 길주 시가지를 천천히 통과해 간다. 충격으로 폭삭 주저앉은 건물들, 불이라도 났었는지 꺼멓게 그을린 집들은 금방이라도 뭔가가 튀어나올 것 같다.

　―시가지가 마치 멸망한 고대 유적 같아요.

　―폼페이가 없어질 때 같았겠지.

　―여기 들어와 사는 사람은 없겠죠?

　―정부에서 충분히 공지하고 있으니까.

　―풀들은 무성하네요.

　수영의 눈에 시가지는 을씨년스럽기만 하다. 무너진 콘크리트 건물들 사이로 환삼덩굴, 칡넝쿨 같은 풀줄기들이 난마처럼 얽혀 있다. 건물들을 뚫고 삐져나온 철근들이 그렇지 않아도 산발한 머리카락처럼 어지러운 판에, 이 건물들을 온갖 덩굴성 식물이 친친 휘감아 오른다.

—자연은 회복력이 빠르니까.

—시간이 얼마나 더 필요할까요?

—일본 후쿠시마도 아직까지 사람이 들어갈 수 없다니, 오래 걸리겠지.

—앞으로도 백 년은 족히 더 걸리겠죠?

—내진 설비조차 제대로 갖추지 않고 마구잡이로 실험을 한 대가지.

순간 유리가,

—어쩜, 너무 예쁘다!

하고 감탄을 한다. 남대천이다. 한반도에는 남대천이라는 이름을 가진 내가 많다. 길주의 남대천도 하얀 백사장을 끼고 파란 물이 넘실넘실 흐른다. 며칠 전 내린 여름비가 내의 물을 더욱 풍부하게 해 주었다.

—물고기들도 있을 것 같은데.

수영은 어렸을 때 할아버지 댁 옆을 흐르는 곡강천에서 아버지를 따라 낚시를 갔다. 수영은 일찍부터 서울에서 자랐다. 하지만 아버지는 멀리 남쪽 포항 근처인 흥해 사람이다.

—앗, 소 떼예요.

유리가 장갑 낀 손으로 남대천 위쪽을 가리켰다.

—정말이네.

멀리 물 위쪽으로 모래무지에 소들이 무리를 지었다. 목을 축이러

물가로 내려온 모양이다. 사람들이 버리고 간 소들이 아직까지 살아남아 새끼를 낳으며 목숨을 이어 가는 것이다. 소는 평균 수명이 20년쯤 된다. 스무 해 전에 버려진 소들이 아니라 그 자손들이다.

—발을 절뚝거리는 놈도 있군.

수영은 망원경을 꺼내 들었다.

—괜찮아 보여요?

유리의 물음에 수영은 고개를 가로저었다.

망원경 렌즈 안에 들어온 소들은 생김생김이 끔찍하기 짝이 없다.

—저도 좀 봐요.

유리가 수영의 망원경을 빼앗다시피 했다.

—피부가 다 헐어 버렸어요. 피고름에 눈도 괴상하게 튀어나오고.

유리는 차마 말을 더 잇지 못한다.

—가자고. 오늘 화성 수용소까지 올라가야 해. 갈 길이 멀어.

수영이 눈살을 찌푸렸다. 수영은 닷새 전 본부로부터 세 가지 임무를 부여받았다. 첫째, 화성 제16호 수용소 인근의 방사능 오염도를 파악할 것. 둘째, 수용소로부터 지하 핵 실험장에 이르는 도로나 지하 갱도 유무를 확인할 것. 셋째, 풍계리 지하 핵 실험장 인근의 방사능 오염도를 파악할 것. 수영은 유리와 함께 이 사항들에 관해 기록하고 영상 자료로도 보고해야 했다.

풍계리 만탑산 아래 핵 실험장과 화성 수용소를 잇는 2킬로미터 지하 갱도가 존재한다는 것은 오래전부터의 정설이었다. 이 통로를 통해 정치범 죄수들을 지하 핵실험 설비공사에 동원했다는 것이다.

만약 그랬다면 그날의 대지진 때 이들은 참사를 면치 못했을 것이다. 수용 인원이 1만 명에 이르렀다는 화성 수용소였다.

수영은 마음이 급속히 어두워진다.

과연 어떻게 되었을까.

다른 곳과 달리 살아서는 빠져나올 수 없었다는 화성 수용소다. 개천, 요덕, 회령, 북창 수용소의 실상은 통일 직후에 제법 많이 알려졌다. 특별조사위원회와 특별 법정이 설치되어 실태 조사도 이루어지고 책임 추궁도 뒤따랐다. 결코 충분치는 않았다. 통일 정부는 조사위원회를 충분히 지원하지 않았다. 처벌이나 배상 및 보상 등의 후속 조치도 만족할 수 있는 수준은 아니었다. 그래도 모양은 갖춘 셈이었다. 그런 중에도 화성 수용소만은 불문에 부쳐졌다. 대지진과 방사능 누출로 출입이 전면 금지된 채 오늘에 이르렀다.

알려진 이야기에 따르면 화성 수용소에 갇힌 죄수들은 거기서 '산송장'이니 '걸어 다니는 해골'이니 하는 별명으로 불렸다. 또는 '난쟁이'라고도, '절름발이'라고도 했다. 겨울이 긴 수용소였다. 뱃가죽과 등가죽이 바싹 달라붙은 죄수들은 추위와 굶주림에 시달리다 못해 의식도 감정도 감각도 상실한 채 양지바른 곳이나 바람막이가 있는 곳에 웅크린 채 꼼짝도 하지 않았다. 이름 모를 병이 나돌아 어떤 죄수는 아직 영양실조도 보이기 전에 온몸의 살이 내리고 기운을 잃었다. 이유 없이 만성 두통에 시달리는 사람이 생기고 관절에 이상이 생기고 감각이 없어지는 사람도 나타났다. 그런가 하면 살갗이 괴사 현상을 보이는 사람도 있었다. 치료 시설도 약품도 변변히 갖춘 것 없는 수용소였다. 이런 병이 일단 나타나면 곧 죽음을 의미했다. 죄수들조차 이 귀신병에 걸린 죄수들을 멀리했다. 수용소는 병든 누군가를 보살피고 도와준다는 관념이 사라지다시피 한 곳이었다. 나중에 이 '산송장' 죄수들이 앙상한 갈빗대를 드러낸 채 웅크려 앉아 있는 사진들이 여러 장 공개되었다. 죽음과 굶주림, 공개처형과 영양실조가 만연한 죽음의 공간에서 수용소를 통치하는 자들은 죄수들을 죽이거나 죽을 때까지 마구 고문하고 부렸다.

이 중에서도 화성은 살아 나갈 수 있는 가능성이 철저히 가로막힌 곳이라고들 했다. 여기서 죄수들은 핵 실험장 건설에 마구잡이로 동원되어 아무런 방호 장비도 없이 무너진 차단벽을 보수해야 했다. 그렇게 동원된 이들은 응당 살아남을 수 없었을 것이다. 그 모든 것이 특급 비밀이었기에 그들은 소모품으로 소진되어 사라져야 했다.

─내를 따라 올라가다 적당한 곳에서 우측 계곡으로 접어들어야 해.

수영은 유리의 손을 꽉 붙잡으며 화성 수용소가 있었다는 방향을 올려보았다. 높은 산들에 둘러싸인 곳이다. 북쪽으로 감토산

(1584미터), 서쪽으로 만탑산(2205미터), 동쪽으로는 연대봉(742미터)과 등대산(1261미터), 남쪽으로는 기운봉(1668미터)과 무강덕(616미터)이 수용소를 에워쌌다. 천연의 새 둥지 같은 곳, 인공위성을 피해 웅크리기에 안성맞춤인 곳이었다.

얼마나 걸었을까.

수영과 유리는 옛날 풍계리 역사 건물이 잔해처럼 남아 있는 곳에 다다랐다. 사람들이라고는 그림자도 찾을 수 없는 동네였다. 금방이라도 유령이 나올 듯 적막감이 감돌았다. 두 사람은 여기서 내를 건너 수용소 방향으로 산을 타 올랐다. 이제부터는 독도법과 나침반에 의존해야 했다. 스무 해 동안이나 방치해 두었던 땅이다. 어딘가에 산길이 있다 해도 온전할 리 없다.

게릴라 부대를 방불케 하는 강도 높은 훈련에 익숙해진 두 사람이다. 그래도 48시간 이내에 임무를 완수하기란 쉽지 않다. 얼마 가지 않아 수영은 성능 좋은 방호복에 산소 봄베며 K5 자동소총이 엄청난 수고를 끼치고 있음을 깨달았다. 점심때를 갓 지났건만 벌써 배가 고플 대로 고팠다. 뭔가 빨리 배불리 먹고 싶었다. 임무를 수행하는 동안에는 밀폐된 방호복 안에 부착해 둔 이유식 비슷한 음식물을 튜브를 통해 공급받을 수밖에 없다.

한 가닥 위안, 그것은 이 깊은 산길을 혼자 가는 것은 아니라는 것. 수영은 유리가 자신보다도 훨씬 민첩해 보인다고 느낀다. 어떻게든 오늘 날이 저물기 전에 만탑산 수용소에 당도해야 했다.

2018년 3월 1일

　기상청 통계에 따르면 2018년 1월 1일부터 2월 28일까지 단 두 달 사이에 한반도에는 모두 35회의 지진이 발생했다. 이 가운데 21회는 경상북도 포항에서 일어났다.

　특히 2월 11일의 포항 지진은 진도 4.6으로 이미 2017년 11월 15일에 진도 5.4의 지진을 경험한 포항 시민들을 공포에 떨게 했다.

　한국은 지진에 취약한 나라다. 이 지진으로 큰 건물들이 파괴되고 많은 이재민이 발생했다. 특히 피해가 집중적으로 발생한 흥해읍 주민들은 정부의 특단대책을 요구하고 있다.

　한편, 포항 출신 작가 이대환 씨는 이 지역에 세워진 지열발전소를 원인으로 지목했다. 2016년 1월부터 2017년 9월까지 포항 지열발전소에서 땅속에 고압의 물을 주입하는 과정에서 지진이 63회나 유발되어 왔다는 것이다.

　2017년 11월 15일의 대지진 이후 포항 지역에는 2018년 2월까지 100회에 달하는 여진이 계속되고 있다. [포항=경북일보, 송진아 기자]

2040년 8월 2일, 밤

어느새 사방이 어두워졌다. 길을 잃고 밀림을 헤매듯 숲속을 헤매는 동안에 날이 져버린 것이다.

자연은 회복력이 빠르다던 수영의 말은 거짓이 아니다. 핵 실험 장으로 사용될 때는 황무지 같던 곳이 스무 해 동안 방치되는 사이에 수풀 무성한 숲으로 탈바꿈했다. 그 속을 두 사람은 하루 종일 헤맸다.

나침반만 보면 어느 쪽으로 올라야 할지 쉽게 알 수 있었다. 하지만 북방의 험한 지형은 쉬운 접근을 허용하지 않는다. 무거운 장비들도 산행 지체에 한몫을 한다. 이리 헤치고 저리 도는 사이에 두 사람은 오히려 목표 지점에서 멀어진 것만 같다. 마침내 수영과 유리는 높게 에워싼 산봉우리와 깊은 계곡에 갇혀 버리고 말았다.

─벌써 캄캄해졌어요.

유리의 목소리에 걱정스러움이 묻어난다.

─많이 지쳤지?

─수영 씨도 힘드셨죠?

─아무래도 오늘 밤은 이 근방에서 비박이라도 해야겠어.

─그게 좋겠어요. 수용소가 멀지 않을 테니 날이 새는 대로 다시 찾아보기로 하고요.

수영과 유리는 깊은 계곡을 가까스로 빠져나왔다. 흐린 달빛과 방호 헬멧에 달린 랜턴 조명에 기댄 위태로운 산행이었다. 두 사람은 박달나무와 바위 사이 비좁은 산비탈에 겨우 어깨를 붙이고 앉았다.

만약의 경우를 대비하여 수영은 K5 자동소총을 곧추세워 들고 주변 숲속을 둘러본다.

―어지간한 놈들은 사람과 마주치기만 해도 혼비백산할 텐데.

―호랑이나 멧돼지가 문제겠죠. 오염지대인 줄 알면 안 들어올 텐데요.

한동안 자취를 감추었던 한국 호랑이가 개마고원 일대에 빈번히 출몰한다고 했다. 수영은 사격이라면 자신이 있었다. 당장 눈앞에 호랑이가 들이닥친다 해도 결코 당황스럽지 않을 테다.

―수용소 사람들은 그때 다 희생됐겠죠?

―사방 40킬로까지는 방사능 오염이 심각했으니까.

고개를 끄덕이다 말고, 유리가 장갑 낀 손가락으로 박달나무 가지를 가리킨다.

―뭔가 움직이는 것 같아요.

―뭐가?

순간, 수영은 K5를 쥔 손에 힘을 주며 유리가 가리키는 쪽을 바라본다. 확실히 뭔가가 가지 위에서 느릿느릿 움직이고 있다.

―달팽이군.

―왜 이렇게 크죠?

―돌연변이 때문인가?

―그럴까요?

확실히 달팽이는 달팽이건만 크기가 어른 손바닥만큼이나 크다. 체르노빌이나 후쿠시마 같은 곳에 나타났다는 돌연변이가 여기라고 해서 없으리라는 법은 없다.

　－산짐승들도 다 저렇게 크면 어떻게 해요.

　－크기만 크면 그나마 다행이겠지. 머리가 둘이라든가 다리가 여덟 개라든가.

　－어머, 끔찍한 소릴.

　－입이 두 개 달린 호랑이가 달려들면 볼 만하겠는데.

　－점점 더.

　유리는 수영을 향해 가볍게 때리는 시늉을 한다.

　－달빛이 어둡네요.

　－그러게. 그믐 가까운 데다 날도 흐리니까.

　하현 지나 그믐달로 가는 눈썹달은 오늘따라 더욱 쓸쓸해 보인다.

　－아직까지 인류가 달에 가 보지 못했다는 이야기도 있어.

　－닐 암스트롱이 아폴로 11호를 타고 달나라에 갔던 건 뭐고요?

　유리는 수영의 말을 농담으로 받는다.

　－달에 간 것처럼 꾸며 냈다는 거지. 뭣보다 그때 기술로는 지구를 둘러싸고 있는 수천 킬로미터의 밴 앨런 방사선대로부터 우주인들을 막아 줄 수 없었다는 거야. 또 거길 무사히 통과한다 해도 달에 내리는 순간 태양으로부터 몰아치는 방사능 폭풍 때문에 절대 무사할 수 없다고도 하고. 지구에서도 이렇게 납덩이 방호복을 입어야 하는데, 아폴로 11호의 우주복은 얇은 알루미늄에 유리와 실리콘으로만 이루어져 있었다지?

방사능은 아주 잠깐만 노출됐다 해도 인체에 치명적이다. 얇은 알루미늄 막으로는 생명을 절대 보호할 수 없다는 것이 음모론자들의 주장이다.

―정말 그렇다면 아직 달에는 인간의 발자국이 찍히지 않은 거네요.

―후후. 정말 그렇다면 다행이라고 해야 할까.

―그보다 저 달팽이나 낮에 본 소들처럼 이곳에서 돌연변이가 진행되고 있다면 그게 무서운 일이겠죠.

―음, 날이 밝으면 좀 더 알 수 있겠지. 잠깐이라도 눈을 붙여. 내일은 강행군을 해야 할지도 모르니까.

―두 시간마다 교대하기로 해요. 수영 씨도 힘드니까.

유리는 수영의 어깨에 고개를 기울이고 팽이잠을 청했다. 수영은 잠깐 사이에 잠든 유리를 위해 어깨를 조금 더 낮추어 주었다.

2020년 8월 3일

[앵커]

긴급 뉴스입니다.

북한의 핵실험 장소인 함경북도 길주 풍계리에서 오늘(3일) 오전 8시 3분 38초 규모 8.3의 대지진이 발생했습니다.

이번 미증유의 대지진은 기상청 통계가 시작된 이후 한반도에서 일어난 가장 큰 지진으로 지난 2018년 이전에 감행된 여섯 차례에 걸친 핵실험으로 응축된 에너지가 일시에 표출된 것으로 보입니다.

정부는 이번 지진으로 2018년에 폐쇄된 바 있는 풍계리 핵 실험장의 지반이 무너져 내리면서 대규모 방사능 유출이 일어나고 있다고 판단, 긴급 대응에 나서는 한편으로 북한 당국에 공동 대처를 제안하는 전문을 보내고 있습니다.

보도에 김재훈 기자입니다.

[기자]

방금 말씀하신 대로 2020년 8월 3일 오전 8시 3분 38초 북한 함경북도 길주 북북서쪽 45킬로미터 지역에서 규모 8.3의 대지진이 발생했습니다. 진앙은 북위 41.32도, 동경 129.09도이며 진원의 깊이는 불과 5킬로미터 이내로 추정됩니다.

이번 지진은 기상청 통계가 시작된 이후 한반도에서 일어난 가장 큰 지진으로 모두 여섯 차례에 걸친 핵실험으로 인해 유발된 것으로 추정되고 있습니다.

인공위성 사진 판독에 따르면 오전 9시 현재 핵 실험장이 위치한 함경북도 길주군 풍계리 일대 지반이 대규모 함몰 상태를 보여 주고 있으며 특히 지하 핵 실험장에서 방사성 증기로 추정되는 흰 연기가 솟아 오르고 있습니다. 이미 오래된 일이지만, 2002년 3월 11일 지진과 해일로 침수된 일본 후쿠시마 원전에서도 고온의 격납 용기가 해수 및 빗물에 노출되면서 흰 증기가 피어오른 바 있습니다.

북한의 풍계리 지하 핵 실험장은 핵실험 폭풍과 잔해들을 차단하기 위해 모두 삼중 차단벽에 아홉 개의 차단문을 달팽이관 형태로 설치했던 것으로 알려졌습니다. 그러나 지난 2017년 9월 3일의 6차 핵실험 때 지하 수백 미터 아래 서쪽 갱도 일부가 무너져 내렸고 이후 잇따른 보수에도 불구하고 핵실험장이 위치한 만탑산이 붕괴될 위험에 처했다는 보도가 잇따랐습니다. 특히 2018년 5월에 핵 실험장 폐기를 위해 갱도를 폭파한 후 지반이 더욱 약화된 것으로 알려졌습니다.

문재인 대통령은 오늘 지진 소식을 접한 직후 국가안전보장회의(NSC)를 소집, 통일부와 국토교통부 장관에게 조속한 실태 파악을 지시하는 한편, 국정원장, 국방부 장관에게 북한 당국자들과 긴급하고도 긴밀한 협의를 개시하도록 지시하였습니다.

또한, 문 대통령은 트럼프 미국 대통령과 직접 통화로 대북 현안을 긴급 협의, 대북 정보감시 태세를 '워치콘 2' 단계로 격상하고, 휴전선 주둔군을 포함한 전군에 '데프콘 2'를 발령하였습니다. 데프콘 2 단계에서는 병사들 개인에게 탄약이 지급되고 부대 편제 인원이 100퍼센트로 충원됩니다. '데프콘 1'은 전시 상태에 돌입하는 것을 의미합니다.

관계 당국에 따르면 상상을 뛰어넘은 막대한 지진 피해가 예상

됨에 따라 북한 당국의 통제 능력이 중대한 시험대에 올랐으며, 휴전선 일대의 북한군 또한 비상사태에 따른 부대 이동이 감지되고 있다고 합니다.

자세한 상황은 속보가 올라오는 대로 계속해서 전해 드리겠습니다. 국민 여러분께서도 비상식량과 물품을 준비하시고 뉴스에 귀를 기울여 주시기 바랍니다. [서울=KBC 뉴스]

2040년 8월 3일 오전

민수영 중위다.

보고를 위해 현재 시각 2040년 8월 3일 오전 11시 13분 영상 촬영을 시작한다.

민수영 중위 및 선유리 소위 등은 지금부터 약 두 시간 전인 9시 10분경 구 화성 정치범 수용소 시설로 추정되는 건물들을 상당수 발견했다.

처음 우리 두 사람은 철책으로 보이는 잔해들을 넘어 수용소 구역에 진입했으며 오래지 않아 폐허가 된 집단 거주 지역을 발견했다. 통제소 역할을 했던 것으로 추정되는 철근 콘크리트 건물 세개 동도 완전히 파괴된 상태다.

무엇보다 지금 우리가 촬영하고 있는 구역은 일종의 학습 시설이었던 것으로 추정되며, 여기에 인골들이 대규모로 흩어져 있는 것을 확인할 수 있다. 옷가지들은 전부 훼손된 상태이며 인골들도 온전히 보존된 것은 없다. 인골의 주인들은 지진 당시 건물이 붕괴하면서 희생된 것으로 보이며 굶주린 짐승들에 뜯기면서 해체된 것으로 보이기도 한다.

그 밖에도 지금 우리가 향하고 있는 병사들의 막사 주변이나 집단 거주 시설 주위에도 인골들이 즐비하다. 붕괴된 건물들과 상당한 거리를 두고 있어 방사능 피폭으로 희생되었을 가능성이 높다.

또한 본부에서 지시한 지하 갱도 유무는, 수용소의 규모가 큰 데다 시설물들이 넓은 지역에 걸쳐 산재해 있고, 지진 당시의 산사태와 이후 무성해진 수목 등으로 인해 쉽게 확인할 수 없다. 향후 규모를 갖춘 요원들이 상당한 시간을 들여 조사 작업을 실시해야 할 것으로 판단된다.

무엇보다, 현재 수용소 지역의 방사능 오염 수치가 여전히 치사량을 현저히 웃돌고 있다는 사실을 특별히 보고해야 하겠다. 보고자의 현재 위치에서 가이거 계수기는 정상치의 일백 배 이상의 수치를 가리키고 있다. 이런 죽음의 장소에서 어떻게 수목들이 새롭게 생장하고 산짐승들이 무리 지어 살 수 있는지 불가사의할 정도다.

또한, 우리 두 사람은 녹슨 망루가 거꾸로 박혀 있는 곳에서 원추리들이 아주 비대해진 것을 관찰할 수 있었다. 여기까지 오는 동안에도 달팽이 같은 연체동물이나 오랫동안 방치된 소들에 돌연변이나 방사능 피폭 증상이 나타나 있음을 확인할 수 있었다. 이곳의 수목들은 대체로 건강해 보이지만 군데군데 고사목들도 눈에 뜨인다. 수목들이 여전히 방사능에 노출되어 있음을 추측할 수 있다. 이 일대의 방사능 피폭 수준 및 현재 상태에 대한 정밀한 감식이 필요하다 할 것이다.

이제 두 사람은 수용소로부터 약 2.5킬로미터 거리에 위치한 지하 핵실험 시설의 방사능 피폭 및 오염 상태를 확인하기 위해 이동할 것이다. 가능하다면 임무를 일찍 완수하고 오늘 저녁에는 하산할 수 있기를 기대한다.

2018년 5월 31일

"갱도 다시 뚫으면 또 사용될 수 있어…… '완전폐기' 알 수 없다"
미국의 핵 전문가들은 북한이 실제로 풍계리 핵 실험장을 폐기했는지 증명하기 어렵다고 지적했다. 영상으로 공개된 폭발 방식과 규모는 갱도 깊은 곳까지 영향을 미칠 파괴력에 못 미친다는 것이다.

데이비드 올브라이트 과학국제안보연구소장은 현지 시각 30일 '미국의 소리'와의 인터뷰에서 "갱도 입구와 안쪽에서 폭발이 발생한 것처럼 보이는 사진들이 공개됐지만 핵실험 시설이 완전히 폐기됐음을 보여 주는 직접 증거는 없다"고 말했다. "갱도 내부로

연결되는 배선 장치 등이 기자들에 의해 목격되기도 했지만 멀리
서 지켜봐야 하는 한계가 있었다"는 것이다.

핵 폐기 전문가인 셰릴 로퍼 전 미국 로스 알라모스 국립연구소
연구원은 이번 폐기 조치로는 해당 실험장의 갱도가 수십 미터 정
도 무너져 내린 데 그쳤을 것이라며 역시 회의적인 관측을 내놓았
다. "폭발 장면을 담은 영상을 확인한 결과 사용된 폭파 장치 역시
매우 조악해 보였고 아주 작은 규모의 작업으로 보였다"며 "해당
실험장의 갱도를 다시 뚫는다면 또 사용될 수 있을 것 같다"고 덧
붙였다. [서울=데일리안, 김민주 인턴 기자]

2040년 8월 3일 오후

폐허로 변한 화성 수용소는 끔찍했다.

사람이 살았던 곳이라기보다는 어떤 집단 학살의 현장 같은 섬
뜩한 인상을 풍겼다.

이 수용소는 그 옛날에도 악명이 높았다. 정치범들을 핵실험 설
비 공사에 강제로 동원하는 한편 수시로 구타, 고문, 처형을 자행
한 것이다. 삶과 죽음이 더할 수 없이 가깝게 존재하는 곳, 죽어 버
린 삶과 살아 있는 죽음이 공존하는 곳이었다.

한여름 뜨거운 태양 빛 아래서 작업을 마치고 잠시 나무 그늘에

서 휴식을 취한 수영과 유리는 이제 만탑산 지하 갱도 쪽으로 방향을 잡는다.

매미 울음소리가 따가운 속으로 이따금씩 산새 울음소리가 들린다. 나무숲에서는 청설모가 부지런히 몸을 움직인다. 산소 봄베를 세 통째 갈아 치운 두 사람은 줄어든 장비의 중량만큼 발걸음도 한결 가벼워졌다. 오랫동안 사람 손을 타지 않은 잡목림에도 한결 적응이 되었다.

숲은 알 수 없는 위험이 도사린 곳이다. 아까부터 가이거 계수기는 가늘고도 높은 경보음을 냈다. 덩굴을 쳐내며 길을 내는 것도 쉽지 않다. 뜨겁던 태양이 어느새 짙은 구름에 가렸다. 주위가 어두워지는가 싶더니 금세 비가 후드득 떨어진다. 한여름 소나기다. 잠깐 사이에 산길이 흙탕물 범벅이 된다.

—비를 피할 만한 곳이 없을까?

—글쎄요. 큰 바위나 찾아봐야겠어요.

—저쪽이 좋겠군.

수영과 유리는 산기슭 아래에 비스듬히 박혀 있는 긴 바위 쪽으로 걸음을 옮겼다. 바위 밑에 들어가자 제법 비를 그을 만하다. 바위 아래서 두 사람은 깊은 산속에 단둘이 숨 쉬고 있는 작은 행복을 느낀다.

—방호 본부에 따르면 최근에 만탑산 지하 갱구 가까운 쪽에서 뭔가 흰 연기 같은 것이 관측되었다는군.

수영은 유리에게 이번 임무의 배경을 말해 준다.

ー방사능이 새로 누출되고 있다는 신호일 수도 있죠. 그런데, 저기, 지금 뭔가 지나간 것 같지 않아요?

ー날렵한 게 원숭이 같기도 하고.

ー우리나라에 원숭이는 없죠. 차라리 노루나 사슴이라면 모를까.

수영과 유리는 계곡 저편 나무숲 그늘 쪽에서 움직이고 있는 것을 향해 촉각을 곤두세운다.

ー뭘까. 아무튼 기분은 썩 좋지 않군. 이제 그만 일어날까?

ー그래요. 벌써 비도 잦아들었네요.

소나기가 훑고 간 것이 차라리 잘된 것도 같다. 한결 체온이 내려간 듯한 유리다. K5를 들고 앞장서서 걷는 수영이 한결 믿음직스럽다. 이번 임무를 마치고 나면 두 사람 사이에도 또 다른 변화가 찾아올 것이다.

2040년 8월 3일 저물녘

계획대로라면 저녁에는 산을 내려가 길주역에서 방호부대 차량을 기다리려 했다. 그러나 두 사람의 임무 수행은 여의치 않았다.

흰 연기를 피우는 6번 갱도 지점에서 또 다른 위험이 시작되고 있었다. 산사태로 무너져 내린 갱구 틈에서 원인 모를 수증기가 피어나고 있었다. 가이거 계수기는 다른 곳보다 훨씬 높은 치수를 가리켰다. 시간당 1000밀리시버트라면 두 사람도 서둘러 만탑산 갱구를 벗어나야 했다.

　—심각하군.

　—무슨 일일까요?

　—알 수 없지. 새로운 재앙의 시작이 아니기를 바랄 뿐.

　수영과 유리는 문제가 된 갱구 부분을 촬영하고 측정 기록을 남기는 한편 방호 본부에 즉시 철수를 요청했다. 본부의 허락이 떨어지자 두 사람은 어둠이 내리는 만탑산을 서둘러 내려갔다.

　산 저녁은 어둠이 빨리 스며든다. 두 사람은 서로 손을 잡고 끌고 당기며 산을 내려간다. 헬멧을 쓴 채 시야를 가리는 나뭇잎들을 헤치고 울퉁불퉁한 지형을 밟아 가는 일은 쉽지 않다.

　두 사람이 알 수 없었던 것은 그날의 대지진으로 여기저기에 크고 작은 천공이 생겨나 있었다는 사실이었다. 겉은 멀쩡해 보여도 땅거죽 바로 아래에 함몰된 허방을 숨겨 둔 곳들이 있었다.

　—앗!

　유리의 비명 소리에 수영은 잡은 손을 꽉 잡아당겼다. 하지만 그 순간 수영이 내디딘 발도 펑 하는 소리와 함께 땅 밑으로 꺼져 버리고 말았다. 두 사람은 한 덩어리가 되어 3미터쯤 아래 흙구덩이 속으로 떨어져 내렸다.

　—괜찮아?

수영은 본능적으로 한 손으로는 떨어뜨린 K5를 더듬는 한편 유리에게 이상이 없는지 물었다.

―발을 접질린 것 같아요.

―불을 켜자.

수영과 유리는 누가 먼저랄 것도 없이 헬멧의 랜턴 스위치를 올렸다. 밝은 조명에 드러난 땅 아래 구덩이는 꽤나 넓은데, 한쪽 끝이 더 깊은 곳을 향해 구부러져 있다.

―올라갈 수 있을까?

―지탱할 만한 게 없는 것 같아요.

―저 나무뿌리를 디디면 될 것 같아. 먼저 올라가.

수영이 흙구덩이 사이로 삐져나온 나무뿌리를 가리켰다. 유리는 수영이 굽혀 주는 등을 밟고 필사적으로 나무뿌리에 매달렸다.

―조금만 더 힘을 내.

땅 위로 올라서며 유리는 수영 없이는 살 수 없다고 생각했다.

가까스로 땅 위로 올라서서 몸을 추스르려는 찰나 유리는 그 자리에서 얼어붙고 말았다. 한 인간이 자기를 향해 천천히 다가오고 있었다.

그는 사람이라고 말하기에는 너무나 참혹한 얼굴을 가지고 있었다. 불에 그을린 듯한 얼굴에 붙어 있는 두 눈은 사무치는 원한과 복수심, 슬픔으로 뒤얽혀 있었다. 괴물은 마치 지옥에서 갓 놓여나 돌아온 듯한 모습을 가지고 있었다.

괴물은 유리를 향해 앙상한 두 팔과 다리를 해골처럼 절그럭거리며 다가왔다. 유리는 소스라치듯 놀랐다. 정작 괴물은 유리를 해치려는 뜻은 없어 보였다. 대신에 유리를 향해 무엇인가 이야기를 하고 싶어 했다. 그러나 괴물의 입 안에서 우물거리는 소리는 사람의 말을 이루어 나오지 못했다.

─누구세요!

유리는 뒷걸음질을 쳤다.

괴물은 온몸에 피고름을 흘리며 유리를 향해 한 발 한 발 다가왔다.

─누가 있어?

저 아래서 수영의 목소리가 들렸다. 유리는 자기도 모르게 고개를 끄덕였지만 수영이 그것을 볼 수 있을 리 없다. 그러나 괴물이 수영의 목소리에 흠칫 놀란 듯했다. 그는 재빨리 몸을 돌려 숲속으로 달아나려 했다.

─가지 말아요!

이번에는 유리 쪽에서 그가 있는 쪽으로 소리쳤다.

유리는 방금 전까지의 두려움을 잊고 자기도 모르게 괴물을 불러 댔다.

─우리가 도와줄 수 있어요!

그러자 괴물이 고개를 돌려 유리 쪽을 바라보았다. 그는 마치 유리의 말을 알아듣기라도 한 것 같았다. 그는 망설이는 듯했지만 마침내 천천히 숲 그늘 속으로 사라져 버렸다.

발을 접질린 유리는 그를 따라갈 수 없다. 괴물의 뒷모습을 바라보며 유리는 자기도 모르게 눈물이 났다. 잠깐 사이에 자기는 지난 수십 년 동안에 이곳에서 일어난 모든 일들을 알아차린 듯했다.

그사이에 수영이 구덩이 바깥으로 몸을 내밀었다.

―무슨 일이야?

유리는 고개를 가로저었다.

―내게 기대 봐. 서둘러야겠어.

수영이 보기에 유리는 무엇엔가 깊은 충격을 받은 것 같았다. 이번 임무가 유리에게는 너무 힘들었을 것이었다. 그러나 이제 산을 내려가면 방호부대 트럭이 대기해 있을 테고, 그러면 자신과 유리는 얼마쯤 가서 행복한 저녁 식사를 즐길 수도 있었다.

―숲에 사람이 살고 있는 것 같아요.

―하긴 옛날 역사책에도 이곳에 괴물 같은 것들이 많다고 했다더군.

수영은 가벼운 웃음으로 유리를 달래려 했다. 안쓰러운 마음에, 수영은 뭔가에 질린 듯한 유리의 몸을 부드럽게 부축해 주었다.

―사람 괴물 말예요.

―그럴 리가.

수영은 유리의 입을 막으려다 말고,

―아니, 유리 말이 맞아. 나도 어쩐지 괴물이 된 것 같은걸.

하고 맞장구를 쳤다.

2040년 8월 3일, 풍계리 만탑산 여름 해가 긴 꼬리를 달고 저쪽 산 너머로 이울어 가고 있었다.

오두막집 안주인

김정애

김정애

1968년 청진에서 태어나 2003년 탈북, 2005년 한국에 입국했다. 2014년 『한국소설』에 단편소설 「밥」으로 신인상을 수상하며 등단했다. 단편소설 「소원」으로 북한인권문학상 수상(2014년), 북한 인권을 말하는 남북한 작가 공동 소설집 『국경을 넘는 그림자』와 『금덩이 이야기』 『꼬리 없는 소』에 참여했다. 월간지 『월간북한』에 장편소설 『둥지』를 연재했다. 전 조선중앙작가동맹 산하 함경북도 작가동맹 문학소조원, 2016년 제82차 국제펜 스페인 오렌세이 총회, 2017년 제83차 국제펜 우크라이나 리비우 총회에 북한대표로 참가했다. 현재 국제펜망명북한작가센터 제3기 이사장을 맡고 있으며, 자유아시아방송 기자로도 활동하고 있다.

아침이다. 꿔겅, 꿔겅…… 꿩. 뒷산에서 장끼의 울음소리가 적막을 깬다. 와스스 센 바람이 불며 숲을 흔든다. 골짜기 초입에 수림을 등지고 앉은 오두막집이 보였다. 금방이라도 넘어질 것처럼 위태롭다. 그래선지 집 뒤에 네 대의 나무 기둥을 뻗쳐 놓았다. 비닐로 만든 요소비료자루를 베어 댄 창에 햇살이 느물거리며 내려앉았다가 다시 창턱을 지나 마당가로 슥 슥 내려온다. 골짜기에 들어앉은 이런 오두막집 마당까지 해가 들어오면 아침 여덟 시쯤 되는 시간이다.

　꿔겅……. 이번엔 꿩이 날개 치는 소리까지 들렸다. 그래도 오두막집은 빈집처럼 조용하다.

　이틀 전엔 분명 사람이 있었다. 식간이면 벼락 맞아 꺾인 거목처럼 보이던 오두막집 낮은 굴뚝에서 솔솔 연기가 났으니까.

　이맘때면 해가 내리쬐는 마당에서 애들의 웃음소리도 들렸다. 먹지 못해 그런지 얼굴이 누렇게 뜬 젊은 부부의 모습도 얼추 보였는데, 오늘은 왠지 아무도 안 보이고 기척도 없다.

자연은 새날과 더불어 활기를 띠고 소란스러워지는데 오두막집만은 정적 속에 묻혀 있다.

　오두막집에서 아래를 내려다보면 옹기종기 들어앉은 시골 마을이 보인다. 벌써 사람들이 왔다 갔다 한다.

　삼 일 전 낮에 마을을 거쳐 이 오두막집에 두 사내가 찾아왔었다. 한 사내는 이 집 주인장이 일하는 읍내 건설사업소 당 비서라고 했고 또 한 사내는 늘 곁에 묻어 다니는 깡패라고도 했다.

　깡패라는 건 그 청년의 차림새를 보고 사람들이 달아 놓은 이름이다. 사회주의 사회에서 당 비서라는 사람이 하필 데리고 다닐 사람이 없어서 그런 망나니 같은 청년을 끼고 다니는지 알 수 없다며, 마을 사람들이 그런 망측한 이름을 붙였다.

　배급이 끊기고 '고난의 행군'이 시작되면서 식량 부족으로 직장에 출근하지 못하는 사람들은 8.3이라는 걸 바쳐야 했다. 8.3은 위의 재활용 생산 방침으로, 달마다 당이 제시한 과제로 여러 가지 물건을 만들어 직장이나 당 조직에 바치는 것인데, 이 방침이 어느 해 8월 3일에 떨어졌다고 하여 8.3제품이라 불렀다. 말하자면 직장마다 떨어진 사회적 과제다. 정 만들어 낼 물건이 없으면 그에 맞먹는 액수의 현금이라도 무조건 바쳐야 한다. 요즘 당 비서 창수는 직장 종업원들 집에 8.3금액을 거두러 다닐 때면 젊은 청년을 앞세우고 깡패 두목처럼 거들먹거렸다.

　겉으로 당의 방침 관철 때문이라는 티를 내야겠기에 집집에 들어설 때면 꼭 힘들다는 표정을 짓고 짜증도 곧잘 낸다. 세 겹 쌍꺼풀인 툭 튀어나온 눈을 희번덕거릴 땐 꼭 먹이를 앞에 두고 으르렁대는 미친개 같다. 곁에 붙어 선 검은 잠바 차림의 까까머리 청년은 비서인 창수가 약간 신경질적으로 말할라치면 툭툭 발로 돌부리를 걷어차고 눈을 굴리며 공연히 허세를 부린다.

"아주마이, 내 또 왔소. 남편은 있소?"

오두막집에 들어서던 창수가 턱을 쳐들고 물었다. 또, 라고 말하는 걸 보면 처음이 아닌 모양이다.

"예, 산에 싸리 꺾으러 갔습니다."

인기척에 황망히 뛰쳐나온 집주인 아주머니가 공손히 인사하며 대답했다. 여자는 행색이 초라해도 이목구비가 뚜렷하고 아련하게 생긴 형으로 생활난만 아니라면 아주 빛날 인물이다.

"언제 오오?"

"아마 저녁때가 돼야 올 겁니다."

"내가 왜 왔는지는 알겠소?"

"거야 8.3액 때문에 왔겠지요……."

"알긴 잘 아누만. 준비됐소?"

"아직……."

"뭐라고? 아직이라니! 이것 보오. 직장에 적을 걸었으면 당에서 찾기 전에 자발적으로 바쳐야지 안 그렇소. 이렇게 만날 찾아다니게 만들면 내가 힘들어서 어디 비서 노릇 해 먹겠냔 말이요. 양?"

그간 싸리는 많이 꺾었겠구만. 엉?"

"많이 꺾다니요. 요즘은 다들 8.3액 때문에 삼태기를 엮는다며 나서서 가까운 데는 싸리가 없어요. 뒤 시간 걸어 깊은 골짜기에 들어가야 있대요."

여자의 구구한 설명을 듣는 둥 마는 둥 창수가 큰 눈을 굴리며 방 안을 휘 둘러본다. 방 안 한쪽에 감자 씨를 퍼 담아 놓은 새 싸리삼태기가 보였다.

"아무튼 삼태기는 많이 엮었구만. 거 주인이 없어도 8.3액을 내오. 또 다른 데 가야 하니까."

그러면서 창수는 열린 출입문 턱에 구둣발을 척 올려놓는다. 툭툭 장단을 치는 검은색 구두에 뽀얗게 먼지가 껴 있다. 이때라 싶은 까까머리가 허세를 부리려고 발아래에 뵈는 돌을 탁 걷어찬다. 그런데 그만 겉에 놓인 돌이 아닌 박힌 돌이어서 아앗 하며 풀썩 주저앉는다. 찡그리는 꼴이 되게 아픈 모양이다. 놀란 주인 여자의 눈동자가 확 커지다가 이내 못 본 척 외면한다.

"비서 동지, 8.3액이 다 뭡니까. 요즘은 우리 식구 입에 풀칠하기도 어려운데. 그리고 너도 나도 다 삼태기를 엮으니 어디 팔립니까. 살 사람은 없고 온통 팔 사람뿐이니. 어쩔 수 없어서 요새는 가을에 곡식으로 받기로 하고 외상 주는 판입니다."

안주인인 경심의 말처럼 농촌에서 봄에 삼태기를 팔기는 어렵다. 농장원들은 겨울철에 산에 가서 부식토를 긁지 않으면 집집이 둘러앉아 싸리삼태기를 엮는다.

"그래도 뭐 하든 먹고는 살잖소."

비서의 퉁방울눈이 다시 방 안 구석을 쩔 훑다가 삼태기에 펴 놓은 감자 종자에 멎는다.

"풀을 뜯어 먹고 삽니다. 아시면서."

"풀은 무슨……. 요즘 말이오, 겨우내 묻어 두었던 감자움도 헤쳤을 테고. 그러니까 감자 속만 먹어도 배부를 텐데 왜 죽는소리요?"

"감자움이요? 작년 농사 망쳤는데 움에 넣을 감자가 어디 있습니까. 저것 보시오. 올해 감자 종자가 저게 답니다. 더 사서 심어야 할 형편입니다."

경심이가 싹을 틔우려고 삼태기에 펴 놓은 감자 종자를 가리켰다. 금방 창수가 본 것이다.

"아하, 그러니까 종자 살 돈은 있고 직장에 바칠 돈은 없다? 뭐 이런 소리요?"

창수의 미간이 찌그러지고 퉁 눈 사이가 더욱 좁아진다.

"비서 동지, 돈이 있으면 왜 안 내겠습니까. 한 번만 좀 봐주세요. 풀을 먹고 산다고 하지 않습니까."

경심은 허둥대며 점심밥으로 가마에 넣어둔 풀 범벅을 보여 주었다. 밥그릇에는 퍼런 풀이 담겨 있다. 그런데도 창수는 왝, 담을 토해 뱉어 버리며 악을 쓴다.

"그럼 뭐요? 8.3이 마치 내게 주는 돈인 것처럼 흥정하려 드는데, 이것 보오, 그게 이 비서가 먹는 돈이오? 이 사람들이 생각하는 각도가 틀렸단 말이야. 어떻게 해서라도 생각 좀 해 주자 해도 도저히 안 되겠소. 자, 자, 더 긴말 말고 빨리 내오. 나도 갈 길이 바쁜 사람이오."

창수는 문턱을 밟았던 발을 탁 내리구르며 손목시계를 들여다본다. 이젠 아픔이 멎었는지 까까머리 총각이 경심에게 한마디 곁든다.

"자, 빨리 내기요. 좋게 말할 때."

그리고는 양손 깍지를 뚝뚝 소리 내어 꺾더니 목대를 소리 나게 이리저리 비튼다. 그러거나 말거나 경심은 창수에게 다가서 사정을 한다.

"비서 동지, 정말 낼 게 없습니다. 한 번만 봐주세요. 네? 다음 달에는 꼭 내겠습니다."

"다음 달 같은 소리! 가만, 그럼 다음 달에 갚는다고 하고 다른 집에서 먼저 꾸어 오면 되겠네. 안 그렇소? 다음 달에 갚는다며? 어서."

경심이 맥을 놓고 털썩 토방에 주저앉는다.

"이 동네는 다른 집도 마찬가집니다. 돌릴 데도 없어요. 이번만 봐주세요. 네?"

어떻게 하나 이번 달 8.3액을 미루려는 경심은 더욱 애처로운 표정을 짓고 창수를 보았다.

"이보우. 정 돈을 마련하지 못하겠으면 저기 있는 감자 종자도 되오. 시장값으로 계산해서…… 알겠소? 내달에 낸다니까 그때 감자 종자를 사서 심든가."

창수가 잠바에게 턱짓하자 이때라 싶었던 까까머리가 얼른 갖고 온 배낭을 벌리고 감자를 담기 시작했다.

"안 돼요. 그게 우리 집 목숨 줄인데…… 안 돼."

경심은 삼태기 위에 몸을 던졌다. 유순하던 눈에 갑자기 살기가 뻗쳤다.

"세상에, 이게 무슨, 지금 강제로 빼앗겠다는 겁니까? 당 비서가 이래도 됩니까? 당은 어머니라면서요. 무슨 왜정 때도 아니고…… 제정신입니까, 지금? 어머니라면서 그렇담 자식이 굶는데 이렇게 강짜로 뺏는 부모가 어디 있어요? 당장 심을 종자를 빼앗아요?"

경심의 목소리가 점점 높아진다.

"그럼 기어코 안 내겠다는 거요? 좋소. 내지 마오. 대신 남편에게 전하오. 낼 당장 갱도 건설에 가라고. 하도 사정해서 갱도 공사 면제했더니 할 수 없지. 낙산 갱도 건설에 가는 걸로 합시다."

낙산 갱도 건설이라면 맨손에 곡괭이로 암반을 캐내는 위험하고도 힘든 군사 갱도 작업장이다. 보장되는 식사도 엉망이고 인명 사고가 잦아 누구도 가기를 꺼리는 곳이다. 경심의 남편도 그래서 8.3을 내기로 하고 갱도 공사에서 면제받았었다.

강경하던 경심의 눈길이 힘없이 아래로 떨어졌다. 며칠만 더 있으면 싹을 도려내고 속괭이를 먹을 수 있다는 생각에 자꾸만 바라보던 감자 종자다. 이젠 어쩔 수 없다.

경심을 보던 창수가 비죽이 웃자 검은 잠바가 감자 종자를 말끔히 배낭에 걷어 넣었다. 비서 일행이 사라져 이슥한데도 퍼더버리고 앉은 경심은 일어날 줄 몰랐다. 깊은 한숨과 함께 눈에서는 서러운 눈물이 뚝뚝 떨어졌다.

저녁 무렵에 영수 아내가 허겁지겁 달려왔다.

"순철 엄마, 이 집에서 직장 비서한테 감자 종자를 줬소?"

"양, 8.3액 대신에 심자던 감자 종자를 내줬소. 안 주면 남편을 갱도 건설에 보낸다는데 어쩌우. 먹을 것도 없고 사고도 많은 갱도에 남편을 죽으라고 보낼 순 없어서."

"그랬구마. 글쎄 어쩐지 순철이네 감자 종자 같더라니……. 근데 그 비서라는 양반 말이오, 마당에 나와 그걸로 술을 바꿔 죽이되게 마셨소. 아오? 기막혀서! 장꾼들이 대낮에 술 처먹고 주정한다며 얼마나 욕했는지 모르오. 그 깡패 아새끼와 둘이서 술 처먹고 바닥에 누워 뒹굴었는데 완전 흙이오. 입 가진 사람 다 한마디씩 욕했소. 에구, 아까운 감자 종자만 개아가리에 처넣었지비. 그래서 내가 말이오, 당 비서라며 이러는 법이 어디 있냐고 신고하겠다고 했더니 뭐랬는지 아오?"

"내 어떻게 아오. 뭐랬소?"

"글쎄 그 비서가 말이오. 8.3액 거둔 게 뭐 잘못이냐, 신고할 테면 해라, 누가 무섭대? 이러며 제 편에서 되레 고래고래 소리치재오."

"?"

"형들이 도보위부에도 도당에도 있으니 큰소리친 게겠지비. 에구 백두산 호랑이는 어디서 굶고 있는지 저런 귀신이나 콱 물어 가지, 살도 피둥피둥 잘 쪘더구마는."

영수 아내는 마치 제집 감자를 도둑 맞힌 것처럼 분해서 떠들었다.

그날 저물녘이 돼 싸릿단을 지고 온 남편에게 경심은 직장당 비서 창수가 왔다 간 말과 시장 얘기를 자세히 했다. 아내의 말을 들은 남편은 무덤덤한 표정으로 창 쪽에 굽은 등을 기대고 앉아 말없이 마라초만 태운다. 8.3이나 창수에 대한 어떤 원망도 없는 것 같다. 아내인 경심이만 억울해 밤새 뜬눈으로 뒤척였다.

그때부터 이틀이 지났다. 죽을 힘도 없다는 말처럼, 경심은 맥빠진 몸이 천근만근이 되어 땅속 깊이 끝없이 잦아드는 감을 느꼈다. 잦아든다는 건 곧 죽는다는 건데 죽을 맥도 없다는 말이 이래서 생겼구나 하는 생각이 떠올랐다. 아무것도 할 수 없었다. 왜 갑자기 이리됐는지, 이제 감자를 심어 생계를 잇자던 희망이 싹 없어져 그런 것도 같고, 감자 눈을 떠내고 속괭이를 삶아 오랜만에 실컷 먹자던 희망이 물거품이 돼서 그런 것도 같고.

저녁이 되자 이틀 동안 아무것도 먹지 못한 식구들이 차례로 구들에 누웠다. 남편과 아이들을 보는 경심의 눈이 축축이 젖어 들었다. 굶주림이 아무리 잔혹해도 그런 속에서 애들은 그래도 재잘댔고 남편의 멋대가리 없는 옛말도 있었건만 겨우내 변변한 낟알기운을 못 입어 봤으니 이젠 모두 죽을 채비를 하나 보다.

"왜 자꾸 일어나니?"

딸 순경의 짜증스러운 목소리다. 아주 가늘게 들린다.

다행히 비칠거리며 아들애가 일어난다.

"물."

단마디다. 말할 맥도 없는 모양이다. 경심의 걱정스러운 눈길이 물독에 매달리는 아들을 따라간다. 말이 다섯 살이지 영양실조로 걸음걸이도 변변치 않다. 턱 밑까지 오는 물독에 겨우 매달려 물을 퍼마신 순철은 다시 엄마 곁에 무너지듯 누워 빤히 올려다본다. 경심은 얼른 그 눈길을 피했다. 또 주르륵 눈물이 나온다. 가슴이 답답하다.

이번엔 순경이가 비칠대며 일어선다.

"넌 또 왜?"

"물."

물을 벌컥벌컥 들이킨 딸내미가 벌렁벌렁 기어 순철의 곁에 눕는다. 네 식구 누구도 자지 않는데 마치 무덤 속처럼 괴괴하다.

이번엔 창문을 마주하고 누웠던 남편이 부스럭대며 일어난다.

일어나 앉아서는 머리가 휭 도는지 손으로 이마를 짚는다. 한참 그러고 있다가 또 마라초를 말아 문다. 역한 마라초 냄새가 지금은 구수하게 목구멍을 자극한다. 경심은 그걸 정신없이 들이마셨다.

어제 낮에 당 비서가 다녀갔다는 말을 듣고 남편의 잔등이 더 구부러든 것 같다. 등신, 못난 남편이다. 왜 저렇게 가족도 못 지키는 남자와 내 결혼했지? 하는 생뚱맞은 생각이 떠올랐다. 에구, 내 무슨 생각을……. 경심은 곁에 누운 아들애를 꼬옥 껴안았다. 마치 검불 같다.

이래선 안 되는데, 이래선 다 죽는데, 뭐라도 해야 하는데……. 별의별 생각이 다 난다.

10년 전에 결혼상을 받고 해종일 굶다가 신방에 들어서야 신랑이 가져온 통닭을 몽땅 요절내던 그 입맛이 떠올랐다. 술에 취해서도 큰상 앞에 얌전히 앉아 있느라 아무것도 먹지 못한 신부를 생각해 신랑이 들여온 것인데 갖다 놓고는 이내 퍼더버리고 잠들었다. 첫날밤을 치러야 하는 것도 다 잊고……. 하긴 결혼식 상에 넥타이를 맨 큰 상 술이 눈앞에 보이는데 목구멍이 벌름거려 그것만 보며 들락날락하던 신랑이다. 차라리 잘됐다 싶다. 부끄러워 어떻게 옷 벗으랴 했는데……. 경심은 정신없이 닭을 뜯어 먹었다. 불이나 끄고 먹을 노릇이지, 농촌 방이어서 한지로 창호지를 발랐는데 침으로 구멍을 내고 바깥에서 들여다보며 시시덕거리는 것도 모르고, 애고 얼마나 배고팠으면……. 아닌 게 아니라 다음 날 아침 '통닭

한 마리 다 뜯어 먹은 신부' 하는 방이 방문에 나붙었다. 얼마나 창피하던지. 그래도 남편이 잘했어, 아주 잘했어, 신부는 사람이 아니야? 하고 위로해 주었다. 근데 그러면서도 빤히 쳐다보며 히물히물 웃었다. 분명 놀리는 거다. 활딱 얼굴을 붉혔지만 소원을 풀었으니 후회는 없었다. 글쎄 세상에 여자가 통닭 한 마리 먹어 볼 기회가 어디 있담. 한뉘 옥수수밥이나 누룽지나 불려 먹어야 하는 게 여자 신센데 시집온 첫날에 소원을 풀었으니…… 지금 그 구수하고 맛있던 풍경이 새록새록 펼쳐진다. 다시는 그렇게 먹어 보지 못할 음식이긴 하지만…….

요즘 동네에선 매일같이 장례가 이어진다. 마치 한 집씩 순서를 정해 놓은 것처럼. 앞집 금옥이 엄마, 뒷집 장 아바이 둘째 아들, 기생 노친(일본군 위안부), 다두배기, 아무개, 또 아무개…… 줄초상은 아이와 어른 할 것도 없고 건장한 남자와 연약한 여자가 따로 없다. 이번에는 오두막집인 우리 차례일 것 같아 두렵다. 무력하기 짝이 없는 자신이 저주스럽다. 엄마라고 믿고 사는 애들이 불쌍했다. 며칠 전까지 옥수숫가루 한 홉에 소나무껍질이라도 섞어서 먹었는데…… 송기에 항문이 멘 아들애를 엎드게 해 놓고 싸리 가치로 우벼 냈다. 애는 아프다고 울고불고. 근데 이젠 그마저도 행복한 추억이다. 경심은 슬그머니 순철이를 내려다본다. 눈을 감고 미동도 않는 걸 보니 죽은 것 같다. 흔들어 볼 힘도 없어 슬쩍 몸으로 밀었다. 순철이가 눈을 뜬다. 휴우, 저절로 긴 숨이 터져 나왔다. 아무리 무리죽음이 나는 세월이지만 9년 5년이나 키워 낸 자식들을 허망하게 놓아 버린다는 게, 이게 정말 아아, 참 내가 엄마가 맞아?

'미친년.'

경심의 입에서 갑자기 욕이 튀어나왔다. 아무도 듣지 못하게 속으로 눈을 감고 그냥 지껄였다.

나쁜 년, 정신 빠진 년, 죽일 년, 쌍년, 천하에 몹쓸 년. 네가 어미라고? 자식이 굶어 죽게 된 마당에 정조요, 절개요, 자존심이요, 너 참 지랄을 한다. 결국 얻은 게 뭐야? 그깟 몸뚱이가 뭐라고? 풀죽도 못 먹는 주제에 정절은 개뿔! 아이고, 미친…… 쇠가 웃다가콱 들베지겠다. 세상 어느 어미가 애들의 죽음 앞에 정절을 생각하냐? 아무튼 너 머저리야. 그것도 똥머저리. 개머저리, 상머저리.

정신없이 주절거리던 경심이가 뚝 말을 끊고 우뚝 일어난다. 늘어진 식구들 누구도 저를 보지 않는다. 그러니까 저는 소리 내어 말한다는 게 속으로 끙끙거린 건가? 다시 풀썩 누웠지만 어지러운 환영이 물러가지 않는다. 사실 일주일 전에 생각할수록 아쉬운 일이 있었다. 그 일이 지금 그림처럼 서물서물 다가온다.

겨울이 끝나고 쌀쌀한 바닷바람에 봄기운이 텄을 때 흉년에는 들로 가지 말고 바다에 가라는 말처럼 사람들이 왁, 바다에 몰렸다. 경심이도 전날 파도에 밀려 나오거나 혹 가까운 언저리에 돋아난 미역을 뜯기 위해 새벽에 바다로 나갔다. 다행히 일찌감치 나간

덕에 물미역 한 배낭을 금방 채웠다. 열차가 있었지만 경심은 걸어서 100리 밖에 있는 시장으로 갔다.

비닐 자루로 몇 번을 봉했지만 배낭에서 흘러나온 소금기에 옷이 형편없이 얼룩졌다. 거리에 나선 대부분의 사람들이 경심이와 똑같은 모양새다. 식량 구입 자체가 죽기 살긴데 외모나 차림 같은 것에는 모두가 무신경이었다.

그날은 운이 좋았다. 미역을 보던 어떤 사람이 아주 좋다며 몽땅 다 사 주었다. 몇 푼 안 되는 돈이나마 손에 쥐자 식구들이 맛있게 먹을 국수사리를 떠올리며 흐흐흐 게걸스레 웃었다. 쌀은 비싸지만 국수는 싸고 양도 괜찮았다. 빨리 들어가 아이들에게 나물을 가득 넣은 뜨끈한 국수 죽을 배 뽈록 나오게 먹일 생각을 하며 식량 매대로 갔다. 길옆에 늘어선 꽈배기와 빵, 떡, 국밥 냄새가 텅 빈 창자를 비틀어 짰지만 그걸 살 돈은 안 되고……. 돌아서는데 이번엔 친정 할머니가 눈에 밟혔다. 자리에 누워 앓고 계셨다. 또 머리를 저었다. 다음에, 다음에……, 그게 언제일지 모르지만. 얼른 국수사리를 사 들고 역전으로 향했다. 더 있어 봤자 사고픈 건 천지고 돈은 없고 속만 상해서다. 역에 도착해 보니 안내판에 평양–두만강이란 글자가 없다. 안내원에게 물으니 미정이란다. 그럴 줄 알았다. 혹시나 했는데……. 기차라는 게 언제 제시간에 들어오고 나간 적이 없다. 이제라도 빨리 질러가는 길로 들어서야 밤늦게라도 집에 도착할 수 있었다.

급한 마음으로 대합실을 나서는데 누가 부르는 기척이 났다. 무시하고 걸음을 재촉하는데 이번엔 급히 따라오는 발자국 소리가 들렸다. 발걸음이 저절로 멈춰졌다.

"저……."

뒤를 돌아보았다. 많은 사람이 왔다 갔다 했지만 경심은 가까이 다가온 웬 남자에게 눈길을 박았다.

"저 처녀 동무."

그 남자가 주춤거리며 말한다. 내가 처녀? 스물여덟 살이나 처먹었는데? 그리고 애가 둘씩이나 되는 날 처녀라고? 눈깔이 삐었구나. 바보 아닌가, 순간적으로 그런 생각을 하며 "왜 그럽니까?" 하고 물었다.

득실거리는 인파를 재빨리 휘둘러보던 낯선 사람이 바투 다가선다. 경심의 눈이 재빨리 그 남자를 살폈다. 본능적이다. 제법 귀티가 난다. 뛰어나게 차려입은 깔끔한 코트, 기름기 번드르르한 유들유들한 볼 따귀, 뭘 저렇게 잘 먹었길래……. 훅, 향수 냄새까지 풍긴다. 옆구리에 찬 검은색 달러 가방까지, 이거 완전 신사다.

"처녀 동무, 말 좀 합시다."

목소리도 아주 또렷하다. 이렇게 멋진 남자가 나를 처녀라고까지 부른다, 하고 생각하며 경심은 벙글 써 해져서 눈을 돌려 제 차림새를 살폈다. 비린 미역 냄새가 진동했다. 소금기가 내돋아 허옇고, 아랫도리는 장딴지가 보이게 쓱 걷어 올렸다. 운동화 끈엔 퍼런 미역 꼬투리가 끼었다. 아마 머리도 풋밤송이 같을 거야. 근데 왜? 왜 황새가 까마귀를 보고 지랄이지?

"네, 말하시오."

갑자기 남자가 주위를 휘 둘러본다. 경심은 오싹 소름이 끼쳤다.

고난의 행군이 시작된 이래 세상이 얼마나 흉흉해졌는지 모른다. 사람 잡아먹는 일도 있고, 중국에 납치해 팔아먹고, 한 달 전에 동네 은심 엄마가 국경에 갔다 왔다 하는 말이 젊은 여자를 납치해 생채로 피를 몽땅 뽑아 죽였다고도 했다. 에이, 거짓말, 하니까 정말이요, 그놈 잡아 사형하는 걸 직접 눈으로 봤소, 했다.

피를 그런 방법으로 수거해 중국에 팔아먹는다고 한다. 하긴 눈만 뜨면 굶어 죽는다는 소문이 까치 소리처럼 들리는데 살자면 무슨 짓인들……. 에구, 지금 이 멋진 신사 앞에서 왜 이딴 흉측한 것이 생각나는지 모르겠다. 혹, 나를 '꽃 사시오' 여자로 본 건 아닌가? '꽃 사시오'는 몸을 팔아 사는 여자를 이르는 말이다. 겉모양은 꾸미지 않아 이따위지만 처녀 때엔 마을에서 절색으로 곱다는 소릴 뒤통수에 늘 달고 살았다.

"사실은 내가 딱한 사정이 있어서 그러는데…… 사실은 집사람이 애가 아파 입원했소, 그러니까 집에 밥해 줄 사람이 없어서 이렇게……. 한 주일 정도만 밥해 줄 수 없소? 그러면 그 대가로 내가 돈 천 원을 주겠소."

"?"

순간, 빵 한 개를 사 들고 들어가면 볼 수 있는 할머니를 국수 한 사리 사는 바람에 병문안을 못 했던 경심의 머릿속에는 퍼뜩 계산이 떠올랐다.

　킬로그램 당 국수 26원, 입쌀 50원의 시세를 보면 100리 길을 오가며 미역을 팔아봐야 고작 국수 일이 사리로 하루살이 연명이다. 천 원이면 입쌀 20킬로그램을 산다. 이건 두말없이 행운이고 길에서 금덩이를 줍는 일이었다.

　경심은 절로 고개를 떨궜다. 운동화 앞코로 빨간 발가락이 삐져나온 게 보인다. 슬쩍 발가락을 곱았다. 경심은 정색한 얼굴로 남자를 마주 보았다.

　"아저씨, 밥 하는 일 한 가지로 그렇게 많은 돈을 줍니까?"

　"예, 그렇소."

　"바로 말하시오. 딴 목적이 있지예?"

　경심의 한 점 흐트러짐 없는 까만 눈동자가 정면으로 남자를 응시한다. 진지한 표정이다.

　"예, 사실은 밥하는 외에…… 생각이 바뀌면 아주 즐거운 일인데."

　"뭡니까?"

　"내가 어떻소? 괜찮은 남자 아니오? 돈도 적잖게 있고 말이오."

　"그건 그렇다 합시다. 빨리 말하시오."

　"좋소. 말하지. 밤이면 목욕을 깨끗이 하고 나와 함께 좋은 침대에서 잠을 자면 되오. 그것뿐이오."

"예에? 잠을 같이 잔다구요?"

"양, 어차피 같이 있는데 따로 잘 필요까지야."

"됐습니다."

경심이는 남자의 말을 잘랐다. 확 얼굴이 붉어졌다. 어떻게 저런 말을!

"제발. 금은 말이오, 시궁창에 빠져도 금이오. 그러니까……."

남자가 다가와 슬쩍 손을 잡았다.

"놓으시오. 아저씨, 여기 역전에 말입니다. 날만 어두우면 꽃 사시오 하는 여자들이 득실거릴 겁니다. 난 그런 여자 아니거든요. 아, 놔요."

"그런 여자 아니기 때문에 이러는 거요. 당신은 금이오. 옷도 새것으로 해줄 테요. 향내 나는 크림도 사줄 거고, 갑시다."

"소리친다. 놔, 이 더러운……. 사람 어떻게 보구."

*

왜 그랬지, 내가? 지금 그걸 생각할수록 어처구니가 없다. 만약 그때 그 돈 많은 남자와 인연을 맺고 지내왔다면 지금의 이 꼴은 혹 면했을 거 아닌가? 하우…… 긴 한숨이 터졌다.

맥이 빠진다. 몸이 아까처럼 자꾸 밑으로 잦아든다. 그녀는 눈을 뜨려고 애썼지만 눈꺼풀을 이길 수 없었다. 글쎄 그런 기회를 왜 차 버렸지? 그러니까 요 꼴이 되지, 애들을 돌아보고 싶었지만 몸이 말을 듣지 않았다. 경심은 이게 죽음이구나, 하는 생각을 애써 지우며 스르르 눈을 감았다. 숨이 멎었다. 애들도 남편도 모두 쥐 죽은 듯 조용하다.

날이 밝았다. 경심이는 슬며시 떠지는 눈으로 방 안을 살폈다. 뙤창으로 벌써 희부연 햇빛이 걸러 정면으로 비친다. 저쯤 되면 벌써 오전 아홉 시가 넘는 시간이다. 새벽에 신이 찾아와 애들을 두고 죽지 말라고 기를 불어넣은 것 같다. 몸을 일으키는데 별로 힘이 들지 않는다. 그녀는 순철이부터 흔들었다. 슬며시 눈을 뜬다. 산 사람이라고는 보기 어렵다.

그래도 아직 죽진 않았다. 힘을 내자. 이렇게 죽을 순 없어. 순경이를 흔들었다. 엄마, 하고 가느다란 모깃소리가 들린다. 푹 꺼진 눈, 부르튼 입술, 경심은 바가지에 물을 떠 딸에게 먹였다. 물을 마시고 나서 조금 정신이 드는지 그 경황에도 딸은 희미하게나마 웃어 준다. 어이고야, 으흑⋯⋯. 경심은 와락 순경이를 그러안고 흑흑 울음을 터트렸다.

조금 후 기척이 없는 남편에게 다가갔다. 이상하다. 다쳐도 응대가 없다. 손에는 불 꺼진 마라초를 쥐고 엎드려 있다. 바로 눕혔다. 숨이 없는 것 같다. 콧구멍에 손가락을 갖다 댔다. 약간 아주 약간.

주글주글한 주름이 시커멓다. 나이 40도 안 된 사람이 이게 무슨? 경심이보다 10년 위다. 그래도 지금 죽으면 그건 너무 아까운 인생이다. 경심은 황망한 눈으로 방 안을 살피고 부엌을 살폈다. 오늘 밤만 되면 온 식구 다 전멸이라는 막연한 예감이 확 머리를 감쌌다. 돌개바람이 불었는지 갑자기 집이 흔들리며 출입문이 벌컥 열렸다 닫혔다. 분명 문을 걸어 잠근 것 같았는데, 그걸 생각할 여유가 없었다. 그 통에 낡은 찬장 위에 올려놓았던 양재기가 쟁강 소리를 내며 떨어졌다. 그게 발 앞으로 떼구루루 굴러온다. 알루미늄 양재기다. 시집올 때 지참품으로 가지고 온 것이어서 경심이가 보물처럼 아끼던 그릇이다. 부엌에 유일하게 남은 값나가는 거여서 틈만 나면 알른알른하게 닦았는데 지금은 빛을 잃었다. 썩 전에 집에 찾아왔던 동네 기생 할머니가 거울처럼 반짝이는 그릇을 탐내 비싸게 팔라고 했어도 지금까지 보물처럼 간직해 왔다. 경심은 양재기를 들고 부엌으로 내려왔다. 재를 퍼내 물에 적셔 닦기 시작했다. 금방 반짝반짝해졌다. 낡은 가방에 넣어가지고 나오기 전에 소리쳤다.

"순철아, 순경아, 여보. 내가 올 때까지 죽지 말아야 돼. 먹을 거 많이 사 올 테니까."

울컥, 또 눈물이 솟아난다. 그런데 거짓말 같은 기적이 일었다. 기운을 잃고 쓰러져 있던 세 식구가 약속이나 한 듯 푸시시 일어난다. 먹는다는 소리가 초인간적 힘이 돼 식구들 몸속으로 흘러 들어간 모양이다.

식구들만 그런 것이 아니었다. 경심이도 힘이 솟았다. 먹을 걸 얻을 수 있는 것을 손에 든 순간 그도 힘이 솟았다.

"여보, 순철아, 순경아."

구들에 올라간 경심이는 식구들을 와락 그러안았다. 네 사람이 한 덩어리가 되었다.

"혼자 가지 마오. 당신도 지쳤으니. 여보, 건넛집 은심이네가 장 마당에 가는지 알아보고 같이 가오, 응?"

남편이 겨우 하는 말이었다.

"알았어요. 내가 올 때까지 애들을 부탁해요."

"그래, 어서……."

종자돼지를 키우며 근근이 옥수수밥이나마 먹는 은심이네는 하루건너 장마당을 오가며 옥수수를 사다 술을 빚었다.

"은심 엄마 있소?"

경심이는 마당으로 들어서며 가냘픈 소리로 불렀다.

"누구요?"

때마침 마당으로 나오던 은심의 할머니가 마주 본다.

"순철이 엄마가 어떻게. 어서 들어오오."

할머니는 무작정 경심을 방으로 이끌었다.

"무슨 일이오. 형색이 말이 아니구만, 응?"

"은심 할머님, 제가 산 너머 장마당에 가려는데 혹시 은심 엄마가 가면 같이 가자고 왔어요."

"우리 은심 에미는 어제 갔다 왔소. 글쎄 돼지를 몰고 가 옥수수하고 바꿔 왔지 뭐요. 흐흐."

"네, 그랬군요."

"그럼 아마 내일쯤 가게 될 건데 순철이 엄마두 내일 가면 안 되우?"

"아니, 전 내일 가면 안 돼요. 안녕히 계세요."

할머니의 눈에 의아해하는 빛이 어린다.

"그런데 순철이네는 장마당에 무슨 일로 가우?"

자기들처럼 돼지 키우는 집도 아니고 술을 빚는 집도 아닌 순철이네가 장마당에 갈 일이 없다고 생각하는 모양이었다.

"저, 사실은 그릇을 팔러 갑니다."

경심의 목소리가 잦아들었다.

"그릇이라니, 이게 무슨 말이오?"

할머니가 다가들며 경심의 천 가방을 열었다. 반짝이는 알루미늄 양재기가 결혼하면서 갖고 온 기물이라는 것을 알고 있는 은심할머니가 와뜰 놀라며 경심을 주시한다. 그 눈이 무엇을 묻고 있는가를 아는 경심은 할 수 없이 그릇을 팔러 떠나게 된 사연을 터놓았다. 풀죽만 먹다가 물로 이틀을 견뎠다는 말까지는 꺼내지 못하고 그냥 설움이 치밀어 울음을 터트리고 말았다.

"이게 무슨 말이오. 우린 순철이네가 식량 때문에 이렇게까지

고생하는 줄은 몰랐소. 에구, 말을 해야지. 지금이 어떤 세월인
데……. 이웃이 사촌보다 낫다는 소릴 못 들었소?"

눈물이 글썽해 말하는 할머니의 따뜻한 정에 경심의 흐느낌은
더욱 커졌다.

"그러지 말고 우리 집 강냉이를 먼저 갖다 먹소. 돼지와 바꾼 강냉
이가 있으니까. 우리 집에 먹을 게 떨어지기 전에 갚아 주면 되오."

"정말요? 할머니가 우리 집을 살려주는군요. 고맙습니다. 흑."

할머니는 중국에서 들여왔다는 잘 마른 말 이빨 강냉이를 한 배
낭 가득 담아 주었다. 초인간적인 힘이란 바로 이런 것이 아닌가 싶
다. 경심은 15킬로그램은 실히 될 강냉이 배낭을 등에 지고 휘청거
림도 없이 곧장 집으로 올라왔다. 씽씽 걷는 걸음이 날아가는 듯하
다. 굶어 저승 문턱까지 갔다 온 여인 같지 않다. 집으로 들어섰다.

오두막집 문이 벌컥 열렸다. 이번엔 바람이 여는 문이 아니었다.
살라고 죽지 말라고 이웃의 후더운 정이 거침없이 문을 열어 주었다.

"여보, 애들아."

누워 있던 남편과 애들이 일시에 일어나 놀랍게 쳐다본다.

"어쩐 일이오?"

남편이 물었다. 경심은 들어오자마자 배낭을 밀어 놓았다. 아귀
가 열린 강냉이 배낭이 구들에 넘어졌다. 툭, 와르르 강냉이알이
바닥에 널린다.

"강냉이 가져왔어요. 은심이네가 먼저 가져다 먹으라고 해서. 여

보, 우린 이제 살았어요, 예? 죽지 않았단 말이에요, 여보."

남편은 대답도 않고 엉금엉금 널린 강냉이 앞으로 기어간다. 아내의 말보다 강냉이알이 더 먼저인 것 같다.

피뜩이라도 한번 쳐다봐 주지, 정신없이 바닥에 엎딘다. 애들도 아빠를 따라 일제히 엎딘다. 허겁지겁, 와작와작, 강냉이 씹는 소리가 방 안의 침묵을 바깥으로 들어낸다.

그런 처참한 세 식구의 모습을 보며 경심은 천천히 바닥에 넘어졌다. 과도한 기쁨 때문이었던가, 아니면 초인의 마지막 힘을 짜낸 때문인지. 경심은 의식이 흐려지고 몸이 땅 밑으로 잦아드는 것을 어렴풋이 느꼈다. 이게 죽음이라는 것도 안다. 어젯밤 분명 겪었으니까. 그러나 엊저녁과는 상대적으로 다른 만족감이 차분히 가슴에 내려앉는 것을 경심은 느꼈다. 어젯밤엔 슬펐지만 지금은 행복했다. 이렇게 가도 식구들은 사니까, 아니 살렸으니까. 엄마가 돼 애들을 굶주림에서 꺼내 주고 죽음에서 살렸다는 만족감이 가슴 그득히 차오른다. 이건 느낌이 아닌 분명한 현실이다.

식구들은 엄마가 그리고 아내가 지금 운명하고 있다는 것도 몰랐다. 눈앞엔 널린 강냉이가 아닌 살 수 있는 생명만 보였다. 경심이는 그 모습을 끝까지 보려 눈을 뜬 채로 움직임을 멈춘다. 오르내리던 가슴도 잠잠해진다. 여윈 얼굴에 그때까지 지우지 않은 미소가 백합처럼 피어 있었다.

소년과 소녀가 같은 방식으로

신주희

신주희

2012년 『작가세계』 신인상에 「점심의 연애」가 당선되어 소설가의 길로 들어섰다. 세월호 추모 공동 소설집 『우리는 행복할 수 있을까』, 북한 인권을 말하는 남북한 작가 공동 소설집 『국경을 넘는 그림자』, 한국작가협회 선정 소설집 『2015년 신예작가』 등에 작품을 수록했으며, 소설집으로 『모서리의 탄생』이 있다. 그 밖에 그림 에세이 『수거물 폐기물』과 『너는 네 인생이 마음에 드니?』(1, 2권)를 발간했다. 단국대학교 국어국문학과와 중앙대 문예창작학과 석사과정을 수료했고, 현재 카피라이팅과 소설 쓰기를 함께 하고 있다.

'브로커를 잘못 만나 오르지도 내리지도 못하고 있어. 제발 도와줘.'

편지는 지난번과 비슷했다. 국제우편이었고 지난주에 도착했지만 영도는 오늘에서야 우편함에서 그것을 찾았다. 이런 일은 종종 있었다. 자신의 이름과 주소가 적힌 우편물을 번번이 놓치는 일. 하나원을 나와서 대림동에 정착한 지 2년이 넘었지만 아직 영도는 자신의 이름 아래 적힌 모든 것이 낯설었다.

영도는 바로 전에 받았던 편지 내용을 떠올렸다. '네가 지났던 길을 따라가고 있어. 우리는 중국 산둥성에 모여서 베트남을 거치고 라오스를 지나 태국으로 갈 거래. 곧 악어강도 건너야 한다는데 배가 아주 작대.' 영도는 편지 끝에 달린 계좌 번호를 눈으로 더듬으며 고개를 갸웃했다. 악어강. 메콩강을 건너며 악어를 봤던가? 영도가 악어인 줄 알고 가슴을 졸였던 것들은 전부 썩은 나뭇조각이거나 쓰레기 더미, 그도 아니면 거대하게 소용돌이치는 물살이었다. 그 강을 건너기 전 매일 밤 꾸었던 악몽까지 떠올려 봤지만 영도는 꿈속에서도 악어를 본 적이 없었다. 그렇지만, 소녀 앞에 악어가 나타나면 어쩌지? 소녀는 소녀니까 나보다는 더 무서울 거야. 영도는 편지를 쓴 사람이 자신보다 세 살 어린 열일곱 소녀라는 것이 떠올랐다. 그러나 그 외에는 아무것도 알 수 없었다. 사실은 편지를 보낸 사람이 소녀인지 아닌지도 확실하지 않았다. 편지 끝에 '도움을 기다리는 열일곱 소녀'라고만 되어 있었기 때문이다. 누군가 장난을 치는 것일지도, 사기를 치는 것일지도 몰랐다. 그렇다고 편지를 무시할 수는 없었다. 이름을 알고 있다는 것도 이상했지만 자신의 주소지를 알고 있다는 것이 특히 수상했다. 나를 어떻게 알까. 내가 북에서 온 것을, 산둥성을 거쳐 베트남을 거치고 라오스를 거쳐 태국을 빠져나온 것을. 혹시, 나를 인솔했던 브로커가 정보를 판 것일까? 그러다 마지막에 영도는 영 엉뚱한 결론에까지 이르렀다. 만약, 하나원에서 나를 시험하고 있는 거라면. 결국 영도는 소녀에게 답장을 써 보자, 하고 마음먹었다. 그것이 지금 할 수 있는 최선이라고 생각했다.

하나원에서 교육받던 '사상'이라는 게 뭔지, 그걸 어디다 쓰는지 영도는 통 관심이 없었다. 당연히 깊이 생각해 본 적도 없었다. 그러나 답장을 쓴다면 그런 것에 대한 입장은 좀 밝혀야 하지 않을까, 영도는 생각했다. 그것은 북쪽에 살 때와 다르지 않다고 여겨졌다. 남쪽으로 왔으니 이곳 사람들이 좋아하는 방식으로 그것을 보여 주는 것일 뿐. 게다가 영도처럼 하나원을 출소한 사람들에게는 뭐든 확실한 것이 좋았다. 분명한 직업과 일정한 거주지를 가지는 것. 명확히 규정되는 인간관계와 확인 가능한 일상을 유지하는 것. 예측 가능한 생활이 증명하는 것은 간단했다. 안전제일. 더는 위험한 존재가 되지 않는 것. 영도는 자신을 이물(異物)처럼 대하는 사람들에게 보여 주고 싶었다. 자신은 빨간색을 반대하는 쨍한 파란색이라는 것을. 때문에 영도는 지금 누리고 있는 좋은 것들에 대해 쓰기로 했다. 그는 소년이기에 이 도시에 사는 다른 소년들과 비슷하게 열정이란 것을 그렇게 보여 주기로 마음먹었다. 어쨌든 소녀가 용기를 내어 쓴 편지이니, 소년으로서 그 정도는 할 수 있는 일이 아닌가, 했다.

영도는 병원 이름이 적힌 초록색 환자복을 입었다. 그리고 임상 실험 정보실이라고 쓰여 있는 방으로 들어섰다. 영도는 익숙하게 자신에게 배정된 침대로 향했다. 모두 서른 개의 침대가 벽을 향해 다닥다닥 놓여 있었다. 중간중간 커튼으로 공간이 나누어져 있고, 각 칸마다 영도와 비슷한 또래의 남자들이 앉거나 누워 있었다. 영도는 아는 얼굴과 모르는 얼굴, 아는 것도 모르는 것도 아닌 얼굴들을 가로질렀다. 공평하게 눈인사를 건넸지만 영도와 눈이 마주친 대부분은 데면데면하게 고개를 돌렸다.

본격적으로 생동성 실험이 시작되는 열 시. 간호사들이 혈압, 혈액, 심전도 등을 체크하느라 정보실 안과 밖을 분주하게 들락거렸다. 영도의 혈관에도 굵은 주삿바늘이 꽂혔다. 주사기 가득 검붉은 피가 차올랐다. 혈액검사가 끝나면 본격적인 실험이 시작되었다. 사람들은 자신의 번호가 불리면 네, 하고 나가서 약을 받아먹었다. 영도는 공복에 받아먹은 약 때문에 가끔씩 속앓이를 했지만 배고픔을 참는 것에 비하면 그 편이 낫다는 생각을 했다. 온몸이 극도로 예민해질 때도 있었다. 간호사의 손길이 닿기만 해도 온몸의 솜털이 발기하듯 곤두섰다. 그러면서도 잠이 쏟아졌다. 영도는 수면과 각성 상태를 오가며 자신이 받았던 문자를 떠올렸다. '19~35세의 건강한 자', '아르바이트 특성상 쉬는 시간이 대부분'이라는 것과 '친구들과 동반 지원을 환영'한다는 문구들. 사람들이 '꿀바'라고 하는 고액 아르바이트에 자신은 이른바 '실험 적합자'라는 것을. 그 다섯 글자가 적힌 문자를 받고 떠올렸던 어떤 아련한 미래를. 그것은 반나절 뒤에 손에 잡히는 미래였다. 밥도 되고 돈도 되는 미래. 영도는 자신이 삼킨 약이 만족스러운 값으로 환산된다는 것에 묘한 쾌감을 느꼈다.

때문에 영도는 작성해야 하는 설문지를 꼼꼼하게 적었다. 적어야 할 것이 많았다. 숨소리라든가, 맥박, 피부의 변화, 잠이 드는 것과 깨는 것, 꿈을 꾸는 것과 아닌 것. 영도는 제 숨소리를 듣고, 쿵쾅거리는 맥을 짚어 보고, 손끝과 발끝을 감각하는 일이 나쁘지 않았다. 지나치게 빨리 뛰는 심장 소리를 들으며 피식 웃음을 터뜨리기도 했다. 아, 이런 걸 노동이라고 할 수 있다니. 뭔가를 파지도 쌓지도 않고, 그 밑에 깔려 다치거나 죽지도 않는 일이라니. 먼지와 오물을 뒤집어쓸 필요도, 배를 곯거나 앓을 일도 없는, 정말이지 이렇게 쉽게 먹고살 수가 있다니. 그러면서 영도는 문득 궁금했다. 그런데도 여기 사람들은 어째서 그렇게 쉽게 지치고 아프다고 하는 걸까.

생각해 보니 북한에 있을 때 영도는 아픈 사람을 본 적이 별로 없었다. 열두 살 무렵부터 돌격대에서 잔뼈가 굵은 그가 마주친 사람 대부분은 그와 같은 사람들이었다. 몸이 가진 것의 전부인 사람들. 그런데 그 사람들은 왜 아프지 않았지? 이 새삼스러운 의문은 영도가 최근에서야 든 생각이었다. 돌격대 사람들에 비해 여기 남쪽의 사람들은 대부분 어딘가가 불편하거나 아팠다. 척추가, 무릎 관절이, 손가락 마디마디와 꼬리뼈가. 하다못해 잠이 오지 않아 아픈 사람들과 너무 먹어서 아프다는 사람들이 부지기수였다. 그런 사람들을 떠올리는 영도의 팔에 다시 주사기가 꽂혔다. 간호사는 기계 같은 표정으로 바늘을 찔러 넣고 피를 뽑았다. 따끔했지만, 역시 아픈 것은 아니었다. 그건 단지 참을성을 요하는 일 정도였다. 나는 돈을 받지 않는가. 40만 원. 한 번에 벌기 쉽지 않은 크기의 돈.

팔에 난 바늘구멍을 내려다보던 영도는 다시 함영의 돌격대를 떠올렸다. 맞아. 왜, 없었지? 아픈 사람들, 하고. 그러다 아픈 사람들 대신에 죽은 사람들이 생각났다. 그곳에서는 사람이 아프면 죽음과 직선으로 연결된다는 것. 애초부터 허약한 사람들은 얼굴을 익히기도 전에 사라져 버렸다는 것. 허망하다는 말을 꺼낼 겨를도 없이, 그들은 무너진 벽돌처럼 사지가 굳은 채 버려지곤 했다. 그러면 사람들이 뭔가 잘못을 이르듯 1041번 동무가, 3501번 동무가 죽었습니다, 했던 것들. 소대장은 1042번 동무와 3502번 동무를 시켜 어딘가 비슷한 것들이 버려진 곳에 그들을 묻었다. 영도의 머릿속에 장작개비처럼 까칠하게 마른 시체들의 몸이 스쳤다. 영도는 그때마다 기도했다. 어디를 향한 것인지 확실하지 않지만, 소리 내지 않고 뭔가를 중얼거렸다. 실은 스스로에게 한 것이나 다름없는 기도. 함께 시체를 옮기던 돌격대 동무들은 지금 어디에 있을까. 영도는 낮에 받은 편지를 다시 떠올렸다. 가슴에 불길이 일 듯 명치가 뜨거웠다. 소녀. 그 소녀를 구할 사람은 나밖에 없지 않을까. 영도는 침대 옆에 걸어둔 가방을 가져와 뒤적거렸다. 머릿속이 어지러웠다. 소녀는 지금 어디에 있을까. 사막을 가로지르고 있으려나. 메콩강은 무사히 건넜으려나. 그런 딱한 사람들이 돈을 보내 달라고 하는데, 나는 더 악착같이 벌어야 하지 않나. 끝말잇기처럼 이어지는 질문들 속에 영도는 분명한 생각 하나를 붙잡았다. 어쨌든 싫다, 하고. 그 먼 곳에서 강을 건너고, 밀림을 헤치고, 사막을 가로지르는 사람이 누구든 더는 죽거나 다치는 것은 싫다. 이것이 사기인지 아닌지 짐작도 할 수 없지만 싫다.
어쨌든, 아무튼.

"저기요, 괜찮아요?"

옆 침대에 앉아 있던 청년이 말을 걸어왔다. 영도는 가방을 뒤적
거리다가 가방을 놓쳤고 그 속에 있던 물건들이 병실 바닥에 와르
르 쏟아졌다. 폴더로 된 휴대폰과 낡은 수첩, 가죽 테두리가 떨어
져 나간 지갑과 아직 뜯지 않은 쥐약. 바닥에 떨어진 물건들을 내
려다보는 청년의 눈이 쥐약 봉지에서 의아하게 돌변했다. 영도는
서둘러 가방 안에 물건들을 쑤셔 넣었다.

"아, 편지를 좀 쓰려던 참입니다."

청년이 여전히 의심스러운 표정으로 고개를 끄덕였다. 안면이
있는 얼굴이었다. 지난번에도, 지지난번 생동성 실험에도 봤던 얼
굴. 검붉은 피부에 긴 얼굴, 두꺼운 테두리 안경을 쓴 청년. 매번
옆 침대에 있었으면서도 대화는 처음이었다. 다들 무엇인가를 밝
히기 꺼리는, 숨기려는 분위기 속에서 대화는 오히려 어색했다.

"저는 그쪽을 알아요."

"저를요?"

"네. 이번이 세 번째지요?"

청년은 낮에는 이 일을 아르바이트로 하고 밤에는 시나리오를
쓴다고 말했다. 자신은 오직 마음이 원하는 일, 시나리오 작가가

되는 것을 목표로 살고 있다고 고백하듯 속삭였다. 그렇지만 지금 자신은 1050번 마루타라고 했다. 마루타요? 내가 묻자, 몰라요? 마루타, 731부대, 생체실험 통나무요, 했고, 근데 오늘은 약이 좀 세네요, 했다. 그러면서 이번에는 늘 하던 비아그라 테스트가 아니라 진통제 쪽을 택했다는 말도 덧붙였다. 비아그라보다 돈을 두 배 더 준다는 말에 영도의 눈이 반짝거렸다. 영도의 눈빛을 알아챈 청년이 말을 이었다. 그런데, 이건 잔류 효과가 있다는 게 함정이라고. 청년은 지금 자신의 몸에 일어나는 모든 증상을 이렇게 함축했다. 잔류 효과. 멍하고, 어지럽고, 손발이 떨리고, 말이 많아지고, 때문에 자신이 혹 실언을 하더라도 그것은 분명히 잔류 효과 때문이라고.

잔류 효과, 청년의 잔류 효과는 이랬다. 죽이는 시나리오를 쓰고 싶은 것이라고 했다. 찌르고 가르고 쪼개고 부수는 잔인하면서도 재미있는 영화를 만드는 것이라고 했다. 자신의 뿌리는 분노라고도 했고, 그 분노는 어떤 언어로도 번역이 되지 않는 것이라고도 했다. 불가해한 분노를 꼭꼭 눌러 담아 이해 가능한 이미지로 풀어내는 일이야말로 자신이 하고 싶은 것 중 하나라고 중얼거렸다. 그건 인간에게 꼭 필요한 일이라고. 그러면서 뜬금없이 자신은 만 25세의 건장한 대한민국 군필자라는 소리를 했다. 동시에 복학은 했지만 딱히 뭘 해야 하는지 결정된 바가 없고, 때문에 곧 미래의 잉여 인간이 될 게 뻔하다고도. 게다가 건강은 좋아서 백 세가 넘게 살지도 모르겠다고. 이 사태를 어떻게 하냐고 한탄했다. 울기 시작하는 건가, 했더니 미친 듯이 웃고 있었다. 그러는 사이 두 명의 간호사가 번갈아 가며 청년의 상태를 살폈다.

그의 잔류 효과는 꽤 오랜 시간 지속되었다. 억지로 침대에 눕혀진 청년은 팔을 뻗어 허공 어딘가를 손가락으로 가리키며, 내가 무서운 얘기 하나 해 줄까요, 했다. 그러니까, 여기가, 수능 직후에 알바를 한 편의점, 또 여기는 취업 설명회 듣던 곳, 웨딩홀과 커피숍, 야간 경비를 서던 건물은 이상하게도 한 건물이라고. 돌아보니, 시내 한 블록 안에서만 몇 년을 뱅뱅 돈 셈이라고. 어쩐지 좀 으스스하지 않냐고. 이건, 호러 영화 시나리오를 쓸 때 꼭 써먹을 거라고. 청년은 내려오는 눈꺼풀을 버티며 입술을 달싹거렸다. 그러다가 벌떡 몸을 일으키더니 그래도, 아무리 그래도, 진짜 무서운 건 따로 있지, 했다. 기념일, 여자 친구와의 백 일, 그게 너무나 소름 끼치게 무섭다고. 3개월이나 밀린 휴대폰 요금을 내고 나면 선물은 어떻게 해결하냐고. 청년의 목소리가 흐느낌으로 바뀌고 있었다.

그제야 영도는 고개를 끄덕였다. 그리고 자신이 한 선택에 안도했다. 마약성 진통제 혹은 비아그라 복제약. 자신에게 일어날 잔류 효과에 대해 떠올려 본 영도는 고개를 저었다. 그리고 임상실험 신청 사이트에서 비아그라 복제약을 택한 것이 훨씬 나은 선택이었다고 확신했다. 뭐니 뭐니 해도 정신을 바로 세우지 못하는 것보다는 아랫도리가 자주 서는 게 훨씬 더 낫다는 생각이었다.

　나의 집은 대림동에 있어, 하고 영도는 편지 첫머리에 쓸 문장을 고민했다. 그러나 곧 '집'이라는 단어를 떠올릴 때 자신의 방 창문을 가로질러 붙어 있는 고시텔이라는 간판이 마음에 걸렸다. 간판 때문에 창문을 열 수 없고, 창문을 열 수 없으므로 그것은 무용지물이었다. 창문이 쓸모없는 네모난 상자를 과연 '집'이라고 부를 수 있을지. 영도는 지하철역을 빠져나와 걸으며 고개를 갸웃거렸다. 대림동의 고시원은 하나원에서 만난 사람에게 소개받았다. 대림이라는 지명을 들었을 때 영도의 머릿속에는 대리석처럼 매끄럽고 차갑고 깨끗한 도시가 떠올랐다. 그가 건설 돌격대란 이름으로 쌓아 올린, 높고 육중한 건물들 중에도 '대림'이라는 이름이 있었기 때문이다. 영도는 집값이 싸다는, '우리 동무들'이 많이 모여 산다는 대림의 골목골목을 돌아다니며 공사장 바닥에 천막을 치던 밤들을 떠올렸다. 찬 바닥에 누워 높은 건물들을 올려다보던 기억. 이불 위로 스멀스멀 올라오던 시멘트 냄새와 새벽 한기에 소스라치며 몸을 일으키던 기억. 대림동의 복잡하게 얽힌 골목들과 집과 집 사이의 좁은 통로는 제대로 된 건물 하나 없이 휑한 곳이 익숙한 영도에게는 오히려 아늑한 느낌이었다. 길이 너무 좁아서 막혔구나, 하면 그보다 더 가늘게 뻗은 골목이 나타났다. 여기서 저기는 이어지겠구나, 할 땐 이상하게도 막다른 길에 걸음을 멈췄다. 대림에서 길을 잘 아는 사람이란 없었다. 살던 사람은 살던 사람대로, 아닌 사람들은 아닌 사람대로 자주 길을 잃었다. 영도는 무엇보다 그 점이 마음에 들었다. 어쩐지 공평한 느낌이었고, 자주 길을 헤매도 억울하지 않았다. 영도는 골몰하다 문득, 자신이 낯선 골목에 들어섰음에 놀랐다. 아, 또 길을 잃은 건가.

눈으로 길을 더듬던 영도는 휴대폰을 열고 지도를 폈다. 좌회전과 우회전, 직진과 멈춤을 반복하며 골목을 빠져나왔다. 골목 끝에 한 노인이 살충제를 수북하게 쌓아 놓고 파는 것이 보였다. 골목을 지나던 사람들이 좌판 앞에 서서 물건을 구경했다. 영도도 좌판 앞으로 다가갔다. 장바구니를 들고 지나던 여자가 쥐약은 있느냐, 바퀴벌레약은 확실하냐, 등을 물었다. 그 옆에 섰던 사람이 다섯 개만 원이면 너무 비싸네, 했고, 다른 누군가는 나는 바퀴벌레약만 필요한데, 했다. 노인이 귀찮은 듯 그냥 세 개 오천 원에 가져가오, 했다. 또 누가, 그런데 요즘 누가 쥐약을 사요? 하자 검은 비닐봉지에 바퀴벌레약을 담던 노인은 못마땅한 듯 남자를 노려봤다. 그러고는 내 여기 서서도 몇 마리 봤소, 하고 쏘아붙였다. 농담인지 진담인지 모를 노인의 대답을 듣자 장바구니를 든 여자가 노인에게 쥐약값을 건넸다. 그것을 물끄러미 지켜보던 영도도 바퀴벌레약과 함께 묶여 있는 쥐약을 집어 들었다. 이걸 정말 쓰게 될까? 고민했지만 영도는 곧 만 원짜리 지폐 한 장을 노인에게 내밀었다.

그리고 소녀를 떠올렸다. 이건 소녀에게 보내 줘야지. 어쩌면 돈이
없어서, 이런 건 준비 못 했을 수도 있어, 하고.

　국경을 넘는 사람에게 극약이 필요하다는 걸 알려 준 것은 브로
커 캄이었다. 전쟁도 태풍도 아주 끔찍한 가뭄과 홍수도 모두 겪
어 봤노라고 자신을 소개한 캄의 나이는 짐작하기 어려웠다. 언제
는 너무 늙어 보이기도 했고, 또 언제는 아주 어린 것 같기도 했다.
그는 잘린 가운뎃손가락을 내보이며 말했다. 북에서 넘어와 팔려
가는 사람과 도로 잡혀가는 사람, 죽은 사람과 반쯤 죽은 사람들
을 봐온 것이 셀 수 없다고. 그러나 안심하라고. 자신처럼 노련한
브로커를 만나기란 보통 행운이 아니라고. 그러다가 '그럼에도 불
구하고'로 흘러간 자기소개는 영 엉뚱한 방향에서 마무리됐다. 실
패의 경우를 생각하자면. 캄은 탈북 자체가 매우 어려운 일이기 때
문에 어떤 극단의 조치가 필요한 순간을 늘 염두에 둬야 한다고 했
다. 그러면서 두꺼운 테이프로 겉봉을 가린 상자를 사람들 손에 하
나하나 쥐여 줬다. 한 봉지에 500위안. 목숨을 끊어야 할 일이 생
기면 이것이 최선이라는 것을, 효과에 대해서는 두말하지 않겠다
는 것을 엄숙한 얼굴로 말했다. 고통 없이, 한순간에 숨을 끊을 수
있는 극약 중의 극약이라는 말에 지갑을 열지 않은 사람은 없었다.
영도도 마찬가지였다. 캄의 말은 모두 이상했지만 그 말만은 전혀
이상하지 않았다. 그러나 딱 한 사람, 기은은 달랐다. 이씨인지 김

씨인지 기억나지 않는, 소녀 기은. 기은은 그걸 살 돈으로 밥을 한 끼 더 먹겠노라고 캄에게 선언하듯 쏘아붙였다. 그러고는 조용히 영도에게 속삭였다. 자신은 절대 약을 살 돈이 없어서 그러는 것이 아니라고. 스스로 죽음을 택하는 바보 같은 짓은 절대 하지 않을 거라고.

그리고 정말 서른 명의 사람들에게는 매일 서른 개의 피치 못할 사정들이 생겼다. 국경을 넘는 일은 그런 일이었다. 작고 사소한 일들이 대부분은 나쁘고 위험한 결과로 이어지는 것. 아주 불길하고 위태로운 미래는 참지 못한 재채기나 새어 나오는 방귀 소리와도 쉽게 연결되었다. 그때마다 사람들은 새벽 기차 화물칸에 숨어서, 금방이라도 가라앉을 것 같은 쪽배에 몸을 구기고 주머니 속의 극약을 만지작거렸다. 그러면서 그 모든 불행이 주머니 속 약한 알로 수렴될 수 있다는 것을 다행스럽게 여겼다. 영도는 그때마다 빈손을 꼭 쥐던 기은에게 감탄했던 기억이 있다. 그리고 불안에 찌든 사람들 앞에서도 한결같은 태도를 보이는 기은을 보며 자신의 생각을 확신했다. 저 소녀는 어떻게 저렇게도 담담할까. 정말 냉정한 아이일지도 모르지. 영도에게는 침착이 쉽지 않은 일이었다. 뻔뻔한 사람과 귀찮은 인간, 죽이고 싶게 미운 진상과 하는 수 없이 봐줘야 하는 불쌍한 인간은 매일매일 생겨났다. 반면에 기은은 모든 사람에게 평등한 감정을 가진 것 같았다. 캄캄한 정글 속에서 나눠 주는 주먹밥 같은 균일함. 여자도 남자도, 위도 아래도 없이 마치 하나의 사물을 대하는 것 같았다. 영도는 그래서 더욱 모르겠다고 생각했다. 어쩐지 영영 모를 것 같았다. 영도에게 보내는 기은의 눈빛이, 표정이, 말과 행동들이 왜 유독 다른 사람들의 것과 다른지.

그러나 영도가 기은에 대해 모르는 것은 하나 더 있었다. 영도를 비롯해 함께 국경을 넘었던 사람들 역시 알 수 없는 것. 사실은 알아야 하는 사람도, 알고 싶은 사람도 없기 때문에 모를 수밖에 없던 것. 기은이 극약을 삼켜 버린 이유였다. 기은은 극약을 사지 않은 단 한 사람이었지만, 그것을 사용한 유일한 사람이기도 했다. 영도가 기은과 또래라는 이유로, 친해 보였다는 이유로 가장 많이 받은 질문도 그것이었다. 기은은 왜 영도의 극약을 훔쳤을까. 왜 다들 자고 있는 밤, 잠도 자지 않고, 어떤 기척도 없이 돌연 그것을 삼켰나. 그건 정말이지 확실하지가 않네, 영도는 생각했다.

기은의 말 어디를. 영도의 머릿속이 기은의 말들로 가득 차올랐다. 서울에 가면 엄마가 있다고 했다. 엄마가 자리를 잘 잡아 놨다고도 했고. 그러면서 열심히 편지를 썼는데, 답장을 받은 적은 없었다. 그것 때문인가? 아니라면, 왜? 불침번을 서던 내가 졸지 않았다면 달라졌을까? 단 몇 분이라도 빨리 눈을 떴더라면? 캄의 손에 끌려가는 기은을 못 본 척하지 않았다면? 기은이 몸을 팔고 있다고, 그 조건으로 겨우 탈북에 합류할 수 있었던 거라고 수군거리는 사람들에게 그 진위를 따져 물었더라면? 그랬다면 달라졌을까? 아니, 아니지. 언젠가 지겨워, 지겨워, 하며 약을 좀 나눠 달라던 부탁을 들어줬더라면? 다른 사람들처럼 꼭 쥐고 있을 극약이라도 있었다면 기은은 살아 있었을까? 모르지. 모르는 일이지.

영도는 고개를 저었다. 기은의 독기 어린 눈빛이 생각났기 때문이다. 넌 결국 서울에 가지 못할 거다, 강물에 휩쓸려 떠내려가고 숲에서 혼자 길을 잃게 될 거다, 악을 쓰던 기은의 악담과 저주가 떠올랐다. 그런데 그게 왜 나였을까. 기은은 왜 내게 그랬을까. 그러다가 죽는 게 제일 무서운 사람들이 쥐고 있던 것이 다름 아닌 죽음이었다는 생각이 들자 영도는 몸을 떨었다. 제 목숨을 손에 쥐고 있었다는 엄청난 착각에 등줄기가 서늘해졌다. 깜깜한 그 밤이 떠오르면서 차가운 바닥의 한기가 살갗으로 스멀스멀 기어오르는 기분이었다. 이윽고 기은의 입가에 허옇게 말라붙은 토사물이 너무나도 또렷하게 머릿속을 스쳤다. 죽음의 구체적인 형태가 하나씩 그려졌다. 추스르지 못한 팔과 다리, 다 감지 못한 눈, 그 틈으로 흐릿하게 멈춰 있는 눈동자. 무엇보다 테이프가 뜯겨 나간 극약 상자와 그 상자 위에 그려진 시커먼 쥐 그림. 캄이 효과를 확신했던 극약의 정체는 다름 아닌 쥐약이었다. 죽은 기은을 내려다보며 사람들은 아무것도 하지 않았다. 시체를 옮길 엄두도 나지 않았다. 몇몇이 길옆 덤불 속에 기은을 버렸고, 그곳이 어디인지 기억하는 사람은 아무도 없었다.

그럼에도 불구하고 끝이 있다는 것을 알려 준 것 또한 기은이었다. 3년을 산 것도 죽은 것도 아니게 이국을 떠돌아다니던 영도가 열여덟이 되었을 때, 배낭을 메고 서울로 향하는 비행기에 오르는 순간, 그는 자신을 둘러싼 한 세계가 끝나고 또 어떤 세계가 시작되는 것을 느낄 수 있었다. 이 세계에는 안전벨트가 있고, 기내식이 있고, 불안정한 기류로 인한 흔들림과 아직은 마주치지 않은 죽음이 있었다. 경계는 명확하지 않았으나 기은이 간 세계의 반대편이라는 것만은 분명했다. 서울에 도착해서 긴 조사를 끝내고 하나원을 나와 대림동에 이사를 한 날 영도는 딱 한 번 기은을 떠올렸다. 이상한 일이지만 공동으로 사용하는 화장실에 앉아서였다. 차가운 변기에 앉아 있자니 놀랍게도 별다르게 슬픈 감정이 일지 않았다. 그것은 그냥 추위 같았다. 영도는 씁쓸한 기분으로 밀림을 지나던 기은을 떠올렸다. 물살이 센 강을 건너고 야간열차의 의자 밑에 숨어서 속삭이던 얘기들을 생각했다. 잘 떠오르지 않는 비슷비슷한 이야기들. 주로, 무엇을 먹고 어디에 살고 어떤 사람이 되고 싶다 했던 것들. 그러다 불쑥불쑥 아랫배가 아파 왔는데 영도는 그때마다 힘을 줬다. 뭔가 뜨거운 것이 한 움큼씩 몸속을 빠져나갔다. 영도는 그 일을 통해 정말 무서운 것이 무엇인지 알았다. 인간으로 산다는 것, 그 상태를 유지한다는 것.

쥐약을 들고 서 있는 영도의 혀뿌리가 뻐근해졌다. 이윽고 혀 밑으로 침이 고였다. 이제 영도는 화장실에 앉아서 알바를 생각한다.

월세를 셈하고 밥값을 계산하느라 더는 기은에 대해 생각하지 않았다. 다만 방 안에 누워 잠이 오지 않던 언제, 천장을 보면서, 이 작은 방을, 상자와 다를 바 없는 이 공간을, 기은은 뭐라고 할까 생각해 본 적은 있었다. 영도의 나이는 스무 살. 이곳 청년들처럼 영도도 이제 그런 것에 꽤 깊은 슬픔을 느낀다. 그런데, 쥐약이라니. 쥐약 같은 것은 애초에 사지 말아야 했던 게 아닐까? 내게 편지를 쓴 이 소녀에게 이걸 줘도 될까? 정말 이런 것이 유용할까?

영도는 걸었다. 걸으며 이번 달 집세를 빼면 얼마의 생활비가 남는지 계산했다. 점심에 삼각 김밥만 먹을 때와 컵라면을 같이 먹을 경우를. 버스나 지하철을 타지 않을 때와 저녁 약속 같은 것을 잡지 않을 때 같은 것도. 골목의 깊숙한 곳으로 들어서면서 영도는 소녀에게 보낼 얼마에 대해 생각했다. 10만 원, 아니 20만 원은 되어야 하나? 그건 너무 과하지, 하다가 그래도 목숨이 걸렸는데. 돈을 보내지 않으면 소녀는 거기 묶여 버릴까? 삼엄한 국경에 걸려 넘어지고 메콩강 한가운데, 무인도 같은 데 갇혀 있으려나? 돈을 보내자면 소녀에게 답장을 해야 하는데, 그래, 아직 편지도 끝내지 않았지. 영도는 그간 소식을 빨리 전하지 못했던 이유는 일이 너무 바쁘게 돌아가서, 라고 써야지 했다. 산을 넘고 강을 건너고 정글을 지나 도착한 서울은 과연 기회의 땅이더라고. 특성상 쉬는 시간이 대부분인 일도 있고, 친구들과 함께 하는 것을 환영하는 일도 있다고.

영도는 고시원에 도착하자마자 작은 상을 펴고 낮에 긁적이던 종이를 펼쳤다. 하지만 한참을 고심 끝에 쓴 첫 문장은 '새로운 일을 준비하고 있어서 좀 바빴어'였다. 아무래도 마음에 들지 않았다. 영도는 새로운 종이를 꺼냈다. 조금 더 가벼운 인사말을 찾자고 마음을 바꿨다. 그러면서 영도에게 말을 걸었던 옆 침대 '잔류효과' 청년의 말을 떠올렸다. 낮에는 아르바이트를 하고 밤에는 시나리오를 쓴다는 말. 자신은 오직 마음이 원하는 일, 그것을 목표로 살고 있다는 말. 영도는 어쩐지 그 말이 멋졌다. 그리고 '낮에는 아르바이트를 하고 저녁에는 새로운 일을 준비하느라 바빴어'라고 썼다. 이어 '언젠가 내 꿈도 이루어지겠지? 돈도 꽤 벌게 될 거야'라고 썼다. 꿈이라는 단어를 보는 영도의 입꼬리가 슬쩍 올라갔다. 아무 구체적인 계획이 없었지만 지금부터라도 뭔가가 되어 보자는 마음이 들었다.

영도는 그 문장들을 가만히 보다가 뭔가 힘이 되는 따뜻한 말도 필요하지 않나, 생각했다. 아주 따뜻한 말. 쥐약보다는 힘이 되는 말. 건넬 수 있는 가장 친절한 말. 생각만큼 쉽게 떠오르지 않았다. '건강해', '힘내' 혹은 '곧 서울에서 만나자'와 같은 말을 적어 봤지만 모두 지웠다. 대신 '너도 꿈이 있지?'라고 썼다. 거기에 '나도 그걸 위해 매일 노력을 하고 있어' 하고 덧붙였다. 하지만 영도는 이 문장과 다른 문장들을 이어 한 편의 편지를 완성할 수는 없을 것 같았다. 그 뒤로 아무런 말이 떠오르지 않았기 때문이다.

2주가 지나고 영도는 다시 병원으로 향했다. 2차 생동성 실험 아르바이트가 예약되어 있었다. 영도는 가방에 미용사 자격시험 문제집을 챙겼다. 기본 검사를 마치고 침대로 돌아와 문제집을 펼쳤다. 공부를 하면 정말, 어쩌면, 어떤 근사한 꿈이 생길지도 모른다는 생각이 들었다.

"오늘 또 보네요."

누군가 영도의 어깨를 가볍게 두드렸다. 2주 전 잔류 효과 청년이었다. 여전히 발음이 어눌했고, 아직 잔류 효과에서 벗어나지 못한 듯 눈동자가 흐릿했다.

"지난번에는……, 실례가, 많았어요."

그러면서 불쑥 초코파이 하나를 영도에게 내밀었다.

"북한에서 오셨다니까."

갑작스러운 말에 영도의 뺨이 달아올랐다.

청년은 지난번과 같은 약을 먹었다고 했다. 실은 그것 때문에 일주일쯤 고생을 했다고도 했다. 이 약이 두통에 얼마나 효과가 있는지 모르겠지만, 아주 심각한 부작용이 있다며 청년은 머리를 긁적였다. 영도는 청년이 그사이 좀 늙은 것 같다는 생각을 했다. 2주만에 사람이 어떻게 저렇게 달라 보일까.

"그러니까, 이 약을 먹으면 너무 솔직해져요."

청년이 주삿바늘 자국이 난 팔을 문지르며 말했다. 영도는 점점 풀려 가는 청년의 눈을 응시했다.

"저는 말이죠. 아주 성실하게 살았거든요. 그런데도 결국 이렇게 됐지 뭡니까."

"꿈이 있다고 했잖아요. 영화를 만들고 싶다면서요."

"그러니까요. 제가 그렇게 됐다니까요. 제 자취방이 지하거든요. 방에 창문이 있는데, 거기서 밖을 보면 사람들 발만 보이거든요. 그걸 계속 보고 있으면 꿈에서도 자꾸 발만 나와요. 좋은 구두를 신은 발도 나오고, 하이힐을 신은 발도 나오고, 컨버스 운동화도, 쪼리도 나오고. 다 발이야, 발. 꿈이 참 시시하죠?"

"그런 꿈은 그냥 개꿈이에요."

"참, 그러고 보니 개도 나왔네. 발만."

"나도 그런 적 있어요. 매번 꿈에 메콩강만 나왔어요. 꼭 건너야 하는 강이었는데, 악어강이래요, 그 강이. 그런데 악어는 한 번도 안 나왔어요. 차라리 악어가 나왔다면 덜 무서웠을 것 같아요."

"그쪽도 엄청 험하게 살았네요."

"그런가요?"

"아휴, 안 봐도 뻔해요. 그쪽 사람들. 밥도 많이 굶었죠?"

"다 그런 건 아닙니다. 여기도 굶는 사람은 있으니까요."

"에이, 그래도 여기랑 비교가 되나. 아무튼 축하해요."

"뭘 말입니까?"

"굶어 죽지 않고 살아 있잖아요."

"……."

"거기선 먹을 게 없어서 사람도 먹고 그런다면서요?"

"그런 거 본 적 없습니다. 그리고 여기도 아주 살 만한 건 아닌 것 같은데요."

"에이, 거짓말."

"거짓말 아닙니다."

"네, 뭐. 알겠어요. 이해는 합니다. 무슨 말인지."

"이해합니까?"

"한다니까요."

"뭘요?"

"뭐긴요. 감사해야 한다는 얘기죠. 그쪽이!"

빙글거리던 청년이 좀 화가 난 사람처럼 소리쳤다. 그가 소리치자 영도는 좀 황당한 기분이 되었다. 그래도 영도는 혼자 중얼거리는 청년에게 아무런 대꾸도 하지 않았다. 이해한다는 말과 감사해야 한다는 말 사이 너덜거리는 뭔가를 덧붙이도록 내버려 뒀다. 청년은 새는 발음으로 탈북자들이 너무 많다고도 했고, 그들 때문에 일자리가 없어진다는 말도 했다. 세금이라는 말에 비용이라는 말이 꼬리를 물었다. 중간중간에 '하지만'과 '불쌍하다'라는 말이 삽입됐다. 청년은 무엇인가 참아야 할 일이 생긴 사람처럼 문득문득 말을 멈추고 심호흡을 했다.

"내가 다 알아. 알면서도 가만있는 거라고! 나보다 더 안된 인간 들이니까. 불쌍하니까, 그러니까⋯⋯."

영도는 침대 위에 놓여 있던 미용사 자격증 문제집을 펼치다 말 고 청년이 건넨 초코파이를 노려봤다. 그러고는 바닥에 초코파이 를 패대기쳤다.

"나는 초코파이 안 좋아합니다."

"아니, 이 새끼가."

"불쾌합니다. 초코파이가 초코파이지 뭐 별거입니까?"

"니네들 좋아하잖아, 초코파이."

"아닙니다! 왜 그렇습니까? 나는 초코파이 싫어하면 안 되는 겁 니까? 나도 좋아하는 거 따로 있습니다. 그냥 그렇게 간단하게 취 급되는 거 기분 더럽단 말입니다."

불쾌해진 청년의 눈이 사납게 돌변했다. 청년의 입에서 처음 들 어보는 욕설이 쏟아져 나왔다. 동시에 영도의 뺨으로 주먹이 날아 왔다. 영도와 청년의 몸이 엉키는가 싶더니 쿵, 하고 둔탁한 덩어 리가 바닥으로 떨어졌다. 무엇인가가 밀리고, 쏟아지고, 찢어지고 부서졌다. 갑작스러운 소란에 간호사가 달려왔고, 누군가를 불렀 고, 불려온 사람이 엉킨 영도와 청년을 간신히 떼어 놓았다. 횡설 수설을 멈추지 않는 청년이 허공을 향해 몇 차례 주먹을 휘둘렀다. 그것을 지켜보던 영도는 엉망으로 찢긴 문제집을 집어 들었다. 종 잇조각을 모두 주워 가방 속에 챙겨 넣었다. 몹시 목이 탔지만 물도 마시지 않은 채 병실 밖으로 걸었다. 등 뒤에서 청년의 고함 소리가 들렸다.

"야, 이 병신아! 메콩강에 악어 안 살거든!"

병원 복도에 앉아 마지막 채혈을 기다리는 영도는 청년이 자신에 대해 아는 것들에 대해 생각했다. 그는 무엇을 이해하고 있을까. 그는 짐작이나 할까? 쫓기는 것과 떠도는 것들의 세계. 그것에 대해 뭘 알고 있을까. 그곳을 빠져나와 내가 닿은 곳에 대해서, 이게 더 나은 세상이 맞는 건지에 대해서는. 영도는 계속 술주정 같은 청년의 말을 생각하고 또 어느 순간 불쑥 분노했다. 영도의 아랫도리에 뜨거운 것이 몰리기 시작했다. 불뚝거리는 사타구니 위로 영도는 가방을 올려 덮었다. 온몸이 물에 젖은 것처럼 녹아내리며 허물어지는 중에도 홀로 빳빳해지는 것이 있다는 사실이 당혹스러웠다.

영도가 마지막으로 뜯어 본 편지에는 '메콩강 악어에게 팔을 물렸어'라고 적혀 있었다. '하지만 몸은 아직 견딜 만해' 하고. 영도는 메콩강의 악어들을 떠올리며 놀랐지만 이내 담담해졌다. 물론, 메콩강에 악어가 사는지 아닌지는 논란의 여지가 있었다. 하지만 사람들이 메콩강을 악어강이라고 부를 때 영도는 더 이상 악어를 상상하지 않았다. 여전히 그 강에서 악어를 본 사람이 수십이라고 했고, 물린 사람, 물려 죽은 사람도 제법이라는 소문이 들려왔지만 이제 영도는 그것이 과장된 이야기일 뿐이라 여겼다. 대신에 텔레비전에서 들은 심리 전문가의 단어들을 떠올렸다. 심리적 공포라든가 불안증과 같은 것. 영도는 소녀의 편지를 소리 내서 읽었다. 몸은 아직 견딜 만해, 몸은 아직 견딜 만해, 하고. 그 뒤로 소녀에게 오는 편지들은 우편함에 쌓이다가 버려졌다. 편지는 정말 소녀에게서 온 것일 수도 있다. 소녀는 메콩강을 무사히 건넜을지도 모른다. 진짜 악어를 봤을 수도, 물렸을 수도 있지만 영도는 이제 그것은 자신과 무관한 일이라 생각했다. 억세고 거센 물살이 엄청난 기세로 강을 굽이쳐 이 세계와 그 세계를 구분 짓는 것처럼, 소녀는 그저 먼 과거의 이야기 같았다. 그리고 지금 이곳은 소녀에게 일어난 일과 소녀에게 일어나지 않은 일이 공평하게 순환되는 것으로 유지될지도 모른다는 뜬금없는 생각도 했다. 물론, 그것 역시 영도의 의지와는 아무런 상관없는 일이었다.

병원 앞 횡단보도 앞에 서 있던 영도는 코를 팽하고 풀었다. 아직 사그라들지 않은 아랫도리가 얼얼했다. 그 뒤로도 영도는 아르바이트를 계속했다. 다른 생각에 빠져 엉뚱한 길목에 들어서기도 했다. 악어 꿈 같은 것은 꾸지 않았고, 쥐약을 들고 다니지도 않았다. 여전히 꿈을 갖는 일은 근사하다고 말했지만 이루고 싶은 목표가 생긴 것은 아니었다. 영도는 아르바이트를 하다가 자주 아팠고,

아파서 병원에 갔다. 병원에 가기 위해 얼마의 빚을 지고, 빚을 져서 아르바이트는 하나에서 둘, 둘에서 셋이 됐다. 아르바이트는 늘 영도의 꿈보다 한 걸음 앞에 있었다. 그때마다 영도의 게으름을 탓하는 사람들은 영도가 얼마나 아픈지, 그 때문에 얼마의 빚을 졌는지는 몰랐지만 모두 비슷한 조언을 했다. 아프기 전에 조심했어야 했다고. 예방이 안 됐다면 참아야 했고, 참지 못할 거라면 애초에 이 세계에 발을 들여놓지 말았어야 했다고. 그들의 얘기를 듣다 보면 세상은 이렇게 살 수밖에 없고 그건 어쩔 수 없는 일처럼 보였다. 그러나 영도는 아무것도 내색하지 않았다. 여기는 공평한 세상이고 아직 건너야 할 다른 세상은 발견하지 못했으니까. 하지만 아주 없을까? 신호등을 올려다보며 영도는 중얼거렸다. 그리고 비행기를 타는, 어떤 산을 넘거나 강을 건너는 상상을 했다. 어딘가에 다른 세계가 있을지도 몰랐다. 영도는 고개를 돌려 주변을 두리번거렸다. 잠시 뒤 신호등이 파란불로 바뀌었다. 영도가 멀리 점처럼, 사람들 무리에 섞여 길을 건넜다.

사기꾼

설송아

설송아

1969년 평안남도에서 태어났다. 2015년 『국경을 넘는 그림자』에 첫 단편소설 「진옥이」를 발표했다. 발표 작품으로 「사기꾼」 「초상화 금고」 등이 있고, 동시 「어서 가자요」 「통일」, 북한 인권을 말하는 남북한 작가 공동 소설집 『금덩이 이야기』 『꼬리 없는 소』에 참여했으며, 계간지 『임진강』에 「스칼렛 오하라와 조선녀성」 등 북한사회를 반영한 수십 편의 작품을 발표했다. 석사 논문 『경제난 이후 북한 지방경제 변화연구: 평안남도 순천시 사례』를 연구 발표했다. 현재 RFA 자유아시아방송 기자, 자유통일문화연대 작가로 활동하고 있으며 북한경제 IT 석사 학위를 받았다.

1

황가는 급히 자전거 속도를 내며 달렸다. 캄캄한 밤이다. 이 도시 토박이로 자란 그는 캄캄한 어둠 속에도 자전거를 거침없이 몰아 댔다. 손금처럼 익숙해진 길이다.

장거리에 차를 잡으려고 웅크리고 앉았던 사람들이 불시에 튀어나오는 일만 없다면 최속력으로 자전거를 몰아도 밤길 사고는 전혀 없다. 눈 감고도 갈 수 있는 밤길이지만 요즘은 한밤중 차잡이 하는 사람들이 많아져 어디서 튀어나올지 모른다. 그래서 황가는 인파가 복잡한 도로에 들어서서는 자전거 속도를 낼 수 없었다.

늦어도 10시까지는 돌잔치 집에 가야 했다. 귀청이 떨어지도록 자전거 종을 연속 울렸지만 피하는 사람들보다 들은 척 만 척 갈 길을 가는 사람들이 더 많았다. 화가 은근히 오른 황가는 세 명이 가로 늘어서 걸어가는 것이 보이자 사나이답게 짬 사이로 자전거를 밟았다. 불의에 지나가는 자전거와 황가의 몸체가 길인들을 한 절반 넘어뜨리며 씽 지나갔다. 비명과 함께 악에 받쳐 뱉어 내는 말이 황가의 뒷전에 들렸다.

"망나니 같은 새끼야. 너에게는 에미도 없니야."

어둠 속에 걸어가던 노인들이었다.

'귀는 장마당에 두고 왔나?' 황가는 욕이 입 밖에까지 나오는 걸 오늘만큼은 기분 잡치면 안 되는 날이기에 참아야 한다고 생각했다. 힘을 다해 자전거만 몰아 댔다. 일본산 자전거는 다행히 황가의 마음을 잘 알아주며 속도를 냈다. 오전에 내린 빗물이 도로에 고였는지 황가의 자전거 바퀴 양쪽으로 물갈기 뿌려지는 소리가 들렸다. 휘 뿌려지는 물줄기가 이번에는 전혀 예상치 않았던 여인들의 옷자락을 덮쳤다.

"뭐야, 진짜 신경 난다."

"좀…… 정말 보고 다닐 게지…… 동태 눈깔이야?"

더러운 빗물을 얼굴에 튕겨 맞은 여인이 약이 올라 말했다. 야비한 목소리가 젊은 여자들이라는 것을 알아들은 황가는 미안하다는 인사는커녕 목을 돌릴 수 있는 것 뒤로 젖히고 제 편에서 욕을 해 댔다.

"아가리 찢어놓기 전에…… 간나들이 어디다 대구……."

잡아먹을 듯한 목소리에 기겁했는지 이내 조용해졌다. 오늘 같은 날 자전거 전조등을 도적 맞히지만 않아도 개쌍욕 먹을 일이 없다. 목재 장사를 하고 있는 그는 기계화사업소 차를 임대하곤 한다. 운수 직장장을 만나려고 사무실에 들어간 지 한 시간도 못 되는 사이 자전거 앞바퀴에 붙어 있던 일본산 전조등이 없어졌다.

"아바이, 눈 뜨고 뭐 해요……. 누가 왔었는지 못 봤어요?"

심문하듯 다그치는 황가에게 경비원 아바이는 흔한 일이라는 듯 노동신문을 잘라 잎담배를 말면서 말했다.

"내가 공장 경비를 서지 개인 자전거 지켜주는 사람 아니외다."

할 말이 없었다.

"눈 뜨면 생눈깔 뽑힌다더니."

혼자 중얼거리며 황가는 어둡기 전에 장마당에서 전조등을 산다는 것이 밤이 깊고 말았다. 황가는 다시 자전거를 밟았다.

오늘은 그의 친아들 돌잔치를 하는 날이다. 애인이 낳은 아들이라지만 자기 몸에서 나온 피붙이라는 강렬한 애정이 흘렀다. 40살이 넘어서야 황가는 친아들을 보았다. 외도로 아들을 낳을 생각은 없었다. 여자가 취미이긴 하지만 아들을 목적으로 마주한 적은 한 번도 없다. 제대 후 인수원으로 물자를 다룰 때부터 가는 곳마다 여자들의 유혹이 그를 포위했다. 그는 여자들의 포위망을 정확히 자기 잇속을 차리는 데 이용할 줄 알았다.

장사하는 여자들과 교섭하는 방법을 황가는 군사복무 시절에 연습한 편이었다. 군사복무 시절 장사밑천은 민가의 염소나 돼지였다. 라이터 가스를 돼지 코에 10분만 대고 있으면 바로 질식했는데, 버젓이 그것을 고기매대 상인들에게 넘기곤 했다. 군대가 가지고 온 돼지를 도적 물건이라며 받지 않겠다고 생색내는 여인들에게 그는 꼭 이렇게 말을 했다.

"새벽부터 돈구지 놓치면 오늘 온종일 액이 붙어, 아지미."

마수걸이를 중요시하는 여인네들의 약점을 잘도 짚어 냈다. 가격만 살짝 낮추겠다고 한마디 하면 헤실헤실 군소리 없이 황가에게 돈을 건네주었다. 젊은 여인들과 거래할 때는 누나라고 애교하며 마치 오랜 애인인 듯 어깨에 손을 얹는 기술도 잊지 않았다. 군사복무 시절 굶어 죽지 않으려는 생존 기술이 부모가 물려준 착한 인성을 완벽한 사기꾼으로 바꾸어 놓았다.

제대한 후 공장 인수원으로 일할 때는 군대 때 배운 뻔뻔한 연기술을 써먹었다. 이미 가동이 멎기 시작한 공장에서 자재를 받는 일은 사기술이 없으면 감당하기 힘들었다. 해당 공장 간부들을 교섭하는 묘리도 중요했지만, 공장 규정이라는 질서 안에 사기술을 적용하는 것이 중요한 묘리였다. 어떤 간부에게는 솔직하고 진실해야 하며, 어떤 간부에게는 있지도 않은 철근 백 톤을 주겠다고 사기 쳤다. 사기가 없으면 공장 간부들을 주무를 수가 없었다. 뇌물을 줄 때조차 국정 가격과 시장 가격을 구구표 외우듯 타산이 정확해야 했다. 수완이라는 것이 사람들을 적당히 양념처럼 범부리는 기질이었다. 자재를 받은 후에는 시장에 팔아 뇌물 비용을 뽑곤 했다.

공장 물자를 받는 지역마다 수완 있고 젊은 여성들이 황가를 탐

냈다. 남자를 탐냈다기보다는 물자를 노린 것이다. 시장에서 넘겨받는 것보다 공장 인수원들과 잘만 하면 반값으로 받아 횡재할 수 있기 때문이다. 물자를 팔아야 할 여성들을 황가는 정확히 짚어 냈는데 반드시 성관계를 돈주머니 자크 열듯 순서에 넣었다. 아주 이것은 톱니바퀴처럼 맞물려서 황가는 인수원으로 일하는 몇 년 동안 혼외 성관계는 그냥 오락 정도 생각할 정도다.

능력 있는 사람으로도 통했고 사기꾼이라고 말하는 사람들도 있었다. 그러나 황가는 사기꾼이라는 것이 현시대 최고의 처세술이라고 생각했다.

하지만 아무리 사기술이 높아도 공장 자재를 받는 일은 날이 갈수록 쉽지 않았다. 어느 공장이든 자재가 나오는 데 없고 자재 돈만큼 뇌물을 들여도 제 기일에 받기 힘들었다. 황가는 인수원 직업이 인기가 없음을 알아챘다. 직장에 8.3돈을 내고 장사하는 편이 훨씬 낫다고 생각했다.

황가는 남들이 이미 손을 댄 증기 장사에는 흥미가 없었다. 목재 장사를 하는 것이 현명한 선택이었다. 8.3노력도 당 비서 직속으로 들어갔다.

당 비서는 당 자금 마련이라는 명목으로 시장 능력자들이 출근하지 않아도 문제 되지 않게 책임져 주었다. 3년 전부터 황가는 산골에서 목재를 넘겨받아 도시 가구업자들에게 도소매하였다. 돈이 잘 붙었다.

목재 장사를 하면서 황가가 마주 서는 것은 남자보다 여자들이 많았다. 남자가 장사하는 것만 해도 매력 있는 시기에 계집애같이 해말쑥한 황가 얼굴은 인수원 때처럼 늘 여자들이 붙어 다녔다.

황가의 아들을 낳아 준 여자도 가구 장사를 했다. 지금도 그 여자는 아들의 친아버지를 기다릴 것이다. 아내에게 미안했으나 다시 생각했다.

황가의 아들을 낳은 금화의 나이는 올해 스물여덟 살이다. 그는 공장에서 고급 목수였던 홀아버지와 살고 있다. 어머니는 이미 돌아가셨다. 금화는 남자를 꼬실 만큼 요염하게 생기지도 않았으며, 특히 말수가 적었다. 한 번도 황가를 꼬시려고 의도적으로 접근하지는 않았다. 오히려 남자에 관심조차 두지 않았던 처녀였다. 오직 돈벌이가 삶의 중심이었다. 서로가 거들떠보지도 않을 만큼 상대의 생김새들이 싫었다.

'무슨 남자가 저렇게 기생 홀아비처럼 생겼담.'

이것이 금화의 생각이었다.

'무슨 여자 눈이 흰자위가 더 많아 보이네.'

금화의 얼굴을 정면으로 보았을 때 황가는 이렇게 생각하며 중성에 가까운 인상이라고 생각했다. 황가는 언제 금화를 처음 만났고 언제부터 정이 들었는지 잘 기억이 나지 않는다. 그만큼 언제든지 마음만 먹으면 놀아 댈 수 있는 애교 있는 계집애들이 많았기 때문이다.

　도로 옆에 집을 두고 목재 장사를 하던 황가의 집으로 하루는 중성에 가까운 금화가 왔다. 황가는 목재 구매를, 아내인 명보는 집에서 목재 판매를 하고 있었다. 쌓아 놓은 목재를 눈여겨보는 금화 앞으로 명보가 다가왔다.

　"나무는 좋은 거예요. 얼마나 사려고요?"

　구매자는 판매자인 황가 아내를 한동안 보더니 말을 조심히 꺼냈다.

　"나무 외상 주지 못하나요? 역 앞에서 살고 있는데 경대 장사예요. 아버지가 목수고……."

　금화는 목수라는 말에 힘을 주었는데 그럴 만도 했다. 그의 아버지는 30년 동안 공장(김일성) 연구실 액틀을 전문 맡을 정도로 목수 기술이 좋기로 소문이 났다. 고급 목수가 많지 않아서 곧 누구라는 것을 짐작할 수 있었다. 하지만 황가 아내는 장사는 부모하고도 계산할 정도로 인색해야 한다고 남편에게 강의처럼 배워 온 여자다. 목수 경력 한 가지로 나무를 외상 줄 만큼 어리숙한 정도는 아니다. 하물며 촌스러운 처녀가 외상 달라는 말에 명보는 그냥 부드럽게 잘랐다.

　"외상 주고 싶은데 요즘 안 돼요. 낼 나무가 또 온다고 해서 맞돈을 줘야 해요."

　처녀는 명보의 말이 옳다고 수긍하듯 머리를 끄덕이며 말했다.

"외상은 무상이죠. 앉아서 주고 서서 받는다고 나도 못 받은 돈이 얼마나 많은지 몰라요."

황가 아내가 할 말을 처녀가 했다. 명보는 처녀를 유심히 보았다. 그의 입에서는 언제 누구에게 경대를 주었는데 몇 달 만에 돈을 주지 않아 자전거를 들고 왔다는 등, 그래서 지금 외상 줄 때는 집에 그만한 가치가 있는지 확인하고 준다는 재미있는 이야기들이 실토리처럼 풀렸다.

명보는 처녀가 사기꾼이 아닌가 의심했다. 지금까지 경험으로는 사기꾼들이 이렇게 말을 잘했다. 명보의 마음을 읽기라도 한 듯 처녀는 명보에게 바싹 다가서며 말했다.

"지금 만들어 놓은 경대 열 개를 3일 후면 평성에서 가져가기로 했어요. 그땐 통돈이 들어와요."

평성시장과 거래한다는 말에 명보는 귀가 솔깃했다. 그 정도면 상당히 판로가 잡혔다는 것인데, 사실 이런 상대를 잡는 것이 목재 장사에는 중요한 거래처였다. 잠시 흔들렸던 명보는 다시 마음을 다잡으며 어린 처녀가 무슨 장사를 할 줄 아나 싶어 다시 무 자르듯 말했다.

"그럼 그때 와서 나무를 가져가. 좋은 것으로 내놓았다가 싸게 줄게."

이번에는 날을 좀 세우려는 듯 반말로 고객을 대했다. 마당에서 담배를 피우며 이 광경을 보던 남편이 직접 일어나 이 판에 끼워 말했다.

"체네 집이 역 앞이라구? 그럼 도토리 아나?"

"도토리 잘 알죠. 재포(일본교포)하고 좋아하다 지금 갈라지고 당비서 딸하고 결혼했잖아요. 살 줄 아는 인간이죠."

황가는 놀랐다. 도토리는 친구의 별명이다. 그래도 이 도시에서는 판을 잡는다 하는 패거리 두목이다. 이 여자의 입에서는 마치 동네 강아지 부르듯 짖어 대고 있지 않은가. 그것도 사생활까지 한방에 찌르는 처녀의 말에 약간 불쾌함이 스쳤다. 자신을 바라보는 황가에게 처녀가 말했다.

"놀 줄 아는 남자들이 하긴 그 정도야 보통이죠, 뭐."

인간을 평가하는 낯선 처녀의 한마디가 저울대처럼 느껴졌다. 지금까지 수백 명의 여자들과 마주 선 황가다. 이 정도면 어떤 여자인지 절반은 점치듯 맞힌다. 최소 외상 돈 떼먹으며 장사를 하는 사기꾼은 아니다.

"달라는 것 줘 봐. 안 주면 경대로 가져오면 되지."

황가는 처녀의 아래위를 잠깐 흝어보고는 돌아서며 아내에게 말했다. 남편의 말을 들으며 명보도 고개를 끄덕였다. 집 안의 낡은 경대를 교체하려고 마음은 먹고 있었다. 남편은 한 번도 사람을 잘못 본 적이 없다. 외상 돈 받지 못할 염려는 없다고 미리 타산한 남편의 말을 명보는 무조건 믿었다.

"집을 확인 안 해도 될까요?"

"그냥 줘."

시장 센스가 예민한 남편이 저 정도 말할 때는 목재 판로가 잡힌 상대다. 지금 같은 세월에 남편만큼 머리가 회전이 빠른 남자도 쉽지 않다.

외상 목재를 받은 처녀는 어김없이 제날짜에 현금을 총화했다. 가끔 나무를 외상 주어 고맙다며 돼지고기를 명보에게 가져왔다. 목재 손님들이 수없이 오고 갔고 외상 손님도 많지만 거래가 딱딱하고 경우를 차리는 사람은 쉽지 않았다. 황가네 부부는 목수의 딸을 '경대 체네'라고 불렀다.

"경대 체네처럼 거래가 딱딱하면 좋겠는데."

"고마운 건 아는 사람이야. 말도 많지 않고 체네가 그렇게 이악하게 돈 버는 것도 쉽지 않아요."

부부는 항상 이 정도로 금화를 평가했다. 남편에게도 경대 처녀는 돈벌이에 이악한 정도였다. 별로 여자로 보인 적은 단 한 번도 없었다.

명보의 동생이 우연히 언니 집에 놀러 왔었다. 집에 놓은 경대가 고급스럽다며 어디서 샀는가 하고 물었다. 연구실 목수가 만들었다는 말에 황가 처제는 자기도 사 달라며 아저씨에게 졸랐다.

"경대 체네 집 가서 좋은 거 있는지 보고 와요."

황가 아내가 말했다. 황가도 지나는 길에 들러 보겠다고 흔쾌히 답했다.

황가가 금화의 집에 갔을 때는 오후쯤이었다. 넓은 마당에는 대충 우개를 씌운 목수장이 있었는데 그곳에서 처녀의 아버지가 열심히 대패질하고 있었다. 지붕 처마에는 슬레이트를 덧끼워 비를 막을 수 있는 널찍한 공간도 있었다. 그 공간에는 이음새만 맞춘 경대 탁이 높이 쌓여 있었고 완성된 경대 탁은 보이지 않았다.

"어디서 경대를 만들지?"

황가는 인기척을 내며 들어갔다.

"금화야, 손님 왔다."

대패에 끼운 나무껍질을 뽑으며 목수가 소리쳤다. 아버지의 목소리에 인쯤 도색에 얼룩진 작업복을 입은 딸이 방 안에서 나왔다. 경대 구매자로 알았던 금화는 목재집이라는 것을 알아보고는 반가워 인사했다. 급히 돈 쓸 데 있어 외상 돈을 받으러 온 것이라고 짐작했다.

"아저씨, 들어와요. 며칠 더 기다리면 돈 총화할 것 같아요."

금화가 앞질러 말했다.

"전에 우리 집에서 샀던 그런 경대 있어⋯⋯? 경대 구경할 수 있나?"

황가는 거의 15년이나 아래인 금화에게 반말로 대했다.

"들어와요. 거기는 도색장이에요."

방 출입문이 세 개였는데 부엌과 아랫방, 윗방이 연결되어 있었다. 열려 있는 윗방에서는 신나, 라텍스 비슷한 도색재료 냄새들이

코를 자극했다. 황가는 살림집이라기보다는 목수 작업반 같은 감각을 느꼈다. 일단 신발을 벗고 들어가 본 다음부터는 입을 벌렸다. 윗방은 경대 탁을 전문 색칠하는 방이었고 윗방 사이 문이 부엌으로 연결되었는데, 전실처럼 길게 뻗은 공간에는 완성된 경대 탁이 일렬로 놓여 있었다. 가구 직매점을 방불케 한다. 토방에는 도색할 경대가 쌓여 있었고 마당은 경대 탁을 만드는 작업장이었다. 하나의 직장이 따로 없다.

"아버지는 탁을 만들고 딸은 색칠하네."

황가는 마치 흥미롭게 물었다.

"연속 공정이죠."

금화가 말했다. 한참 있더니 그는 황가를 바라보며 재미난 사실이라도 말해 주듯 웃으며 말을 이었다.

"처음에는 아버지가 만든 백탁 그대로 장마당에 넘겨주군 했는데 도색이 별것 아니더라구요. 도색 기술 배워 경대 탁을 팔아 보니 돈이 두 배나 떨어지더라고요."

백탁이 무엇인가 하고 물으니 색칠하지 않고 나무로 짜 놓은 상태를 백탁이라는 용어로 소통했다. 도색은 돈이 들지 않는가, 하고 되물었다.

"돈 들죠. 그런데 문제는 한집안이 장사를 같이하면 안 되죠. 자기 장사 따로 해야지 이악하게 돈 벌게 돼요."

"한집안에서 장사를 따로 한다고?"

황가는 신기한 듯이 물었다. 장사에 이골이 난 자기도 아직 한집에서 장사를 따로 한다는 생각은 감히 못 하고 있다.

"아버지가 만든 백탁을 내가 넘겨받아요."

흔연한 처녀의 말에 황가는 소리 내어 웃고 말았다.

"그러면 아버지가 만든 저 경대 탁을 딸이 돈 주고 산다는 건가?"

황가는 마당에서 일하는 아버지를 가리키며 물었다.

"맞돈은 아니고 매일 아버지가 만든 경대 숫자를 적었다가 완성품으로 팔게 되면 가격을 총화지군 해요."

무슨 드라마 이야기를 듣는 듯했다. 큰 장사를 하는 여자들을 많이 만나 보았어도 금화 같은 여자는 처음이다. 황가는 다시 물었다.

"직장 출근은 안 해도 되니? 규찰대들이 시끄럽게 놀 텐데."

"머저리처럼 공장에는 왜 나가요? 잘 사업하면 한 달에 만 원(쌀 10킬로 가격) 내면 돼요."

목수의 딸도 8.3노력으로 공장 출근하지 않고 돈벌이하는 것이다. 황가는 시집도 안 간 처녀가 이렇게 장사하는 것이 놀랍기도 하고 어떻게 이렇게 영악할 수 있을까 하고 생각했다. 아버지가 배워 줬나. 그것도 아닌 것 같았다. 눈꼬리가 처지고 넓적한 얼굴을 가진 목수의 인상은 근면하고 성실한 모습밖에는 더 엿보이지 않았다.

어떻게 한 가정에서 분업화되어 장사할 수 있는지 황가는 뭔가 깨달음이 안겨 왔다. 보이지 않는 오늘과 내일의 연속에 돈에 대한 사람들의 집착은 또 다른 세계를 만들고 있었다. 시장이라는 주제를 한 계단씩 업데이트하면서 충성심밖에 모르던 순수함이 돈의 분모와 분수를 가려 보기 시작한다. 그것도 시집 안 간 처녀가 말이다. 단순하고 중성 같은 여자가 아니었다.

황가는 금화의 경대를 팔아 주고 싶었다. 경대를 사겠다는 친구들을 금화의 집으로 보냈다. 목수의 집에서 경대를 구매한 친구들이 하는 말이 걸작이었다.

"그 처녀 도사 찜 쩌 먹겠어."

금화는 정말 상대 심리를 잘 파악했다. 인정도 깊었고 불쌍한 사람들을 보면 베풀 줄도 알았지만 돈이 많은 사람들이 상품을 트집 잡아 가격을 낮추려고 하면 맞불을 일으켰다. 웃으며 상대를 잡으면서도 경대를 구매할 때까지 물고 놓지를 않았다. 연구실 목수가 만들었다며 비싸게 판매하면서도 구매자들을 싫지 않은 농담으로 보냈다.

"수령님 살아 있었으면 우리 집 경대부터 현지지도 했을 거예요. 질적으로 만들고 나무도 최고의 향나무잖아요."

구매자들이 배꼽 잡게 웃어 댔다. 황가는 한번 직접 나무 한 차 싣고 목수의 집으로 갔다. 믿음이 갔다. 한 차가 아니라 열 차 외상 줘도 금화처럼 신뢰 있고 판로 좋은 상대라면 오히려 황가가 인사하며 손을 잡아야 한다. 거래처로 자주 들르게 된 황가는 또 한 번 놀라운 부녀 관계를 보았다.

매장되었던 경대가 한 번에 도매되었는데 딸이 아버지와 돈 총화를 하면서 말하는 소리가 들렸다.

"아버지, 하루 쌀값과 부식물값을 계산하면 이렇게 나와요."

딸이 전자계산기로 계산된 숫자를 아버지에게 보여 주었다. 생활비를 공제한 것이다. 아버지도 그것이 당연하다는 듯 "그래그래." 하고는 머리만 끄덕였다.

목수네 집은 수돗물을 길어 먹곤 했다. 아버지가 세수만 하고 생각 없이 물을 하수도로 버릴 때면 딸이 꼭 시어머니처럼 한마디 했다.

"아버지, 또 물을 그냥 버리네. 걸레라도 한 번 빨아야지 아깝지 않아요?"

아버지는 감정이 상했는지 피뜩 딸을 다시 바라보고는 아무 말 없었다. 그러더니 딸이 세수할 때를 기다렸다가 넌지시 방 안에서 내려다보았다. 딸은 세수소래를 마루에 놓더니 하수도 옆에 있는 물탱크에서 물 두 바가지를 쌀 됫박 재듯이 소래에 담았다. 그러고는 세수한 물에 발을 씻고 양말을 씻은 다음에도 물을 그냥 버리지 않았다. 돼지 똥물이 내려가는 하수구에 힘껏 뿌려 던지며 청소했다. 단 한 번도 물을 재활용하지 않은 적이 없다. 쌀을 씻은 물에 채소를 씻고는 돼지물을 끓일 가마에 쏟았다. 물 한 방울도 낭비하지 않는 딸의 생활방식에 아버지도 혀를 내둘렀다.

"누굴 닮았을꼬…… 엄마도 아니고……."

물까지도 인색하게 사용하는 딸이 공장 부기장 같다는 생각이 들었다. 그러나 돈을 잘 벌고 있는 자식이 대견하기도 하면서 걱정이 됐다.

"왜 시집갈 생각을 하지 않노."

아버지가 술 한잔해 기분이 좋을 때 한마디 하면 금화는 대답했다.

"시집 같은 거 안 가요. 내가 돈 벌어 내 집 살 때까지는요."

"집이 얼마나 비싼데 그걸 산단 말이냐?"

"방법이 있어요. 일 년 벌어서 낡은 집 사고, 아버지 목수 재간으로 집을 다시 헐고 크게 지어서 팔면 아파트 한 채 값이 나와요."

하나에 하나를 더하면 둘이 답이라고 생각하지 않는 딸의 사고방식이었다. 유전이나 교양이 아니라 세월 덕이라고 아버지는 생각했다.

금화는 돈벌이에 인성과 사기를 적절하게 짬뽕할 줄 알았다. 황가는 금화를 깊이 알수록 자기의 젊은 시절을 보는 듯했다. 그러고는 현시대에 아주 제대로 적응하고 있는 신여성에 이성의 행복함을 처음 발견했다. 예쁜 여자들은 세 번만 마주 서면 매력이 없어진다. 금화는 몇 배의 가치로 매력 있는 여자였다. 초승달이 보름달 되듯 자꾸만 황가의 마음속에 금화가 자리 잡았다.

황가가 목수의 집으로 자주 드나든다는 것이 소문나기 시작했지만, 아내는 목재 거래일 것이라고 생각했다. 남편도 바람이 깊어질수록 아내를 더 살뜰하게 대해 주었다.

그러던 어느 날 황가는 금화가 임신했다는 소식에 당황했다. 낙태하라고 병원에 연줄을 놓았으나 금화는 단호히 잘랐다.

"걱정하지 마요. 내 자식은 내가 키울 테니 아저씨보고 키워 달라는 말은 안 해요."

날이 갈수록 황가는 이상하게 목수의 딸에게 끌려 들어갔다. 그렇다고 아내가 싫어진 것은 더더욱 아니다. 일단 아내는 믿음이 가는 여자였다. 인수원 출장길에 잠자리한 여자들이 때로는 집으로 찾아와도 아내는 한 번도 인상을 달리하지 않았으며 반찬 한 가지라도 더 놓아주는 여자다. 이런 아내의 인성 때문에 황가는 늘 아내의 말을 존중했다.

한 번도 황가는 아내와 잠자기 횟수를 소홀히 한 적이 없었다. 날짜를 계산하여 아내와 잠자리를 억지로라도 하면서 바람피우는 일을 들키지 않았다. 하지만 목수 딸과 잠자리를 하면서부터는 달랐다. 40년 살면서 이렇게 오래 사귀어 본 여자는 처음이다.

황가의 아들은 이렇게 잉태했으며 처음으로 아내도 남편이 진짜 바람났다는 사실을 믿기 시작했다. 남편이 재미로 마주 서던 여자들과는 다르다는 눈치가 확연했다. 늘 경대 처녀 이야기뿐이었으며 똑똑한 여자라고 칭찬했다. 남편의 입에서 여자를 칭찬하는 일은 극히 드물었다. 초승달이 기울어져 가던 그날 밤 황가 아내는 남편이 친아들 돌잔치에 갔다는 것을 알게 되었다.

2

황가의 아내에게 오늘은 재수 없는 날이었다. 올해 서른아홉 살인 명보에게 이 소식은 말 그대로 아홉 고개의 최악이었다. 남편과 연애할 때 한 번 임신한 적은 있었다. 몰래 낙태한 것이 난관을 잘못 다쳐서인지 결혼 후 불임 진단을 받았다. 고아원에서 네 살 된 남자애를 친아들처럼 부부는 잘 내세웠다. 명보는 남편의 외도에 바가지를 긁는 일은 한 번도 없었다. 갈증에 냉수 먹듯 남편이 즐기는 여자가 한둘이 아니라는 것도 알았다.

여자의 머리끄덩이를 뽑아 버리는 일은 없었다. 남편이 만나는 사람이 여자든 남자든 모두 사업상 관계라는 말을 믿으려 애를 썼다. 무던하게 착한 여자도 아니지만 영악하게 사납지는 않았다. 강도나 도적도 나름대로 이유가 있고 품어 주면 제 편으로 된다는 가정교육을 어머니에게 받으며 자란 명보였다.

"남자들이 여자 백 명하고 마주 선다고 다 잠자리 같이하는 건 아니야. 현명한 아내는 남편을 구속하지 않으면서 자기 사랑으로 만든다."

어머니의 사랑관이라고 해야 할지는 모르겠으나 명보는 참고 이해하는 것이 여자의 숙명이라고 생각했다.

하지만 남편이 친아들을 낳았다는 소식에는 칼에 깊이 벤 상처처럼 감각이 오지 않았다. 믿어지지도 않았다. 며칠 지나서야 모든 것이 사실이라는 것을 알았을 때는 무엇이라도 두드려 패고 싶은 통탄함이 들었다. 배반감도 컸지만 한 번도 남편에게 대들지는 않았다.

출산하지 못하는 자기 죄라고 생각하며 목수의 딸을 찾아갔다.

"그 아기를 나한테 맡기고 넌 시집가."

"내 아들을 남에게 줄 생각도 없어요. 그냥 이 마을에서 떠날게요."

황가 아내는 아기를 안고 떠나겠다는 금화의 말에 실연당한 기분이 들었다. 분명 분한 감정이 오르고 있었는데 누구를 위한 분노인지 자기도 잘 몰랐다.

한 달 후 목수네 집은 정말 이사를 했다. 남편도 그가 어디로 갔는지 잘 모른다고 했다. 명보는 정말일 것이라고 믿으면서도 어디선가 자라고 있을 남편의 아들 생각에 항상 불안했다. 그 불안이 오늘 돌잔치를 한다는 소식으로 이어졌다. 남편은 아들의 돌잔치를 축하한다며 들어오지 않는다. 지금껏 남편이 금화와 교제하면서 자기를 속여 왔다고 생각하니 이성을 잡을 수 없었다.

남편에 대한 배신감이 명보의 심장을 야금야금 먹어 상처에 소금 뿌린 듯 저리기 시작했다. 남편 외도는 별것 아니라고 잘 버텨

왔지만, 이것만은 용납되지 않았다.

머리가 뻐근해지면서 몸살이 오는 듯싶었다. 오늘 밤 친아들을 안고 웃을 남편 얼굴이 상상이 됐다. 아이를 낳지 못하는 자신이 이렇게 비참한지 몰랐다. 아들을 낳아 준 여자에게 남편을 고스란히 빼앗기고 싶지 않았다. 울고불고 야단쳐 봐야 집안 망신뿐이다.

"남편 선택이 아니라 내가 선택한 아들이어야 한다."

정신을 차린 명보는 목재 판매원을 고용하기로 마음먹었다. 며칠 후 황가 아내는 어머니와 가난하게 사는 20살 된 예쁜 처녀를 일공으로 채용했다. 친정 엄마 병 치료하는 동안 일공을 채용하겠다는 아내의 말에 황가도 수긍했다.

명보는 일공의 가난한 티를 벗겨 주려고 개인 미용실에 데리고 갔다. 머리 모양을 고쳤고 비싸진 않지만 싸구려도 아닌 옷을 장마당에서 몇 개 사 주었다. 일공은 자기를 생각해 주는 주인집 아지미가 고마웠다. 고마움에 보답하려는 듯 처녀 일공은 판매를 하면서도 구매자가 뜸할 때면 집 안 청소까지 도맡아 해 주었다. 가끔 황가가 벗어 놓은 속옷이며 겉옷이며 세멘장에 나가 깨끗이 빨아 주었는데 명보가 없을 때는 황가의 밥상까지 차려 주었다.

황가는 눈앞에서 얼른거리는 꽃망울 같은 여자가 방 안에서 오갈 때마다 소파에 넌지시 앉아 눈요기하였다. 앳된 처녀가 아내의 지시에 따라 나무를 판매하는 것조차 재롱스럽기도 하고 동정도 갔다.

"힘들지 않아?"

가끔 황가는 맛있는 간식이나 까까오를 일공에게 먹으라고 사주었다. 순진한 일공은 인정 많은 주인아저씨를 무척 따랐다.

"고마워요. 이따 먹을게요."

간식을 받은 일공은 한 번도 먹는 일이 없었다. 그대로 두었다가 퇴근 후 불쌍한 어머니와 나누어 먹었다.

어느 날 저녁, 어두워지도록 아내가 돌아오지 않자 황가는 어린 일공을 그대로 품에 안아 소파에 눕혔다. 남자를 모르는 어린 숫처녀는 얼굴 한 번 쓰다듬는 것만 해도 얼굴이 홍조되어 흥분됐다. 반항하는 듯했으나 오히려 그것은 '날 좀 안아 주세요'라는 여자의 본능이라고 황가는 느꼈다.

어린 일공의 가슴이 날이 갈수록 커졌다. 명보는 스치는 눈으로 그의 걸음새 변화까지도 확인했다. 화장하지 않던 일공이 언제부터인지 입술에 홍색 립스틱을 바른다.

"화장 살짝 하니까 예쁘네. 처녀 시절 지나면 맵시 못 부린 것도 다 후회돼. 멋도 좀 따."

명보는 중국제 화장품 한 조를 일공에게 사 주었다. 일부러 그 앞에서 남편 자랑을 많이 했으며 아이를 낳아 주지 못해 미안하다는 말을 곱씹었다.

"마음 예쁜 여자가 있으면 남편 자식을 한 명 낳고 싶은 생각도 있어."

일공이 아무 말도 못하더니 갑자기 얼굴빛이 심드렁해졌다. 아직 주인 아지미와 이런 말까지 주고받는 것 자체가 부담스러웠다. 그러나 조심히 물었다.

"다른 여자가 남편하고 눈 맞으면 이해할 만한가요?"

어린 일공이 명보와 눈도 마주치지 못한 채 물었다. 명보는 일공의 얼굴이 홍당무처럼 붉어지는 것을 보았다. 참 순진한 처녀였다.

사실 일공은 한 달 전에야 자기가 임신되었다는 것을 알게 됐다. 황가에게 말도 못 하고 엄마에게도 말 못 하고 고민하고 있었다. 명보의 말을 들으니 왜서인지 안식처 같은 느낌이 들었다. 그 안식처 앞에서 일공은 울기 시작했다.

"왜 그러니? 너, 무슨 일이 있니……? 혹시 너 임신했니?"

입술 주위에 검버섯이 연하게 있다며 은근히 짚어 냈다. 이모 같은 아지미에게 모든 것을 터놓아야 할 것 같았다. 황가와 관계했으며 지금은 임신하였다는 사실을 처녀는 말해 버렸다. 명보는 자기의 전리품에 만족했다. 하지만 아주 심중한 듯이 말을 끊었다가 일공에게 말했다.

"살다 보면 그런 실수 할 때 있어. 아직 누구에게도 말하지 마. 남편이 취중에 실수했을 거야."

이때 황가가 들어왔다. 재판받듯 아내 앞에 앉아 있는 일공을 보면서 황가는 물었다.

"무슨 일이 있어? 인상이 왜 그래. 사기 마쳤어?"

일공이 나무를 잘못 팔아 사기를 당했는가 하고 묻는 것이다. 명보는 남편의 말에 대답하지 않았다. 그러고는 짧게 말했다.

"임신했다네요."

늘 사기꾼처럼 뻔뻔하던 남편이 대놓고 말하는 아내와 일공 앞에서 얼굴이 일그러지더니 입술 한쪽이 떨렸다. 상황에 부닥치면 치고 나가야 한다고 생각하는 것이 황가의 방식이었다.

"그걸 왜 나한테 말해……. 내보내. 임신부가 일 못 하지……."

황가 아내는 아주 태연한 척하는 남편의 얼굴을 바라보았다. 얼굴 피부가 희고 여성스럽게 생긴 남편이 왜서인지 아주 낯설게 다가왔다. 사기도 타고난 것인가. 뭐라고 반박을 해도 남편을 이길 사람은 없다.

"몇 달은 일할 수 있어요. 얘만큼 일 잘하는 여자도 찾기 힘들어요."

명보는 일공을 두둔했다. 그러고는 팔방돌이로 소문난 친구에게 목수가 이사 간 마을을 알아냈다. 목수의 딸에게 황가가 또 다른 여자를 임신시켰다는 소문이 들어가게 했으며 예쁘다는 것까지 덤으로 퍼트렸다. 한 달 후 일은 터지고 말았다.

밤 10시경이었다. 갑자기 여자의 새된 소리와 함께 귀쌈을 치는 남자의 성난 목소리가 사나운 짐승들이 물고 뜯는 듯이 들렸다.

"사기꾼 같은 새끼야. 아들 앞에 부끄럽지도 않니?"

남자가 한 번 더 귀빰을 날리며 말했다.

"이 간나, 주둥이 놀리면 다 말인 줄 알어."

황가와 목수의 딸이 승냥이처럼 싸우고 있었다.

이 싸움은 황가의 집에서 일하는 일공 처녀 임신이 단초였다. 또 다른 여자가 황가의 자식을 임신했다는 소문을 처음 들었을 때 목수의 딸은 질투가 무엇인지 처음 체감했다. 황가가 여자를 좋아하는 남자라는 것은 알았지만, 또 다른 여자에게 임신시켰다는 사실은 솔직히 강하다고 자부했던 금화도 견디기 힘들 정도였다. 유일하게 여자를 버텨 주던 자존심이 개똥처럼 밟힌 셈이었다.

"남자는 수캐라더니…… 내가 결국 당한 꼴이구나."

금화는 황가와 잘못된 정분으로 임신했어도 아내의 불임으로 친아들이 없는 유부남이라는 위안을 가지고 있었다. 하지만 그 남자에게 또 친아들이 생긴다. 그것도 하찮은 일공이 앳된 철부지였다는 사실은 금화의 아들도 결국 '좋다 나머지'라는 속된 산물이라는 증거뿐이었다.

결판을 내야겠다고 금화는 황가의 집으로 갔다. 목재를 외상 달라며 조르던 자신의 모습이 도로에 높이 쌓여 있는 판자에 비쳤다. 판자 더미 옆에 앳된 처녀가 구매자와 말을 하고 있었다. 넓은 옷을 입고 있는 것을 보니 임신되었다는 일공이 틀림없다.

'몇 달이 되었을까?'

혼자 상상하며 처녀의 배를 쏘아보던 금화에게 일공이 물었다.

"뭐 살려고 그래요……?"

"황가 없어?"

금화는 단마디에 반말로 일공 처녀를 압박했다.

"황가……?"

일공은 당황했다. 어떤 손님이 주인의 이름도 아니고 건방지게 성씨를 되는대로 불러 대는지 이해가 안 됐다. 일공의 말을 기다릴 사이도 없이 금화는 돈 떼먹은 사기꾼을 잡듯이 씽 하고 집 대문을 발로 차며 들어갔다.

"누구예요? 지금 아무도 없어요."

일공이 급히 따라 들어갔다. 마치 이 집 주인처럼 일공을 붙잡는 태도에 금화는 더 약이 올랐다. 순간 황가의 종자가 저 배 안에서 꿈틀거린다고 생각하니 치가 떨리기 시작했다.

"머리 꼭대기 피도 안 마른 여자가 아무한테나 다리 벌려 주냐……. 네가 황가 종자 임신했다며?"

금화는 어떤 말을 더 해야 분이 삭힐지 아무 말이나 떠벌렸다. 일공은 아무 말도 못 하고 금화를 쏘아보았다. 조폭 마누라 같은 성격에 맞설 기력도 없었지만 알지도 못하는 여자가 다짜고짜 이유도 없이 쌍스러운 말을 해대니 그냥 쏘아볼 뿐이다. 그 눈길은 최면술을 쓰는 사람처럼 눈동자가 움직이지도 않았는데 눈빛만은 금화의 인격을 멸시하고 있었다.

눈에도 안 차는 어린 여자의 눈길이 자기를 멸시한다고 생각한 금화는 그만에야 일공의 머리끄덩이를 잡고 때리기 시작했다. 일공도 금화의 머리칼을 같이 잡고 흔들었지만, 독을 품고 달려드는 금화에게 힘이 부쳤다. 금방 자빠졌으며 금화가 던지는 개물소래를 그대로 머리에 뒤집어썼다.

마당에는 나무 도적을 지키는 군견 한 마리가 있었다. 개가 먹다 남은 뜨물 건데기들이 일공의 얼굴에 더덕더덕 붙었다. 눈에 뜨물이 들어갔는지 일공은 눈도 뜨지 못하고 금화의 행패를 그대로 받았다. 마당에 박아 놓은 말뚝에 목을 묶인 군견이 요란스럽게 짖어 댔다.

저녁에 돌아온 황가 부부는 낮에 있었던 현장을 그대로 들을 수 있었다. 나무를 흥정하던 구매자가 싸움판에 나무를 사지 못하고 저녁에 다시 와서는 흉내까지 내며 이야기했다. 살짝 자기 말도 보태면서 때리던 여자를 욕했는데 나뭇값을 흥정할 기회라고 생각했다. 황가의 아내는 재잘거리며 싸움판을 재현하는 구매자에게 시원하게 나무를 흥정해 줬다. 더가미로 판자 두 장을 더 주었다.

황가의 눈빛은 어두워졌으나 아내의 얼굴빛은 생기가 흐르고 있었다. 저녁 밥상을 들여왔지만 황가는 무엇을 결심한 듯 급히 옷을 입었다.

"이 밤중에 어디 갈려고요."

"넌 몰라도 돼. 갔다 올 데 있어."

부엌에 들여놓았던 자전거를 문밖으로 돌리며 황가가 말했다.

황가 아내는 남편이 목수의 집으로 간다는 것을 알아챘다. 남편이 나간 지 10분 만에 아내도 자전거를 타고 길을 나섰다.

황가는 금화를 만나 어떻게 된 일인지 묻고 싶었다. 설마 그가 깽판을 쳤으리라고는 믿어지지 않았다. 아니, 믿고 싶지 않았다. 아마 금화가 어떤 변명이라도 했다면 황가는 그대로 넘어갔겠지만, 집에 들어서는 순간 목수의 딸은 살인자를 본 듯이 악다구니를 했다.

"개바람둥이야. 가는 곳마다 첩이 있다더니 이젠 철딱서니 없는 처녀까지 집에 끌어왔니……? 또 임신했다며……."

목수의 딸이 또 부르짖었다.

황가는 개바람둥이라는 말에 이성을 잃었다. 살면서 누가 감히 대놓고 면전에서 개라는 말로 모욕하는 사람은 없었다. 이 계집애가 간도 없는 모양이다. 황가는 목수의 딸을 죽이고 싶었다. 머리끄덩이를 한 손에 와락 거머쥐더니 좁은 마당에서 길가로 끌고 나왔다. 금화도 같이 반항했지만 힘은 역부족이었다. 머리카락을 끄당기는 힘에 몸이 질질 끌려갔다.

하모니카 주택 마을은 60년대 건축된 것이어서 벽체가 얇았다. 옆집에서 부부가 즐기는 밤 시간까지도 쉽게 체크할 수 있다. 부부의 말소리가 약간만 높아도 건넛집까지 목소리를 알아낼 정도로 밀집해 있다. 오지랖 넓은 노인네들이 부부싸움 말린다며 우두커니 문 앞에서 훈시를 털다가는 남정네 욕을 먹으며 물러서곤 했다.

하지만 이 밤에 들리는 남자의 목소리는 이 동네 사람이 아니다. 소로 길에서 아슬하게 들리는 여자의 절규가 이사 온 지 얼마 안 되는 아기 엄마 목소리라는 것을 알아낸 사람은 적었다. 등잔불을 끄고 잠을 청하던 아이들과 술에 취해 잠이 든 남정들까지도 한밤중 괴명에 후닥닥 일어났다. 그러고는 문을 박차고 나갔다.

한 무더기 밖에서 노전 깔고 앉아 어느 집 남편이 바람났다느니, 어느 집이 빚에 몰려 집을 빼앗겼다느니, 돼지가 아플 땐 귀를 잘라야 한다는 등 수다 떨던 아낙네들도 우르르 배급 타러 가듯 냅다 달렸다. 실내화를 철철 끌면서 뛰는 아줌마도 있었다. 쏘장에서 밤거리 음식을 팔고 있던 할머니가 싸움판 쪽으로 정신 팔고 있을 때 지나가던 꽃제비들이 매대에 있는 사탕 봉지를 슬쩍 훔치고 달아났다.

늙어서 미처 뛰지 못하는 나이 많은 할머니가 방금까지 수다 떨며 먹던 꽝튀기를 주머니에 넣으며 중얼거렸다.

"먼 경사가 났다구…… 요즘 사람들도 참."

그러면서도 느적느적 그쪽으로 걸어갔다.

잠깐 사이 동네 사람들이 새까맣게 몰렸다. 인민반 회의가 아무리 중요해도 이 절반만큼 집합 안 된다. 한 시간은 집집이 두드리며 소리치거나 사정해야 겨우 반도 모이기 힘들지만, 어느 집 싸움만 일어나면 한국영화 보듯 달려온다. 하기는 티비도 없고 하루 종일 시달리는 사람들이 남의 불행에서 자기 위안을 찾는 것 같기도 했다.

"그만해요."

어느 집 남편인 듯 잠옷 입은 사람이 여자를 패대는 황가를 말렸다. 황가는 그를 밀쳤다. 황가의 손탁에 금화는 사정없이 짓밟혔다. 한마디 악을 쓸 때마다 두 대가 가해졌는데 금화의 아버지는 울어 대는 아기를 안고 소리쳤다.

"보안서에 누가 좀 알려 줘요. 우리 딸 죽겠어요. 인민반장 어디 있어요?"

안타깝게 소리치는 목수를 위해 누구도 뛰어가는 모습은 보이지 않았다. 조금 있더니 인민반장과 조장이 달려와 황가를 저지했다. 폭력을 당하던 금화가 일어났다. 코피가 흘렀고 퍼렇게 멍든 것이 밤중에도 보였지만 아무 일도 아닌 듯 집으로 들어갔다. 매복이 좋은 여자는 아니지만 분노의 극치로 금화는 아직 아픔을 느끼지 못하였을 뿐이다.

포위망처럼 몰려든 사람들을 헤집고 나가는 금화 얼굴을 구경꾼들은 로또 번호 확인하듯 새겨 보았다.

"누군지, 이사 온 집인가?"

"아기 엄마래요. 학교 앞에 황가라는 남자와 몰래 바람나서 아기 낳았다는 여자요."

"황가? 누구보고 그래."

이 동네에 황씨 성을 가진 남자가 몇 명 된다. 성씨에 '가' 자를 붙이는 것은 존칭어도 아니며 하대 말도 아니다. 주먹 쓰는 남자들에게 흔히 불린다. 생김새가 여성스럽지만, 이 도시에서 완력가인 그를 '황가'로 부르기도 하고 '나무장사'로 통한다.

"기생 홀아비처럼 생긴 남자…… 학교 앞에 사는 거."

"나무장사?"

"그렇지, 나무장사 하잖아."

나무장사라면 이 도시 사람들은 얼굴을 몰라도 소문으로 잘 안다. 황가의 얼굴까지 아는 사람이 한마디 얹었다. 따스통신으로 불리는 여성이다.

"본처가 아이를 낳지 못해요. 그런데 본처가 남편이 바람피워도 다 이해하고 산다누만."

"세상에 그런 여자도 있나……."

"그 집 남편과 눈 맞아 애를 낳은 여자가 아까 매 맞던 여자래요."

"세상에…… 지금은 또 다른 여자에게 임신시켰다는 소문이 있던데."

수다쟁이들은 혀를 차며 번갈아 말했다.

"근데 본처는 가만있나. 간나들 모가지 꺾어서 홍문에 꽂아야지."

아낙네들의 수다에 이번에는 한 남자가 말했다.

"그 여자 되먹은 사람이다. 그런 남편을 이해하고 산다는 게 쉽지 않은 여잔데."

구경꾼들 속에서 처음부터 이 광경을 지켜보던 황가 아내는 자기를 알아주는 동네 수다쟁이들이 고마웠다. 십 년 묵은 체증이 뚝 떨어지는 것 같았다. 그는 마치 지나가던 구경꾼처럼 뒤에서 한마디 했다.

"그 여자가 싼 똥은 아마 석탄보다 더 까맣게 타서 개도 안 먹을 거예요."

그의 목소리에 구경꾼들이 돌아다 봤다. 어떤 여자가 자전거를 타고 갈 길을 가고 있었다.

3

황가는 다음 날 일공을 병원에 데리고 갔다. 접수도 거치지 않고 산부인과 과장실로 들어갔다. 이미 안면이 있는 듯 산과 과장은 황가를 보자 웃으며 말했다.

"오랜만이야. 또 무슨 일이 있는 거야?"

사십 대에 이른 과장은 황가와 친구였다. 뒤에 서 있는 여자를 바라보며 벌써 알았다는 눈빛이었다.

"조카인데 돈 벌러 갔다가 군대에게 강간당했어. 소문 안 나게 처리해 줘."

과장과 마주 앉은 일공 처녀는 겁에 질렸다. 그를 안심시켜야겠다고 생각한 산과 과장은 황가에게 나가 있으라고 눈짓을 하고는 물었다.

"처음이에요, 임신이……?"

처녀는 머리를 끄덕였다.

과장은 죄인처럼 앉아 있는 처녀에게 태아가 몇 주 되었는지도 확인하고는 안심하라고 말했다.

"내일 밤 의사들이 퇴근한 다음 다시 이 방으로 와요. 겁먹지 말고."

공포에 가까운 일공 처녀는 병원 문을 나서면서 황가를 찾았다. 밤중에 배 안의 태아를 끄집어낸다는 상상이 도살장에 끌려가는 소처럼 불안하기 짝이 없다. 황가는 이미 자기 갈 길을 갔는지 보이지 않았다. 그 길로 처녀는 황가 아내를 만났다. 왜서인지 그가 언니 같았다.

"나 내일 밤 병원에서 소파해요……. 무서워요. 같이 가줄 수 있어요?"

황가의 아내 명보는 진짜 어린 처녀에게 동정심이 갔다. 이 처녀에게는 아무 죄도 없다는 것을 알고 있었다. 조금 미안한 생각이 들었다. 목수의 딸이 엉큼한 데 비하면 이 처녀는 솔직하게 남편과 한 짓들을 말해 준다. 한편이 되어야겠다는 생각이 들었다. 명보는 조용히 그를 바라보며 말했다.

"그 아이를 낳아 줄 수 있니? 이모로 생각하고 그렇게 해. 소파를 잘못하면 영원히 출산할 수 없단다. 내 신세 봤지?"

명보는 일공 처녀에게 자기의 지난 이야기를 들려주었다. 명보의 목소리가 아주 진중하게 일공 처녀를 감동하게 했다. 다음 날 명보는 일공을 해고시켰다. 그러고는 해산달까지 쌀과 부식물을 보장해 줬다.

8개월 후 일공 처녀는 명보의 소개로 병원에서 아들을 낳았다. 아주 토실토실한 게 아비를 많이 닮아 있었다. 황가 아내는 출산한 즉시 아기를 안고 집에 왔다.

"당신 아들이에요. 착한 처녀가 아들을 낳았어요."

자기 친아들처럼 기뻐하는 아내의 말을 들은 황가는 이 상황을 이해하려고 애를 썼다. 어떻게 된 것인가……. 지금껏 아내가 모든 것을 알고 있었단 말인가.

아내가 아기를 안고 남편 앞으로 다가왔다. 아버지를 닮았다는 것이 핏덩이 얼굴에도 확연했다. 황가는 목수의 딸이 낳은 아들과 또 다른 맛을 느꼈다. 자기의 아내가 안고 들어온 아기다. 그것도 자기가 만든 친아들을 말이다.

숨겨 있던 정이 한꺼번에 쏠렸다. 자식은 낳을수록 예쁘다더니 맏아들보다 더 예쁜 것 같다.

'아내가 목수의 딸이 낳은 맏아들도 알고 있는데.'

흘러간 세월 속에 수많은 여자들과 놀았던 오락들이 아내 앞에서 마치 재판장의 죄인처럼 보였다.

"이 아들은 제가 키울게요. 일공 처녀도 동의했어요. 시집갈 밑천 주고 이번에 제대된 착한 남자 소개도 해주고요."

황가는 아내가 처음 자기보다 키가 큰 사실을 인정했다. 실제로 아내보다 한 뼘이나 작은 황가였지만 그의 눈은 단 한 번도 여자가 크다는 것을 인정하지 않았다. 잘못한 일이 생길 때마다 "키만 싱겁게 커가지고 뭐 하나 암팡지게 하는 게 없어."라고 핀잔했다. 하지만 오늘의 아내는 세상 어느 여자들보다 듬직하고 속이 깊은 여자였다.

황가 아내는 그날부터 남편의 두 번째 아들을 업고 다녔으며 우유를 먹이며 기저귀도 갈아주며 엄마를 느꼈다. 나무를 팔 때도 길을 걸을 때도 마치 광고하듯 애기를 업고 다녔다. 황가에 대한 소문이 이번에는 온 도시에 제대로 소문났다. 이 소문은 황가보다는 그의 아내를 평가하는 소리였다. 지나가던 동네 사람들이 혀를 차며 말하는 소리가 들렸다.

"쉽지 않은 여자야."

"이해할 수 없는 여자지."

두 번째 아들이 복덩이인지 황가의 나무장사가 운이 트기 시작했다. 봉창 5호 관리소가 해산되면서 목재 구지가 새로 생겼다. 장사의 안정성을 위해 황가는 쌀 석 톤을 2호 사업부에 군량미로 바쳐야겠다고 아내와 토의했다. 김정일 감사문은 장사 방패로 이용할 수 있기 때문이었다.

석 달 후 공장 종업원회의가 열렸고 황가는 도당 책임비서로부터 김정일 감사문과 식료품 선물상자를 받게 되었다. 선물상자 안에는 고급술과 산청 꿀, 오징어와 고급사탕을 포장한 예쁜 상자도 여러 개 보였다. 황가는 아내에게 선물박스를 안겨 주었다.

"네가 알아서 분배해."

아내가 가장 믿음직한 협력자라고 생각했다. 명보는 우선 산청 꿀을 황가의 두 번째 아들을 낳은 일공 처녀에게 보냈다. 낙지와 고급술은 당 비서와 간부들을 집에 초청하여 선물 턱 인사할 때 쓰려고 내놓았다. 그리고 사탕과 과자는 황가의 맏아들 몫이라며 남편에게 말했다.

"철주도 이젠 컸겠어요. 아버지가 선물받은 건데 한 통 가져다 줘요."

남편의 사랑을 다시 찾았다는 확신이 든 다음부터 아내는 목수의 딸이 낳은 맏아들도 자기 자식처럼 생각했다. 황가의 맏아들 이름이 철주였다. 맏아들 이름이 아내의 입에서 나온다. 아니, 입양한 아들 순서대로라면 둘째 아들이다. 아들 세 명을 가진 아버지를 아내가 인정해 준다.

황가는 행복했다. 가끔 맏아들도 집에 데리고 왔다. 이제는 친아들이 둘씩이나 생겼고 장군님 감사까지 받았으니 시장 토대를 넓혀 나갈 일밖에 없다. 아들을 잘 키우려면 돈을 많이 벌어야 했다. 곧 어두워질 저녁 하늘에 비낀 노을이 그렇게 붉고 아름다울 수가 없었다.

지구가 돌아가는 이유

금희

금희

1979년 중국 길림성의 조선족 마을에서 태어났다. 연길사범학교를 졸업하고 중국과 한국 등지에서 생활하다 2006년 장춘에 정착했다. 2007년 『연변문학』이 주관한 윤동주신인문학상을 수상하며 작품 활동을 시작했고, 발표작품으로 중국에서 출간한 소설집 『슈뢰딩거의 상자』, 한국에서 출간한 소설집 『세상에 없는 나의 집』이 있다.

장용은 9월의 두 번째 일요일, 백로를 하루 앞둔 초가을 새벽 세 시경에 할머니 집을 떠났다. 그가 태어나고, 16년 동안 살아온 집이었다.

옷을 껴입은 채로 건넌방에 누워 쪽잠이 들었는데 윗방 창문을 톡톡 두드리는 소리가 났다. "용아, 자니? 잠들었어?" 집 안에 있는 다른 한 사람─아랫방의 할머니일 것이었다─을 깨우지 않으면서도 장용을 불러내야 한다는 의무감을 띤 목소리였다. 낮고 허스키한 목소리의 중년 여자였다. 장용은 꿈속에서 그 소리를 들었다.

피같이 붉은 만년홍이 만발한 골짜기에 서 있는데, 검은 가죽 바지에 가죽 재킷을 입은 여자 하나가 산등성을 끙끙 타 오르고 있었다. "엄마, 어디 가?" 하고 장용이 묻자, 얼굴도 제대로 보이지 않는 여자가 대답했다. "어, 옥수수 따러……." 그 말을 듣고 장용은 가슴이 아팠다. 옥수수라면 할머니 집에도 많은데, 옆 동네 한족 황 씨네 창고에는 작년에 거둔 마른 옥수수만도 아직 포대째 있을 텐데, 그리고……. 내가 이렇게 찾아왔는데 옥수수라니. 장용의 아픔을 이해하기라도 하듯 골짜기가 부르르 떨고 있었다. 하늘은 어느새 빛 한 점 없이 어두운 구름으로 까맣게 덮이었고 산꼭대기 에서는 성난 용의 콧김처럼 잿빛의 연기 줄기가 공중으로 뿜어졌 다. 걸쭉한 뜨거운 용암이 뭉청뭉청 흘러 내려왔고 여자는 스파이 더맨이 되어 날렵하게 이리저리 용암 줄기를 피해 뛰어올랐다. 그 때 고모가 창문을 두드렸다. "용아, 자니? 잠들었어?"

장용은 부스스 일어나 잠시 정신을 차리고 나서 아랫방의 동정 을 살폈다. 그 역시 소리를 죽이고 안쪽에서 창문을 가볍게 두드 렸다. "나갈게요, 고모." 달이 없는 밤이었다. 졸음기를 이기지 못 한 별들 몇이 깜빡깜빡 그 시간대의 하늘을 지키고 있었다. 장용은 옷장 문을 열고 그 안에서 가방을 꺼냈다. 엊저녁 미닫이문을 닫 고 할머니 몰래 챙겨 놓은 짐 가방이었다. 가져갈 것은 많지 않았 다. 셔츠 두 벌과 청바지 하나, 잠바 하나, 허리띠 하나, 양말 두 켤 레와 핸드폰과 이어폰, 충전기, 거기에다 때가 까맣게 낀 플라스틱 공룡 하나를 넣은 게 전부였다. 여권과 비행기표, 성적 증명서 같 은 서류는 금요일 저녁, 학교 기숙사에서 돌아오기 바쁘게 고모가 챙겨 갔다.

장용은 가방을 들고 미닫이문을 살짝 밀었다. 아랫방 구들 위에 서 할머니가 예상대로 꿀잠이 들어 있었다. 반 시간만 늦어도 할머니는 꿈지럭꿈지럭 기상 모드에 들어갔을 것이었다. 장용은 이불 위로 두 팔을 대게의 집게발처럼 내놓고, 푸—푸— 거친 숨을 내쉬는 할머니 머리맡을 발끝으로 지나갔다. 뽀글뽀글 지진 파마머리는 한 오라기도 건드리지 않으려고 조심했다. 별빛이 어두워 할머니의 얼굴은 잘 보이지 않았다. 아마 평소 낮잠을 주무실 때처럼 이맛살을 찌푸리며 자고 있을 것 같았다.

문고리를 잡고 당기려는 순간 부엌 쪽에서 귀뚤, 하고 귀뚜라미 한 마리가 방정맞게 울어 댔다. 고요한 밤공기 속에서 유난히 또렷이 들리는 소리였다. 장용은 화뜰 놀라 잠시 굳어졌다. 곧 등 뒤에서 부스럭거리는 소리에 이어, "에고, 용아……." 할머니의 앓음 소리가 들렸다. 장용은 가방을 슬그머니 무릎 안쪽에 내려놓았다. 할머니는 이를 두어 번 갈더니 "이잉, 그려. 망할 놈의 것들, 이 천벌 받을 기집애야!" 하고 욕설을 퍼부었다. 그러고는 또다시 에고, 용아……. 앓음 소리와 함께 푸—푸— 코골이 소리였다.

기다리다 못한 고모가 바깥에서 문을 당겼다. "왜? 할망구 일어났니?" 반쪽의 얼굴로 고모가 쉬쉬거렸다. 검은 스카프를 히잡처럼 둘러써서 고모의 얼굴에서는 흰자위만 번뜩 보였다. 장용은 문을 조금 더 밀고 그 틈새로 붕어 새끼처럼 잽싸게 빠져나갔다. "아니요, 그냥 잠꼬대예요." 고모가 장용의 뒤에서 사립문을 위로 들며 닫아 넣었다. 좀만 더 활짝 열어도 삐걱 소리가 나는 문이었다.

"무겁지 않니? 내가 들어 주랴?" 고모를 따라 대문을 나서 집 모퉁이를 돌고 보니 어둠 속에서 짐승처럼 크르릉거리며 그들을 기다리고 있는 택시 한 대가 있었다. 두 사람이 차 안으로 들어가기 바쁘게 미리 약속이나 된 듯 기사는 탁 헤드라이트를 켰고 차는 뚱기적거리며 적군에 침입한 정찰병처럼 마을 길을 조용히 빠져나갔다.

"아유, 숨 막혀. 이제야 괜찮겠지." 택시가 국도에 올라 씽씽 달리기 시작할 즈음, 고모는 스카프를 벗어 어깨 위에 아무렇게나 걸쳤다. 그녀는 땀이 흥건하게 밴 뜨듯한 손으로 장용의 차가운 손을 잡았다. "딴 거 생각 말고, 그저 니만 잘 살아라, 그것밖에 없다. 할머니한테는…… 내가 나중에 얘기할게." 고모는 장용의 '탈출'을 알아챈 할머니가 펄펄 날뛸 장면—노인네가 퍼부을 각 종류의 악담 패설과 자신에게 튈지 모르는 불똥, 그러다가 혹시 기절할지도 모르는 노모의 건강 형편 등이 연상되는지 미간을 한참 찌푸렸다가 다시 말했다. "뭐, 기왕에 이렇게 된 거, 다 쑨 죽이 쌀밥 될까? 지도 악을 쓰다가 그칠 날이 있겠지. 뭐니 뭐니 해도 용이 니가 가는 건 맞는 일이다. 길 막고 오가는 사람들 다 물어보라지. 애가 지 에미랑 사는 게 맞는지, 자기 몸 하나 건사하기 힘든 노인네랑 사는 게 맞는지. 너그 에미가 전처럼 저만 살겠다고 나 몰라라 한다면 모를까, 이제는 뒤를 봐주겠다고 그리 오라는데 왜 안 보내? 다 노인네 자존심이고 욕심이지……."

말은 그렇게 하면서도 고모는 할머니와 대면할 일이 영 자신 없는 얼굴이었다. 한참을 횡설수설하다가 그제야 긴장이 어느 정도

풀리는지 고모는 서서히 넋두리를 멈췄다. "너두 힘들었지? 이제 다 끝나간다. 비행기만 타면 넌 성공이야. 아직도 한 시간 반 가야 니까, 눈 좀 붙이거라." 고모는 핸드폰을 열어 시간을 확인하고는 다시 주머니에 넣었다. 창밖으로 동녘 하늘이 푸름푸름 밝아 오고 있었다. 택시는 오가는 차 몇 대 보이지 않는 한산한 길에서 묵묵히 달리고 있었다. 사는 게 참, 개 같다고 장용은 생각했다. '야간 도주'라니, 지명수배자도 아니고 전쟁범도 아니고 할머니의 유일한 손자인데 결국 이런 식으로 그녀를 떠나야 한다니. 이런 것도 유전이 되는가, 특정 상황에 부딪히면 쉽게 '도주'를 선택하는 유전? 장용은 창가로 얼굴을 돌린 채 두 팔로 가슴을 안고 눈을 감았다. 비행기가 몇 시 출발이냐고 기사가 고모에게 묻는 소리가 들렸다.

코흘리개 시절부터 장용은 자신이 다른 친구들하고는 어딘가 다르다는 것을 느꼈다. 뭐랄까, 풍기는 분위기가 다르다 할까, 암튼 콕 집어 말할 수 없는 묘한 기운이 장용에게 서려 있었다. 어른들은 저들끼리 수다를 떨다가 지나가는 장용이 눈에 뜨이면, 흥미로운 눈길로 바라보곤 했다. "얘가 그 장 씨네, 두고 간 애잖어." 누군가 해설 역을 맡으면 듣는 쪽은 "아, 얘가 그 애야? 벌써 저렇게 컸네." 하면서 약간 놀라곤 했다. "애가 너무 좋은데?"라고 말하면서 머리를 갸웃하는 인간들도 있었다. 장용은 그런 부류가 제일 싫었다. 키도 마음도 곧게 잘 자라고 있다가도 그런 말을 듣고 나면 자기도 모르는 사이 방향이 틀어져 구불구불 자라게 되는 것 같았다. 커 가면서 장용은 스스로 '좋은 애'로 자라는 것을 포기해 버렸다. 또래보다 키도 덜 자라고, 머리도 덜 좋고, 성격도 덜 활달한 아이로 자라야 인간들은 약간의 동정이라도 든 눈빛을 보낼 수 있었으니까. "그럼 그렇지, 환경이 그랬을 텐데 애가 무슨 수로 잘 클까?"

장용의 성적은 '인위적'으로 항상 중하위를 유지했다. 필요 이상의 말은 될수록 한 마디도 더 하지 않았다. 장용이 조절할 수 없는 것은 십여 년 동안의 형편없는 식단에도 불구하고 부쩍부쩍 너무 잘 자라는 키였다. 외모도, 비쩍 마른 데다가 가무잡잡한 피부에 지질하게 모아진 오관의 아버지랑은 닮은 구석이 거의 없었다. 그래서 장용은 또래 친구들처럼 얼굴을 번쩍 들고, 허리를 곧게 펴고 다니지를 않았다. 그게 훨씬 편했다. 언제까지 그렇게 살아갈지 알 수는 없었지만 아직까지 그런 자세를 군이 바꿔야 할 필요를 느낀 적은 없었다.

장용은 등받이에 몸을 좀 더 깊숙이 묻고 자신의 그 '환경'이라는 것을 생각해 보았다. 어느 날 갑자기 깨닫고 보니 자신에게는 남들한테 다 있는 그 흔한 '생모'가 없었다. 전날까지 있다가 갑자기 사라진 '엄마'가 사실은 계모였다는 것이었다. 어떻게 이럴 수가, 그여자가 다른 엄마들처럼 자신을 애틋이 사랑해 주지 않는다는 것을 느끼긴 했지만, 그래도 없는 것보다는 나았는데⋯⋯. 장용은 창고 구석으로 들어가 볏짚 더미 속에서 소리를 죽이고 강아지처럼

318

울었다. 좀 까끌거리긴 했지만 그 속은 포근하고 따듯했다. 그 안에서는 하늘도 나무도 집도 사람들도 보이지 않았다. 볏짚에서 나는 마른 풀의 냄새, 퀴퀴한 먼지 같은 냄새가 날 뿐이었다. 장용은 그 안에서 울면서 자신의 숨소리를 들었다. 쌕쌕거리는 숨소리, 따듯한 입김, 볏짚과 하나의 유기체가 되어 버린 듯한 체취. 그럼 나는 대체 누구의 아들이란 말인가. 떠나간 여자와의 일상들을 떠올리는 순간 장용은 문득 그동안 자신에게 물풀처럼 집요하게 갈마들었던 외로움과 억울함, 슬픔 같은 감정들을 한꺼번에 이해할 수 있었다. 혈육이라는 것이 이렇게 큰 것이로구나, 혈육이 아니라서 '그 아줌마'가 나를 몹시 힘들어했겠구나, 하고 장용은 생각했다. 거기까지 생각하고 나서 장용은 콧물을 훔치며 볏짚 더미 속을 기어 나왔다. 앞마당은 여전히 지저분했고 집 안은 휑뎅그렁했다. 부엌에는 다시 할머니가 서서 밥을 짓고 있었다. 언젠가 보았던 장면이었다. 집 안은 텅 비었고, 부엌에서 혼자 욕설을 퍼부으며 불을 때던 할머니……. 혹시, 그 여자인가?

장용은 네다섯 살 기억의 표피에 살포시 남은 여자 하나를 떠올렸다. 얼굴도 목소리도 희미한 여자였다. 키가 크고 마르고, 금방 떠나간 계모처럼 중국어로만 이야기하던 특징이 생각났다. 저녁밥을 먹으면서 눈언저리가 퉁퉁 부은 장용을 보고 할머니가 퉁명스레 말했다. "아니야, 그년도 네 친에미는 아니다." 장용은 숟가락을 입에 넣었다가 국밥을 씹지도 넘기지도 못하고 있었다. 신기하게 그 말을 들으니 금방까지의 공허감과 슬픔이 한결 옅어지는 느낌이었다. 겨울날 언 손은 찬물 속에서 오히려 따뜻하게 느껴지는 것처럼. 다행이다. 라고 장용은 자신을 위로했다. 그럼 내가 혼혈은 아닐지도 모른단 말이지. 할머니는 그 이상 더 얘기해 주지 않았다. 좀 더 크고, '미란이 엄마'가 그 집에 들어오고서야 장용은 자신의 생모가 어떤 사람인지 알게 되었다.

이번에는 칠천 원이라고 했다. 할머니는 낯선 아저씨에게 얼굴을 붉히면서 침을 튕겼다. "뭐이? 칠천 원? 내미 씨팔, 접때는 오천 원이지 않았는감? 벼룩이 피를 빨아먹지, 우리 같은 사람들이 어드메 돈이 있다고⋯⋯." 아버지는 판사 앞의 죄수처럼 머리를 수굿하고 얼룩진 운동화만 내려보았고, 할머니의 연락을 받은 홍화 고모는 막 문지방을 넘어서고 있었다. 아저씨는 담배꽁초를 바닥에 던지고는 퉤 침을 뱉었다. "이보시오, 노친. 그때는 그때고 지금은 지금이지. 요새 물가가 얼마나 올랐는가? 우리도 밥 먹고 살아야지 않겠소? 이 가격에서 갔다 왔다 기름값 제하고 쌀값에 주숙비에 소개인 수고비 다 떼고 나면 내 손에 돈 오백이나 남을까 말까요. 그 돈 벌겠다고 내 '사람 장사꾼' 소리까지 들어가면서 설치겠소?" 싫으면 관두라고 아저씨는 엉덩이를 툭툭 털었다. 접때 붙여 준 여자가 떠났다는 소문을 듣고 딴엔 안쓰러워서 '좋은 사람'이 생기자마자 먼저 들른 것이라고 했다. "일단 먼저 한번 봅시다⋯⋯." 고모가 말했다. 그즈음 장용은 여덟 살이었던가, 아홉 살이었던가. 어른들은 윗방에 엎드려 놀던 장용을 바깥으로 내보냈다. 장용은 집 모퉁이를 따라 한 바퀴 돌다가 살짝 뒷마당으로 기어들어 갔다. 푸른 이끼가 나 있는 말랑말랑한 땅 위에 전날 가지고 놀던 뾰족한 나무칼이 꽂혀 있었다. 장용은 나무칼로 땅바닥에 그림을 그리며 놀았다. 봐서, 괜찮으면 육천오백에 하겠다고 고모가 말했다. 암, 보고 나면 후회하지 않을 거라고 아저씨도 너스레를 떨었다. 거래가 성사되었다. 그 숫자가 '미란이 엄마'의 가격인 줄 장용은 더 나중에야 알았다.

미란이 엄마는 계모들 중에서 제일 오래 같이 살아 본 여자였다. 장용의 엄마보다도 더 오래. 그리고 제일 예쁘장하게 생긴 여자이기도 했다. 키는 크지 않았다. 억양이 할머니랑은 달랐지만 조선어로 대화를 했고 요리법이 특이했지만 된장국과 김칫국을 끓일 줄 알았다. 미란이 엄마는 자신을 '엄마'라고 부르는 장용을 부담스러워했다. 사람들 앞에서는 될수록 그렇게 부르지 말거라, 하고 침을 놓기도 했다. 그래도 장용은 엉겁결에 그녀를 '엄마'라고 불렀다. 그녀의 동그란 얼굴과 하얀 피부와 통통한 무다리를 바라보노라면 정말 '엄마' 같다고 느껴진 적이 한두 번이 아니었다. 나중에는 습관이 되어 고칠 수가 없었다. '엄마'라는 호칭은 꼭 엄마이므로 쓰는 것이 아니라, 그 여자의 아이디라서 그렇게 부르는 것이라고 장용은 해석했다. 미란이 엄마는 일 년 반쯤 뒤에 미란이를 낳았다. 미란이를 낳고는 장용이 '엄마'라고 불러도 곧잘 대답해 주었다.

장용은 가방을 메고 집에 들어설 때마다 안방 구들 위에서 빽빽거리며 바둥거리는 아기를 신기하게 쳐다보았다. 아주 조그만 핑크빛의 아기였다. 아기는 생각보다 예쁘지 않았다. 머리카락도 몇 가닥 없었고 코도 납작했다. 미란이 엄마는 장용이더러 아기의 똥 기저귀를 버리라고 심부름을 시켰다. 그 일은 정말 싫었다. 새 기저귀를 바꿔 주는 일이며 우유를 먹이는 일 같은 것은 해 보고 싶었는데, 그런 것은 시키지 않았다. 걸음마를 타면서부터 미란이는 장용의 꽁무니를 졸졸 따라다녔다. 말도 일찍 배워서 걸핏하면 쪼르르 어른들한테 달려가 장용을 고자질했다. 실수와 잘못은 모두 장용의 탓이었다. 그러고는 십 분도 채우지 못하고 다시 장용의 꽁무니를 따라다녔다. 미란이는 평소 기분이 좋으면—군것질을 사 달라 조르거나 심부름을 대신 시키고 싶을 때면 장용을 '용이 오빠'라고 불렀고, 화가 나면 어른들처럼 '장용'이라고 불렀다. 그냥 오빠라고 부른 적은 한 번도 없었다. 귀찮고 얄밉고 괘씸하면서도 때로 마음이 조금은 쓰이는 아이였다.

미란이 엄마는 떠나갈 때 여섯 살짜리 미란이를 데리고 갔다. 어떻게 그것이 가능했는지 알 수 없는 일이었다. 그전까지 모든 북쪽 여자들은 그렇게 할 엄두조차 내지 못했다. 혹간 아이를 데리고 떠났다는 소문이 들리기도 했지만 태반은 도중에서 애를 현지인들에게 맡길 수밖에 없었다. 미란이 엄마는 동네 북쪽 여자들 가운데서 유일하게 아이를 데리고 국경선을 넘는 데 성공한 여자였다. 미란이 엄마는 2, 3년 뒤 장용의 생모에게서 연락이 오기 전 소식을 보내왔다. 이미 한국에 정착했다는 것과 남편 장춘길 앞으로 초청장을 보낼 것이라는 소식이었다. '당신 돈으로 내가 한목숨 구했으니, 얼마라도 벌게끔 기회를 줘야 하지 않겠는가.'라는 게 미란이 엄마의 뜻이었다. 기회는 처음이자 마지막이고, 다시는 서로 엮여 살지 말자는 조건도 덧붙었다. 아버지는 그 제안에 응낙했지만 초청장은 일 년이나 더디 왔다. 아버지는 초청장이 오는 동안 재취를 하지 않았다. 장용도 그렇게 하기를 바랐다. 어쩌면 아버지 장춘길보다 장용이 더 미란이 엄마를 그리워했는지도 몰랐다. 불가능하다는 것을 알면서도 그들은 미란이 엄마에게 한동안 미련을 버리지 못했다.

드디어 미란이 엄마의 후임으로 마지막 계모가 들어왔고 열네 살이 된 중학생 장용은 그 여자를 '엄마'라고 부르지 않았다. 이번에는 아버지와 할머니 모두 묵인해 주었다. 학교에 있는 시간이 훨씬 많아서 여자랑 부딪힐 일도 크게 없었다. 게으르고 못생기고, 괴팍한 데다가 욕심도 많은 여자였다. 여자는 석 달을 겨우 버티다가 바랄 구석이라곤 손톱 끝만치도 없는 집안임을 절실히 깨닫고는 미련 없이 떠나갔다.

아버지 장춘길은 배를 탄다, 남방으로 돈 벌러 간답시고 일 년 가야 몇 날을 같이 있을 수가 없었다. 키만 멋없이 컸을 뿐 말도 어눌하고 속도 야무지지 못한, 동네 사람들 안중의 '칠푼이'였다. 아버지는 주량이 좋지도 못하면서 술을 자주 마셨다. '아내들'과 함께 있을 수 있는 날이 그렇게 적음에도 집으로 돌아올 때마다 '그 타임의 아내'와 한두 번씩 대판 싸웠다. 아버지가 '그녀들'을 때리는 날도 더러 있었지만 대부분의 경우는 '그녀들'의 총알처럼 내뱉는 욕설에 장렬히 거꾸러지곤 했다. 보다 못한 할머니가 나서서 아버지의 '아내들'을 후려칠 적도 있었는데, 그런 날이면 집구석이 가히 가관이었다. 아버지는 하루가 다르게 커 가는 아들을 귀해하지도 않았다. 그동안 잘 지냈냐 식의 가장 평범한 안부조차 물을 줄 몰랐다. 연락도 없이 갑자기 불쑥 돌아왔다가, 멀뚱멀뚱 미닫이 너머로, 혹은 밥상 저편에서 아들의 성장을 저 혼자 확인하고는 다시 잘 지내라는 당부 한마디 없이 훌쩍 떠나갔다. 장용의 철부지 시절엔 아내에게 풀지 못한 분을 어린 아들에게 풀기도 해서, 아버지가 돌아오는 것을 오히려 꺼렸던 기억이 있었다. 장용은 아버지에게 학용품 선물을 두 번인가 받은 적이 있었다. 미란이 엄마의 닦달을 받고 늦둥이 딸아이에게 선물을 사 오면서 장용의 것을 챙긴 것이었다. 장용은 진짜 엄마—생모의 연락을 받고 떠나기로 결정했을 때 아버지에 대해서는 미안한 마음이 별로 없었다.

　실질적으로 장용의 곁에 가장 오래 있으면서 그를 자식처럼 키워 온 이는 할머니였다. 할머니는 입만 열었다 하면 욕설을 양념처럼, 특수 접착제처럼 뿌려 가며 대화를 이어나가는 막무가내 노인네였다. 동네에서 할머니를 좋아해 주는 이는 거의 없었다. 할머니는 소갈머리도 없이 아무나 붙들고 일찍 죽은 영감과 제구실 못 하는 아들과 벽돌만 올라갔을 뿐 마구간보다 나을 게 없는 집과 그녀가 부양해야 하는 손자에 대해 하소연하기를 좋아했지만 그녀의 넋두리는 사람들에게 자주 무시되었다. "다 제가 부실한 탓이지, 뭘 더 얘기할 것 있나?" 할머니의 배후에서 사람들은 쯧쯧 체머리를 흔들었다. "그 집구석에서는 그나마 홍화가 제일 상식이 통하는 사람이지." 그 '홍화'가 바로 할머니의 막내딸, 아버지 장춘길의 누이동생인 고모였다.

장용은 홍화 고모가 택시 기사와 주고받는 심심풀이용 대화를 들으면서 가느스름 눈을 떴다. 그들은 한창 뉴스에서 주워들은 미·중 간의 무역 전쟁, 시리아 난민들, 끊이지 않는 중동의 전쟁, 그리고 코앞을 내다볼 수 없는 한반도 정세 등에 대해 얘기하고 있었다. 아무래도 뉴스는 기사 아저씨가 더 많이 알았다. 고모가, 그래요? 그렇구나, 참, 어떡하니……. 쯧쯧……, 추임새를 적당히 넣어 주면 아저씨는 더 신이 나서 떠들어 댔다. 고모는 아마 장시간 운전에 피곤이 몰릴까 부러 아저씨의 말동무가 되어 주려고 애쓰는 것 같았다. 무역이든 핵이든 그런 다툼 때문에 녹아나는 건 백성들뿐이라고, 참, 당신들은 조선족이니까 북조선 형편을 우리보다 더 잘 알겠네그려라는 말로 아저씨는 시세에 대한 화제를 한 단락 마무리했다. '북조선'이라는 단어에 장용은 무의식적으로 허리를 움츠렸다. 오늘 같은 '평화공존'의 시대에 이례적으로 고립된 나라, '상식'적인 외교 수단을 사용하지 않는 나라, 이해하기 어려운 방법으로 내부 치리를 하는 나라, 다음 행보는 어디로 튈지 예상하기 어려운 나라……. 꿈속에서 본 '엄마'가 바로 '그 나라'의 그런 이미지와 너무 잘 어울리는 것이 아닌가. "어느 정도는 이해가 돼요, 우리도 한때 그렇게 살았으니까. 근데 지금도 형편이 그런가 보지요?" 장용은 여러 명의 택시기사 아저씨들한테서 그러루한 질문을 들었었다. 그는 한쪽 귀를 열어 놓고 고모의 대답을 기다렸다. "뭐, 그렇겠지요, 나도 가 봤어야 알지. 형편이 좋으면 왜 떠나겠어요? 식구들이랑 생이별하면서……." 고모는 조카가 잠들었을지 신경이 쓰이는 모양이었다. 하지만 나이 지긋한 한족 아저씨는 그 부분에 대해 더 얘기하고 싶어 했다.

"들기로는 연변에는 그렇게 건너온 사람들이 많다던데, 여자들 같으면 우리 안쪽에도 시집을 많이 온다지요? 당신네 동네에도 여러 명 있겠군요? 조선 동네니까." 네, 뭐, 하고 고모가 입 속으로 어물거렸다. "아직도 있는지 몰라요? 이제는 한국 바람이 불어서 다 그쪽으로 나간다던데? 여자들이 독하기도 하지, 몇 년을 한 이불 덮고 살다가도 간다 하면 하루아침에 없어진다 하더라구요. 애새끼가 있든 없든 그건 상관없대요. 하긴, 목숨 걸고 여기까지 온 사람들이 뭣 하러 인정에 발목 잡히겠소? 일단 저 잘 살고 볼 일이지. 그 동네에도 덕분에 봉 된 남자들이 여럿 있겠지요?" 장용은 잠자코 창문 바깥을 향해 얼굴을 돌린 채 눈을 감고 있었다. 자라면서 지긋지긋하게 들어 온 말들이었다. 고모가 움직거리면서 팔꿈치를 건드려도 장용은 모른 척했다. 잠자는 연기라면 오랜 실전을 거친 덕분에 장용은 꽤 수준급이었다. 고모는 조카가 확실히 자고 있다고 결론을 내리고는 후 한숨을 쉬었다. "그렇지요, 우리 뒷집에도 그런 여자 들였었는데 그렇게 잘해 줘도 소용없더라구요. 남자가 고등학교를 나와서 제법 똑똑하고 밥벌이도 잘하고 가정에도 충실했는데, 왜, 보통 그런 여자 들이는 집 남자들은 좀 덜떨어지잖아요. 울 뒷집 남자는 정말 괜찮았다니까. 마누라를 얼마나 귀해했다고요, 딸내미는 또 얼마나 이쁘게 낳았는지……. 그래도 남들 다 한국 가니까, 그 여자도 어느 날 아침 사라졌더라구요. 본인도 고민을 많이 했는지 제일 마지막 사람으로 떠났지요, 그게 벌써 이 년 전이네요……."

장용은 그 말을 듣고 가만히 눈을 떴다. 길가에는 키가 다 자란 옥수수밭이었다. 기다랗고 좁은 옥수수 잎사귀들이 서로의 마른 몸을 서걱거리며 보듬고 있었다. 키만 컸지 알은 여물지 못한 늦종이었다. 옥수수밭은 끝없이 이어지고 있었는데, 그래서 옥수수들도 서로에게서 떨어지지 못하고 잎사귀에 잎사귀를 휘감으며 부대끼고 있었다. 그 대목에서 장용은 서글퍼지기 시작했다. 채요숙. 동네 유치원부터 중학교 2학년 후학기까지 쭉 같이 다녔던 친구. 고모가 말한 그 뒷집의 딸내미가 채요숙이어서 장용은 가슴이 아렸다.

어릴 때 요숙은 항상 양뿔머리를 단정히 매고 다니는 여자아이였다. 요숙에게는 핑크빛 머리 리본이 여러 개 있었는데 장용은 그중에서 나비 리본이 제일 예쁘다고 생각했다. 어떤 어른들은 요숙을 '노랑머리'라고 놀려 댔지만 장용은 나비 리본이라면 숱 적은 요숙의 노란 머리에 가장 잘 어울린다고 생각했다. 미끄럼틀에서 머리카락을 날리며 내려오는 요숙의 얼굴은 다른 아이들의 것보다 뽀얘서 장용은 늘 어렵지 않게 그 아이를 찾아내곤 했다. 요숙은 열세 명의 '북쪽 여자'들이 낳은 아이들 가운데 가장 그 출신답지 않은 아이였다. 그 아이는 사람들이 거의 알아채지 못할 정도로 잘 '관리'되어 있었다. 옷도 최신 유행으로 입었고 머리 리본도 큰 도시에서 사 온 것이었다. 요숙의 엄마는 같은 입지의 여자들 중 꽤 여유로운 삶을 살았다. 요숙의 엄마를 맞아들일 즈음 그의 아버지는 고등학교를 졸업하고 남방 도시에 7, 8년을 나가 있다가 금방 돌아와서 부친의 정미소를 인계받아 운영하는 중이었다. 큰 부자는 아니었지만 윤기 나는 살림이었다. 요숙의 엄마도 남편과 같이 맞들고 열심히 일을 했다.

공주처럼 자란 요숙은 성격이 변덕스러웠다. 금방까지 깔깔거리며 웃다가도 뭣 때문인지 바로 새침해지곤 했었다. 그네를 밀어 주다가도 모래 장난을 같이하다가도 요숙이 갑자기 화를 내면 장용은 어찌할 바를 몰라 절절맸다. 요숙을 달래는 일은 주로 최영이 맡았다. 열세 명의 아이들 가운데 장용을 제외하면 형편이 제일 좋지 않은 아이였다. 장용의 엄마가 선두로 떠난 여자였다면 다행히 최영의 엄마는 그 뒤로 10년을 더 버티고 떠났다. 자신보다 스무 살이나 더 많은 남편, 남편이 맡아 키우는 죽은 형님의 자폐증 딸내미, 그리고 10년째 노망 중인 늙은 시어머니…… 그것이 최영의 엄마가 감당했던 짐들이었다. 최영의 엄마가 장용의 엄마보다 행운스러웠던 것은 착실하게 일하고 살림살이에 일가견 있는 남편이었다. 나이가 많은 것이 흠이었지만 최영의 아버지는 동네에서 알아주는 '땅 부자'(십수 호 사람들의 논을 도맡아 부침으로 붙여진 별명)였다. 표현이 어색할 뿐 아내에 대한 사랑도 유별났었다. 그는 매일같이 새벽부터 일어나 아내를 도와 불을 지피고 자폐증 조카를 돌보고 노모의 빨래를 널었다. 최영은 자연스럽게 부지런한 부모를 따라 집안일을 익혔고 변덕쟁이 요숙을 동생 다루듯이 달래고 양보했다. 셋 중에서 장난감을 가장 많이 양보받은 아이가 요숙이었음에도 불구하고 제일 많이 삐치는 아이도 요숙이었다.

셋은 동네 유치원도 소학교와 중학교도 모두 한 반에서 다녔다. 한 학년에 한 개 반씩이었으니까 다른 반일 수도 없었다. 소학교를 다니는 6년 동안은 학생 표를 끊어 버스를 타고 다녔다. 학년이 점점 올라가면서 전처럼 친근하지는 않았지만 하교할 때만큼은 약속이나 한 듯 서로를 기다렸다. 중학교 역시 소학교와 같은 건물이었다. 조선족 동네의 인구 유실이 날로 심한 까닭으로 유치원부터 중학교까지 모두 합병했음에도 학생 수는 50명 안쪽에 머물렀다. 야간 자습이 있어서 열 명이 좀 넘는 중학생들은 자전거를 타고 다녔다. 최영과 요숙은 각기 자기 단짝이랑 다녔고, 장용은 늘 혼자였다. 중학교 2학년 후학기, 요숙이 학교를 그만둘 때까지.

요숙이 더 이상 학교를 나오지 않은 날, 장용네 반에는 장용까지 세 명이 남아 수업을 듣고 있었다. "채요숙은 어떻게 된 일인가? 누가 아는 사람 없나?" 담임이자 대수와 기하, 물리까지 겸해서 가르치는 정 선생님이 물었다. 최영을 비롯한 아이들 세 명은 모두 죄인처럼 머리를 수그렸다. "장용, 너는? 뭐 아는 거 없니? 요숙이랑 앞뒷집이라며?" 정이 안경 너머로 반급의 유일한 남학생(중학교 세 개 반급을 통틀어도 남학생은 두 명뿐이었다)인 자신을 쏘아보는 듯해서 장용은 얼굴이 달아올랐다. "아니, 아닌데요, 아니 앞뒷집은 맞는데, 몰라요, 암것도 몰라요……." 정은 한심하다는 투로 교과서를 교탁 위에 탁 던졌다. "알았어, 알았다구. 참 나, 너한테 묻는 내가 바보지." 정은 하얀 분필로 칠이 벗겨진 칠판에 이런저런 공식들과 숫자들을 한가득 어지럽게 갈겨 놓았다. 도대체 중점이 무엇인지 몇 년을 내리 들어도 알아들을 수 없는 강의였다. 그는 껌뻑껌뻑 자신만을 쳐다보고 있는 아이 세 명을 두고, 자기 같은 인재를 썩

히고 있는 불공평한 사회에 대해 울분을 토했다. "그니까, 응? 니들은 공부라도 잘해서 이놈의 촌구석을 벗어나야 하는데, 세 놈이 똑같이 공부라고 못하니, 나 원⋯⋯."

　장용은 정의 말을 한 귀로 흘려들으며 채요숙에 대해 생각했다. 뭐 아는 게 없냐니? 그 아이에 관해서라면 그런 것이 조금 있을 것 같기도 했다. 바로 며칠 전의 밤, 야간 자습이 끝나고 집으로 돌아가는 길에서 장용은 한동안 오후 수업을 들쑥날쑥 빼먹은 채요숙을 만났다. 채요숙은 장용이 전에도 본 적 있는 한족 마을 남자애들과 함께 걷고 있었다. 무리 속에는 채요숙 말고 여자애가 두 명 더 있었다. 그 아이들은 늘 술에 취해 낄낄거리거나, 불량한 분위기의 휘파람을 불어 대면서 여기저기 목적 없이 쏘다니는 치들이었다. 그러다가 이웃 마을이나 읍내의 슈퍼를 털기도 하고 그 돈으로 술집, 노래방, 클럽에 가기도 하고, 때로는 인적 드문 곳을 찾아 난잡한 행위를 벌이기도 한다는 소문을 장용도 들었다. 어디까지 진실인지는 알 수 없었다. 어쨌든 그날, 채요숙은 처음으로 장용을 보고 아는 척했다. "어이! 이게 누구야? 우리 앞집 친구 장용 아닌가! 집에 가는 거야?" 채요숙은 자기의 허리에 팔을 두른 남자아이를 밀쳐 내고 장용 앞으로 다가왔다. 진하게 화장을 했던 흔적이 남은 얼굴이었다. 채요숙에게서는 술 냄새가 풍겼다. 어깨는 방금 전 남자아이의 품에서 반쯤 벗겨진 상태였다. 장용은 멍청하니 채요숙의 매끌매끌한 살갗을 들여다보았다.

"야, 나도 오늘 집에 간다. 나 좀 태워 주라." 채요숙은 장용의 자전거 핸들을 붙잡았다. 그녀와 같이 있던 남자아이들이 그들을 향해 휘파람을 불었다. "어이! 단쑈우귀이! 런쨔 랑니 쑹, 니 찌우 쑹베. 파타 츠러니야(너더러 데려 달라면 데려 주면 되지, 잡아먹을까 겁나니)?" 장용은 그 말에 부끄러워서 얼굴을 들 수 없었다. 그는 빨리 그 자리를 떠나고 싶다는 생각에 채요숙을 뒷자리에 태웠다. 채요숙은 깔깔 웃으며 장용의 허리를 안았다. 장용은 정신없이 페달을 굴리고 굴렸다. 마을 부근까지 와서 채요숙은 훌쩍 뛰어내렸다. 속이 안 좋은 건가 길가에 주저앉아서는 무릎을 안고 땅바닥을 보고 있었다. 장용은 자전거를 세워 놓고 조심스럽게 다가갔다. "니가 말해 봐라, 장용! 이게 내 잘못이야? 내가 잘못한 거니? 응? 넌 알잖아. 우리 같은 애들이 어떻게 살아왔는지……." 채요숙은 머리를 돌려 자기 곁에 나란히 앉은 장용을 홱 쳐다보았다. 당장 울음을 터뜨릴 것 같은, 장용이 오래전에 본 적 있는 그 친근하고도 진솔한 얼굴이었다. 장용은 머뭇거리며 안타깝게 옛 친구를 바라보았다. 요숙이 처음으로 그의 면전에서 '우리 같은 애들'이란 단어를 사용했다는 것을 장용은 의식했다. 그랬다 할지라도 장용이 그녀를 위해 해줄 것은 뭐가 있단 말인가. 요숙은 와락 울음을 터뜨렸다. "넌 바보야! 완전 바보, 바보 멍텅구리야!" 그래서 장용은 쭈밋거리다가 요숙을 품에 안았다.

"저런, 그러잖아도 다루기 힘든 사춘기인데, 하루아침에 엄마가 사라졌으니 애가 충격받을 법도 하지……." 공항으로 가는 톨게이트를 지나며 기사 아저씨가 혀를 찼다. 채요숙의 이야긴지 다른 아이의 이야긴지 확실하지 않았다. 그 열세 명 중에서 학교를 자퇴하지 않은 아이는 최영과 장용, 그리고 다른 한 명의 아이(그 아이는 이제 중학교 1학년이었다)뿐이었다. 장용의 엄마는 두 살 반의 장용을 두고 떠나갔고 다른 아이들의 엄마는 자녀가 네 살에, 여섯 살에, 혹은 일곱 살이나 더 자란 다음 떠나갔다. 열세 살, 중학교 1학년 첫 학기에 최영의 엄마가 떠나갔고 그 이듬해 마지막 한 사람으로 남았던 요숙의 엄마가 떠나갔다. 요숙 엄마의 떠남으로 동네는 드디어 한 명의 '북쪽 여자'도 살지 않는 동네로 되었다. 마치 그 여자들이 흘러들어 오기 전의, 그 여자들의 존재조차 모르던 옛날의 동네처럼. 삶이란 원래 그렇게 무심한 것이었던가. 그처럼 큰일이 일어났었는데도—최소한 열세 명의 아이들한테는 존재 자체가 요동할 일이었는데—생활은 계속되었다. 아무 일도 일어나지 않았던 것처럼. 그래도 사람인데, 사는 건 왜 이리 구질거릴까 장용은 생각했다.

장용의 덤덤한 일상이 지속되는 가운데 최영과 요숙의 삶에는 피치 못할 변화들이 생기기 시작했다. 이제 그녀들도 장용이 이미 전에 겪은 일—생모가 사라진 뒤 계모들이 한동안의 간격으로 바뀌는—을 불가불 경험해야 했다. 최영은 엄마의 빈자리를 대신하여 자폐증 언니와 할머니를 돌봤고, 계모들이 데려온 아이들까지 챙겨야 했다. 최영네 아버지는 요전까지 후처를 두 번 바꿨는데, 그의 후처들은 모두 최영만큼 집안일에 잽싸지 못했다. 하지만 최영의 성적은 줄곧 안정적인 편이었고 정서도 비교적 평온해 보였다. 적어도 장용이 느끼기엔 그랬다.

그에 비하면 요숙은 상황을 받아들이기 훨씬 어려워했다. 요숙의 아버지도 일 년 가까이 방황하고 고민하다가 재혼하기로 어렵사리 결정을 내렸다. 그러나 처음처럼 단란한 가정 분위기를 만들 수 있는 여자를 찾기가 쉽지 않았다. 요숙의 아버지도 실패를 연거푸 두 번 했고, 그때마다 요숙은 진저리를 쳤다.

그날 밤 요숙은 떨면서 말했다. "나 어떡하면 좋니? 어떻게 해야 이 미치고 싶은 충동을 없앨 수 있을까? 술이 떡이 되도록 마시고, 클럽에 가서 온 밤 흔들고, 담배도 피우고, 그 애들이랑 슈퍼도 털어 봤어. 그래도 진정이 안 돼. 더 센 거로 해야 할까? 그러면 죄책감, 수치심 같은 거라도 들어서 이 바보 같은 짓이 멈춰질래나?" 장용의 품에 안긴 요숙은 어린 참새처럼 따뜻했다. "그러게, 어쩌면 좋니?" 그러다가 요숙이 발딱 얼굴을 들었다. "차라리 니가 날 가질래? 너라면 내가 좀 덜 후회할까?" 장용은 술기운이 퍼져 발가우리한 요숙의 얼굴을 내려다보았다. 어렸을 때 잘 삐치던 표정이 그 얼굴에 남아 있었다. "그러지 말고 기숙사에 들어. 일 년만 더 참으면 고중 가잖아. 그땐 자연스럽게 집을 떠나게 되는걸." 요숙은 갑자기 얼굴을 싸쥐며 엉엉 울었다. "거봐! 너도 날 싫어하잖아. 왜? 내가 벌써 더러워졌을까 봐? 나쁜 놈, 꼴에 남자라고!" 요숙은 장용을 뿌리치고 일어나더니 강둑 곁으로 징징 걸어 들어갔다. "나 콱 죽어나 버릴까! 아무도 믿어 주지 않고 좋아해 주지도 않는데 이따위로 살아서 뭘 해!" 장용도 요숙을 뒤따라 달려갔다. 둘은 밀치락달치락거리다가 둑 아래로 같이 넘어져 굴렀다. 그날 이후 장용은 요숙을 오랫동안 보지 못했다.

멀리 지평선 위로 붉은 태양이 솟아오르고 있었다. 안간힘을 다해 땅속에서 솟구치느라 얼굴에 피가 몰린 농부처럼. 은빛 비행기 한 대가 그 위에 떠 있었다. 동력이 없는 비행선처럼 둥둥 떠 있는 비행기였다. 진한 색상의 아침노을이 동녘 하늘을 사선으로 가르고 지나갔다. 화보에서나 볼 법한 풍경이었다. 아침 태양이 솟아오르는 배경의 공항은 처음이었다. 지지리 천박하고 못나고 너덜너덜한 인생들과는 달리 아침의 태양은 흠잡을 수 없는 새것이었다. 물로 씻은 듯, 금방 새 케이스 속에서 꺼낸 듯, 아니 매일 밤 땅속에 묻혔던 씨앗이 새로운 생명체로 되어 태어나는 것 같았다. 장용은 그의 상식으로는 이해하기 힘든 그 광경을 멀거니 바라보았다. 저런 것이 대체 나 같은 사람이랑 무슨 상관이 있단 말인가. 그런데도 나는 저런 풍경 속에서 이렇게 살아 숨 쉬고 있지 않은가. 공항 임시주차대기장으로 올라가면서 기사 아저씨가 장용을 힐끗 돌아보았다. "애 혼자 한국에 보낸다고요? 방학도 아니고 수업 중일 텐데?" 장용은 허리를 움씰거렸다. 장시간 같은 자세로 앉아 오느라 등허리며 뒷목이 뻐근했다. 아저씨는 노련하게 장용의 체격을 눈빗질했다. '혹시 애를 벌써 중퇴시키고 일하러 보내는 건 아니죠?' 하는 표정으로. 고모는 스카프를 목에 두르며 가방을 챙겼다. 이른 시간이라 대기장에는 차가 몇 대 없었다. 고모는 수고했다고 인사를 하면서 택시비를 건넸다. 할머니한테는 하루 정도 지나서 들러 볼 예정이고, 장용을 바래다주고 난 다음에는 공항버스를 타고 시내에 있는 집으로 돌아갈 거라 했다.

두 사람은 공항 대기실 안에 들어와 의자에 앉았다. 서울행 첫 비행기 출발은 아직 두 시간 넘게 남아 있었다. "용아, 솔직히 말이지. 넌 엄마가 용서되니? 이해할 만해?" 지루하게 기다리는 가운데 고모가 물었다. "넌 네 엄마 피붙이니까, 밉다가도 언젠가는 다시 좋아지겠지. 그게 인지상정이고." 고모가 말했다. "나는 그렇지 않아, 우리 장 씨네 사람들한테는 말이야, 네 엄마를 반드시 이해해야 한다는 의무가 없단다, 알지? 그러니까 너 나중에 다 커서 할머니나 아버지 모른 체하면 안 된다? 내 말 알아듣겠어?" 장용은 머리를 수긋하고 듣기만 했다. 나중에 커서, 나중에 크고 나면 또 어떤 꿈에도 짐작하지 못한 일들이 생겨날지 누가 안단 말인가. 중국의 조선 동네에서 태어난 아버지가 북에서 자란 여자를 만나리라곤, 그 여자한테서 장용이라는 아들을 얻으리라곤, 여자가 하루

아침에 사라지리라곤, 그 뒤로 여러 여자를 들이게 되리라곤, 그리고 십여 년 동안 아무 소식 없던 여자에게서 갑자기 아들을 데려가겠다는 연락을 받으리라고는 누가 예상이라도 할 수 있었단 말인가.

　떠나간 엄마들 중에서 가장 먼저 초청장을 보내 온 사람은 최영의 엄마였다. 공식적으로 한국 국적을 따고 교육을 받고 취직하여 정착된 삶을 살아가는 그녀에게 법이 기회를 준 것이었다. 법에 따르면 그녀들은 한국 국민의 신분으로 중국에 살고 있는 친지들을 초청할 기회가 두 번 있었는데, 그 루트로 아이를 데려가기만 하면 탈북자 자녀라는 명의로 자신의 호적에 올릴 수 있었다. 확실한 신분에 명분도 인정받게 되는 것이었다. 이 불가사의한 가능성은 그녀들의 삶을 또다시 흔들었다. 이런 일이 가능하리라 생각지도 못했던 여자들이었다. 가슴 한편에 보따리째 꽁꽁 싸 두었던 억울함과 죄책감, 분노와 해방감, 그리고 아이에 대한 그리움이 화산처럼 폭발하였고 최영의 엄마는 그 감정에 용기를 입어 처음으로 일을 시도한 사람이 되었다. 중학교 졸업 이후 고등학교로 진학하지 않고 읍내 식당으로 나가 아르바이트를 뛰던 최영은 그렇게 첫 번째 행운 당첨자가 되었다.

　반대는 최영네에서도 심했다. "애 엄마한테서 초청장이 왔다면서요?" 하고 사람들이 물을라치면 최영의 아버지는 힝 코웃음을 쳤다. "오면 뭐라오? 안 보낼 건데. 내가 무슨 바보 멍청이라고 그렇게 떠나간 여자한테 딸내미까지 뺏기겠소?" 그 말에 머리를 끄덕이는 사람들도 있었지만, 대부분의 사람들은 '그래도 엄마한테 보내 주는 것이 아비 된 도리'라고 생각했다. 보살펴야 할 식구가 많은 최영네였기에 곧 성인으로서 가족들에게 크게 보탬 될 최영을 떠나보내는 데 어려움을 느끼는 것도 사실이었다. 수개월을 싸우고, 협상하고, 질질 끌다가 결국 그의 아버지가 손을 들었다. 최영의 엄마가 일종의 '위로금' 삼아 얼마간의 돈을 송금해 주고서야 일이 성사되었다는 소문도 있었다. 최영은 아무 내색 없이 알바를 계속 다니면서 두 사람 사이의 신경전을 지켜보았다. 엄마 따라가고 싶냐, 아버지랑 여기 남고 싶냐, 하고 누가 묻기라도 하면 최영은 머리를 폭 수그리고 아무 대답도 하지 않았다. 아버지가 비자를 받아 온 날 최영은 야무지게 짐을 싸기 시작했다. "아부지, 걱정 말아요. 엄마 상황이 괜찮으면 돈 좀 더 보내라고 말해 볼게요. 엄마가 주지 않더라도 할머니 약값은 내가 벌어서 조금씩 보낼게요." 최영의 아버지는 딸내미가 흘린 말을 만나는 사람마다 한 번씩 외웠다. "애두 참, 어른보다 더 어른스럽다니까. 우리 최영이 에미가 딸내미 하나는 똑 부러지게 잘 낳아 줬소, 안 그런가?"

최영이 갔다는 소문은 온 동네에 쫙 퍼졌다. 같은 입지에 놓인 아이들은 더욱 민감해졌다. 겉으로는 달라진 게 없는 일상이었지만 아이들은 남몰래 속을 졸이고 졸였다. 언젠가 우리 엄마도 갑자기 연락이 오지를 않을까. 그때는 형편이 그래서 말 한마디 못 하고 떠나간 거라고, 그동안 너를 잊은 건 아니라고, 이제 서류를 보낼 테니 엄마 곁으로 오라고, 다시 헤어지는 일 없이 같이 살 수 있다고……

　기적처럼 장용이 그 두 번째 수혜자였다. 살았는지 죽었는지조차 알 수 없었던 장용의 엄마가 금요일 밤, 기숙사에서 돌아온 장용이 윗방에 들어간 사이 할머니에게로 전화를 넣었던 것이었다. "그간 안녕하셨어요? 저 순자예요, 용이 엄마……." 그다음 말은 더 엿들을 수 없었다. 할머니가 고래고래 욕설을 퍼붓기 시작했기 때문이었다. 뭐이? 용이 에미라고? 죽었는가 했더니 살아 펀펀하구나, 이 양심 없는 년, 지독한 년, 자기만 아는 년, 에미 될 자격도 없는 년……. 그날의 통화는 아무런 진전 없이 끝났다. 할머니는 숨이 차서 헐떡거리며 기침을 하면서도 욕설을 멈추지 않았다. 엄마는 며칠 뒤에 다시 전화를 걸어 왔다. 원한다면 얼마큼의 경제적 보상이라도 하겠지만 아들은 데려가야겠다는 요지였다. 할머니는 입에 거품을 물고 욕을 해 댔다. 이 뻔뻔스러운 년 봐라, 어디서 감히 내 손주를 데려가? 데려가기를? 그게 니 아들이냐? 밑구멍으로 싸질렀으면 자기 아들인가 하는가 보지? 내 결사코 그렇게는 못 해 주지, 응? 너 때문에 우리 아들 고생한 거 생각하면 잡아 죽여도 씨원찮을 판인데, 내가 미쳤니? 너한테 우리 용이를 주게……. 그리고 엄마는 일주일 뒤 금요일 밤에 또다시 다이얼을 돌렸다. 네, 저 용이 엄만데요, 이왕 오기로 말이 난 거, 하루라도 빨리 와서 여기 생활에 적응하는 편이 나을 거예요. 학교도 알아봤어요, 될수록 수속 빨리해서 다음 학기 개학 전에 오는 거로 해요……. 할머니는 전화기를 냅다 던졌다. 이튿날 아침에는 일어나자 바람으로 전화선까지 뽑아 버렸다. 일요일 저녁, 학교로 돌아가는 장용에게 할머니는 이를 갈며 말했다. "너그 엄마한테 가는 일, 꿈도 꾸지 마라. 나 죽기 전에는 절대 안 된다! 정 가고 싶으면 나를 죽여 놓고 가 봐라!" 장용은 말없이 가방을 메고 돌아서 나갔다. 남아 있는 식구들의 오랜 상처를 직면하지 않으려는 엄마도, 매번 상황에 따라 최선의 선택을 할 수밖에 없었던 며느리를 이해하지 않으려는 할머니도 구질구질하고 역겨웠다.

장용은 엄마냐 아버지냐의 물음에 아무 대답도 못 하고 머리를 수그리던 최영을 이해했다. 이 집에서 살아온 세월이 행복하다고 생각해 본 적은 없었다. 그렇다고 엄마한테로 가고 싶다는 상상을 한 적도 없었다. 엄마는 여태 장용을 이 세상에 존재하지 않는 애 취급을 하지 않았던가. 최영을 열세 살까지 키워 주고 한국 국적을 취득하기 바쁘게 연락해 온 최영의 엄마하고는 차원이 달랐다. 그런 여자한테 '생모'라는 이유로, 좀 더 나을지 모르는 환경을 제공해 줄 수 있다는 이유로 가야 한단 말인가. 그럴 수는 없었다. 여태해온 것처럼 할머니와 이 집에서 함께 살고, 학교를 계속해서 다니고, 졸업한 다음 취직하며 살아가도 인생에는 아무 불편 없을 것이었다. 한 가지 보태자면, 아들을 차지하지 못한 엄마는 앞으로도 얼마든지 잘 살 테지만(여태 그랬던 것처럼) 손주를 **빼앗긴** 할머니는 그렇게 쿨하지 못할 확률이 더 높다는 것이었다.

"선택은 너의 몫이다. 거기 남아 있든 여기로 와서 새롭게 시작해 보든, 나는 니가 최선의 선택을 하기 바란다." 할머니와의 대화가 불가능해지자 엄마는 아버지와 고모에게 연락을 취했다. 아버지는 미란이 엄마가 해준 초청장으로 한국 체류 중이었는데 혹시 이 기회에 부부 관계마저 회복할 수 있을까 하는 생각으로 엄마의 주소를 물었다. 그러나 엄마한테 재혼한 남편이 있는 줄 확인한 후부터는 '하늘이 두 쪽 나도 안 된다'고 무조건 반대했다. 실질적으로 양육권을 행사한 사람이 아버지가 아니었기에 엄마는 그의 의견을 무시했다. 엄마는 장 씨네 집에서 '유일하게 상식이 통하는' 고모에게 연락을 했다. 고모는 사태가 어떻게 돌아가고 있는지 제대로 파악했다. 늙은 노모에게 조카를 언제까지 맡길 수 없었고 자기 앞가림 못 하는 오빠를 믿을 수도 없었다. 다 컸다고 하지만 대학도 들어가야 하고 취직도 해야 하고 결혼도 시켜야 하는 등 아직 감당해야 할 일이 많은 조카였다. 이제야 나서 준 형님이 감정적으로는 야속했지만, 현실적으로는 다행스럽기도 했다. 막말로 노모의 건강이 어느 날 악화되기라도 하고 오빠의 처지가 더 나빠지기라도 한다면 최악의 경우 그녀 자신이 모든 책임을 떠맡게 되는 것이 아니겠는가. 그래서 고모는 조카가 떠나가기로 결단 내린다면,

그 이상 일을 방해하지 않으리라 결심했다. 엄마는 고모에게서 장용의 핸드폰 번호를 받았다.

"사내가 앞을 내다볼 줄 알아야지, 떠나는 게 당장 마음이 힘들다고 인생이 바뀔지도 모르는 기회를 버릴 거야? 그 집구석에선 너를 더 이상 뒤치다꺼리하기 힘들 거다. 성적도 좋지 않다니 대학 가기 글렀고, 그러다 나면 직업학교 같은 곳이나 굴러 나와서 막노동이나 하면서 살아가겠지. 그럴 바엔 여기로 와라. 중국어학과라면 대학도 갈 수 있고 내 호적으로 들어오면 학비도 면제받을 수 있다. 내가 해줄 수 있는 건 그 기회를 너한테 주는 거다." 장용은 엄마의 '자본주의식' 설교가 끝난 다음 예의 바르게 전화를 끊었다. "기회 주셔서 감사합니다, 전 그 기회 싫습니다." 엄마는 그동안 어떻게 지냈냐는 기본적인 안부도 묻지 않았다. 아마 답이 너무 뻔해서 묻지 않았을 수도 있었다. 그래도 순서는 거기서부터 아닌가, 어떻게 '기회'가 먼저인가. 엄마는 할머니와 아버지의 답을 무시하던 것처럼, 장용의 답장도 무시했다. 며칠에 한 번 걸러 문자를 했고, 그때마다 진전되는 상황들을 구체적으로 또박또박 알려주었다. 장용이 올 것이라는 일이 이미 기정사실로 되기라도 한 것처럼. 장용은 더 이상 전화를 받지 않았다. 문자에 답장을 주지도 않았다.

엄마한테로 절대 가지 않겠다고 결단한 다음, 장용에게는 이상한 징후들이 나타났다. 수업 시간이면 머리가 텅 비어서 강의가 하나도 들어오지 않았다. 칠판에 써 놓은 모든 글자가 출국 수속에 필요한 서류 같았다. 아침 이불을 개면서 엄마가 보내온 문자들이 생각났고, 중간 체조 시간에 운동장을 달리면 엄마가 얘기한 '새 학교'가 상상되었다. 때로 버스를 기다리는 정류장에서 생면부지 중년 여성의 뒷모습을 보며 불현듯간에 모성애 비슷한 감정을 느끼기도 했다. 장용은 자신의 그런 징후들에 대해 죄책감을 느꼈다. 금요일 저녁마다 집에 돌아와서 할머니가 차려 놓은 밥상을 마주하면 껄끄러운 느낌들이 꾸역꾸역 식도 위로 역류해 올라왔다. 할머니의 손에서 소화제를 받아먹으며 참 의리도 없는 못난 놈이라고 장용은 스스로를 욕했다. 그래도 눈만 감으면 엄마가 재혼해서 단란하게 산다는 그 집 풍경이 그려졌다. 대체 그 여자는 어떻게 생겼을까? 키는 얼마큼 크고 주름살은 얼마나 있을까. 칠갑산 산줄기가 있는 읍내라고 하던데, 산은 얼마나 높을까. 매일 아침 길어 온다는 샘물은 얼마나 맑고 찰까. 장용이 오면 내줄 거라고 한 작은 방의 침대는 푹신할까? 핫초코를 좋아할지 율무차를 좋아할지 몰라서 두 가지 다 샀다고 했는데 대체 어느 것이 더 맛있을까. 엄마의 남편이 운영한다는 정비장은 어떤 모습이고 거기서 키운다는 강아지는 얼마큼 귀여울까? 딱 한 번 내 눈으로 보고만 올까? 두세 주쯤 지나서 장용의 혼란스러움을 눈치챈 고모가 학교를 찾아왔다. 엄마의 부탁으로 담임선생님을 찾아뵙고 성적 증명서 관련 수속 절차를 물어보려던 참이었다. "그러지 말고, 엄마한테 가 거라. 니 엄마 건강도 좋지 않은 모양이더라." 3년 전에 신장 하나를 뗐는데 지금 나머지 하나도 좋지 않은 모양이라고, 직계가족의 것을 이식받는 것이 최선이라고 의사가 귀띔했던 것 같다고 고모가 말했다. "너그 엄마, 건강을 너무 해쳐서 다시 아이를 가지지 못한다는구먼. 너를 불러들이려는 목적이 신장 때문이겠냐마는 할 수 있는 만큼 해 주는 것도 좋은 일 아니겠냐, 어차피 네게는 하나밖에 없는 엄마니까." 고모는 어쩌면 모자지간의 화해를 촉진하려 그런 얘기를 흘렸을지 모르지만, 장용은 그 말을 듣고 자신이 마치 '장기 보관함'이 된 것 같은 느낌이었다.

처음으로 야간 자습을 빼먹고 축구부 친구들 틈에 끼어 그들이 자주 간다는 호프집에 들른 날, 장용은 그곳에서 요숙을 보았다. 가볍게 단발 펌을 하고 예쁜 앞치마를 입은 요숙은 그 호프집의 서빙 아가씨였다. 능숙하게 주문을 받고 요리를 나르며 열심히 상을 치우는 요숙의 모습은 장용에게 매우 낯설었다. 이틀 건너 혼자 다시 찾아온 장용을 보고 요숙은 더는 모른 체하지 않았다. 장용은 테이블에 앉아 시계를 보며 요숙이 퇴근하기를 기다렸다. 그녀를 만나야 할 용건도 없으면서. 요숙은 장용을 데리고 백화점 뒷골목의 보행 거리에 갔다. 밤늦게까지 흥성거리는 환한 빛의 거리였다. 길가 벤치에 앉아 요숙은 슈퍼에서 산 따뜻한 우유차를 건넸다. "잘된 거네 뭐. 엄마가 살아 있었고, 결혼도 했고, 지금 또 너 오라고 초청까지 했다니 뭘 더 바라겠어?" 장용은 딸꾹질을 하면서 술

기운 몽롱한 눈으로 요숙을 바라보았다. 전에 알던 그 요숙이 맞나 싶을 정도였다. 무엇이 이 아이를 이처럼 달라 보이게 만들었을까. "그래, 니 말처럼 잘된 일이야. 근데 난 왜 이렇게 불편하고 화가 나지? 엄마가 오라고 하는 이유들이 너무 합리해서 오히려 헝클어 놓고 싶단 말이야. 나 자신이 망가지는 대가를 치러서라도. 나 진짜 바보 같지?" 요숙은 픽 웃으며 장용을 마주 보았다. "넌 원래 바보야. 바보 같은 게 아니고." 장용은 술에 취한 척 용기를 내어 두 팔을 벌려 폼을 잡아 보았다. "그지, 나 바보지. 요숙아, 그니까 우리 한 번만 안아 볼까?" 요숙은 장용을 똑바로 쳐다보았다. "진심이야? 그게?" 요숙은 3년 전 그 마을 밖 길가에서처럼 장용의 품에 안겼다. "자존심 같은 건 사랑하는 사람들 앞에 세우는 게 아니야. 그것보다 바보 같은 짓은 없어. 그냥 가. 너 마음의 소원을 따라서 가." 헤어지면서 요숙은 장용에게 손을 흔들었다. "잘 가라, 친구야. 가서 잘 살아라, 공부 열심히 하고." 요숙의 엄마는 한국에서 재혼했고 아이까지 낳았다는 소문을 둘은 모두 알고 있었다. 장용은 그날 늦게 담장을 넘어 숙사에 돌아와 온 밤 침대에서 뒤척거렸다. 이튿날 아침 장용은 고모에게 전화를 넣었다. "고모, 저 결정했어요. 갈 거예요. 수속해 주세요."

서울행 첫 비행기 탑승 수속이 시작되었다고 안내 방송이 들렸다. 장용은 짐 가방을 메고 의자에서 일어났다. 크고 작은 여행 가방을 끌고 선 사람들 중에서 장용은 10여 년 전의 어느 여름밤 금방 장 씨네 집을 '탈출'한 젊은 엄마를 보았다. 불안하고 두렵고 공포와 겁에 질린 엄마는 뒤를 돌아보며 죄책감에 울고 있었다. 엄마의 손에는 반들반들 때가 탄 플라스틱 공룡이 들려 있었다. 여기서 다 울고, 비행기에 타서부터는 다시는 이곳 사람들 때문에 울지 않을 거라고 엄마는 다짐하고 있었다. 출국 수속 통로로 들어가기 전 장용도 뒤를 돌아보았다. 이제는 잠에서 깨어 손주가 이른 새벽에 학교로 갔나 궁금해하고 있을 할머니를 그려 보았다. 엄마의 호적에 이름을 올리고 학교에 등록도 마친 다음 방학 날 들러 볼 때까지 건강히 버텨 주기를 바라면서.

차례가 되어 장용은 짐 가방을 통과대 위에 올려놓았다. 엄마와 할머니는 도무지 서로를 이해할 수 없는 수화불용(水火不容)의 입장에 놓였다는 것을 그는 깨달았다. 그들을 여태 버티고 살게 해 주었던 것은 서로에 대한 증오를 태워서 얻은 에너지가 큰 부분이었다. 마치 기사 아저씨가 들은 많은 뉴스처럼, 지구가 여태 멈추지 않고 돌아갈 수 있었던 것과 인간의 역사책이 계속하여 써질 수 있었던 것처럼. 그 에너지는 그들의 삶을 더 열정적인 이단자로, 건강한 변종과 꾸준히 분열하는 암세포로 만들어 주었다. 강하되 점점 살아나게 하는 것이 아니라 차차 죽음에 이르게 하는 에너지였기 때문이었다. 잠시 후 장용은 활활 타오르는 산불 속에서 있는 자신을 발견했다. 불에 거멓게 그을려 지저분하고도 추하게 살고 있는 많은 사람들의 진영도 보였다. 물안개처럼 날리는 폭포가 그의 머리 위로 떨어졌다. 불가사의하게도 그곳에서 장용은 자신의 몸에 집중한 아침 태양의 빛을 느낄 수 있었다. 모든 빛깔을 조화롭게 이뤄 주는, 아침마다 새로운 생명체로 태어나는 태양이었다.

월경(越境)의 위계와
그 재현들의 몫

김건형

장마당에서 하나원 너머로

얼마 전 우리는 연거푸 마주 잡은 남북 정상의 손을 보고 놀라워했다. 금단의 경계를 잠시 월경했다가 돌아오는 그 발걸음에 지금 북한이 변한 것은 아닐까 하는 기대감을 담았기 때문이었을 것이다. 그러나 독재 정권의 가식에 속아서는 안 된다는 부정적인 전망역시 반작용처럼 나타났다. 그렇다면 극단적인 적대감도 낭만적인 기대감도 모두 정지하고, 좀 더 눈을 크게 뜨고 북한의 '안'을 제대로 볼 필요가 있지 않을까. 그럴 때 북한을 다만 단일한 '정치체'나

'안보위협'으로만 한정하는 거시적 표면을 넘어 북한 '속'에 살아있는 '사람'을 보는 관점이 긴요하다.

이번 소설집은 이를 '8.3 인민소비품창조운동'으로 집약하고 있다. 작중에서 자주 등장하듯이 '8.3'은 1984년 8월 3일 공장, 기업소의 폐자재·부산물을 활용해 생활필수품을 제작하라는 당국의 독려에서부터 시작되었는데 점차 그 생산물을 장마당에서 판매하고 수익의 일부를 직장에서 징수하는 시장 활동으로 인식되고 있다. 배급이 나오질 않는 직장에 출근하기보다는 '8.3돈'을 납부하면 사적 시장 활동을 하는 '자유인'이 될 수 있는데, 이는 공적 질서와 자신의 삶 사이의 이원적 체계를 만들어낸다. '8.3 경제'는 공적 질서의 마비와 그 이후 북한 주민들의 구체적인 대응을 집약한다. 특히 장마당은 주민들의 삶이 공적 체계가 아닌 자신의 몫이라는 인식을 만들어 경직된 체계 내부에서 작은 월경을 하게 한다. 이로써 소설은 북한사회의 경직된 체제가 고수하는 위계적 질서의 그 구체적인 면면을 단적으로 보여줄 뿐 아니라, 주민들이 자신의 삶을 일구어가며 느끼는 일상적 감정들을 나누어주기에 보다 생생한 이해에 다가간다. 소설들은 장마당을 둘러싼 북한 주민들의 역동성과 좌절들, 그로부터 멀리 탈주해 남한의 '하나원'으로 향하는 역경과 소망들을 보여준다. 또한 우리가 그간 북한을 어떻게 생각하고 있는지, 이미 이웃으로 사는 탈북민들을 어떻게 응시하고 내부적 위계를 다시 만들고 있는지를 되묻는 작업이기도 하다. 이는 다시 자신을 비추는 거울이기도 한 것이다.

멈춰선 기차역에서 체포당하는 남성들

장해성의 「단군릉 이야기」는 북한 사회의 공적 체계가 스스로를 폐제하는 기원을 포착했다. 대학의 학문 체계마저 유일사상이라는 정치적 목표에 의해 무너지기 시작하는 시대를 그려낸다. 스스로 단군의 무덤일 리가 없다고 했다가 다시 단군릉이 확실하니 거대한 기념물을 건설하라고 번복하는 교시가 내려온다. 대학 본연의 책무인 비판적 사고와 학문적 검증은, 반드시 서서 전달해야만 하는 교시 앞에선 부차적인 문제다. 인과가 전도되어 학술 작업은 교시를 사후에 확증하는 것으로만 존재하기 시작한다. 이제 공적 담론장의 유일한 목표와 원리는 미리 알아서 깊은 뜻을 헤아리는 것이다. 선 건설, 후 검증이라는 당의 엄숙한 지시 앞에 최소한의 검증이라도 해보려는 박상민의 노력은 정지된 학술 체계의 토론 부재, 불비한 교통 체계와 기술 설비의 미비 등 공적 시스템의 전면적 부재가 중첩된 난관에 봉착한다. 세계와 언어 사이의 학문적 진실성을 담보하는 공적 지식 생산 체계가 가진 기능이 모두 정지된 시대에, 학문 장(場)의 책임을 고수하려는 최후의 노력은 무력하기만 하다. 역사학의 모든 반성적 기능이 무화되는 그 지점에서부터, 질서는 세계에도 시간에도 눈감고 자신만을 위해 움직인다.

남성 화자들의 서사적 위기가 공적 체계의 책임 방기로 반복 재현된다는 점은 북한 사회의 위기가 공적 질서 그 자체로부터 온다는 점을 시사한다. 이지명의 「멍멍이 이야기」와 도명학의 「간리역 광장」에서 화자들은 자신이 몸담고 있던 공적 세계가 정지된 상황을 타개해보려는 개인의 고투가 도리어 아이러니하게도 공적 질서의 처벌을 불러일으키는 비극에 처한다. 형무는 산업의 기반이자 동력인 성진 탄광의 갱장으로, 당에서 선발한 간부지만 배급이 나오질 않아 출근할 필요가 없는 '멍멍이'로 전락하고 말았다. 형무가 할 수 있는 일은 돈을 바쳐 무능한 공적 체계의 묵인을 받고 사적 채탄을 하여 장마당에 탄을 내다 팔아 쌀을 사는 것이다. '부업'이 오히려 생계를 좌우하는 상황에서, 공적 체계는 형무에게 어떤 가능성을 주기는커녕 위협과 착취만을 일삼는다. 그 속에서도 간부로서 최소한의 책임감에 좀 더 자신의 몫을 나눠주는 형무지만, 그런 노력은 동료들에게 배신당해 무의미하다는 조롱을 받을 뿐이다. 그리고 그 배신은 사고로 이어져 형무는 보안서 구류장에 갇히는 위기에 처한다.

　제대군인인 용호가 열차를 갈아타려고 하는 '간리역'은 단순히 정거장이 아니라 공적 체계의 정지를 압축적으로 보여주는 공간이다. 군인일 때는 느끼지 못했던 공적 질서의 차등적 위계에 노출된 용호는 교통 시스템과 배급이 정지된 상황에 당혹해한다. 공적 질서는 제 기능을 하지 못하면서도 개인들의 여행과 숙박을 통제한다. 그 속에서도 '8.3 경제'를 활용해 식당, 숙박업(대기 숙박)을 운영하는 사람들이 있다. 용호는 개별적으로 수완을 발휘해 준비한 약혼 예물을 장마당에서 직접 팔거나 윤희 같은 상인에게 팔면서 여행할 수밖에 없다. 용호는 평양을 여행할 자격을 갖춘 '수도시민'이 아닌 탓에 평양시 경내를 오간다는 이유만으로 체포당할 위기에 처한다. 보안원들은 차등적 질서를 누릴 자격이 있는지를 확인하고 배제하는 일만을 수행한다. 물건을 압수당하고, 끝내 여행자 집결소로 끌려가 고초를 겪는다. 용호를 계속 위기에 처하게 하는 것은, 공적 질서의 수호자 보안원들이 요구하는 '증명'이다. 보안원들은 질서의 제 기능 발휘보다는 그나마 남은 질서를 누릴 자격을 배제하고 위계화하는 증명만을 거듭 요구하고, 단속을 명분 삼아 사적 착취를 일삼는다. 용호는 길동무이던 모자(母子)가 그 증명의 위계로 기차에 치여 억울하게 죽는 공적 폭력을 직접 당면하고 만다. 간리역의 비극은 공적 시스템이 자신의 역할은 방기하면서도 그 이탈자들을 색출해내고 그로부터 체제를 유지할 이윤을 얻어내는 기능만을 가지고 있음을 보여준다. 질서를 유지할 책임을 맡은 두 집단이 서로 총격전을 하는 결말은 그야말로 공적 질서의 총체적 마비 그 자체다.

특히 공적 질서의 부재를 대체하는 서사 속 '장마당'의 역할은 의미심장하다. 꽃제비 소년의 풍자적인 만담 장면이 부조하듯이, 장마당은 공적 경제의 부재를 확인하며 질서의 정당성을 의심하게 하면서도, 동시에 가장 무섭게 권력이 개인들을 감시하고 관리하는 공간이다. 공적 질서로부터 가장 멀리 이탈하는 공간이면서 동시에 감시를 내면화하는 곳인 셈이다. 그리고 장마당에서 처벌 위협은 실은 보안원의 공공연한 뇌물 요구와 치부책이다. 공적 질서의 수호자여야 할 그들 역시 실은 그것을 빌미로 사적 생존만을 도모하고 있다. 무너진 시스템은 개인에게 생존의 책임을 온전히 부과하지만, 그것을 극복하는 순간마다 공권력은 이 성취를 빼앗으려 달려든다. 서사 속 '장마당'은 북한 사회의 공적 질서의 최종적 자기 종언을 현시하게 한다. 한때나마 공적 질서의 담지자였던 이 남성 화자들은 체포를 계기로 기존 질서 외부의 삶을 상상하기 시작한다. '경제권을 잃은 세대주'들은 이제 기성의 권위와 방식에서 탈피해야만 한다. 이제 형무는 그동안 사회주의 간부라는 자의식에 가려 괄시했던 민수의 생활의 냄새에 기대게 되고, 그의 생선 거래를 따라 혜산으로 간다. 이 '거래'는 북한 사회의 새로운 주체들을 부조한다.

8.3 경제가 펼친 여성들의 (불)가능한 삶의 전망

남성들의 담론은 여성 인물들을 '함지 판다'거나 고려호텔과 연관시키며 성매매와 유비하여 얕잡아보려고 하지만, 그녀들은 그런 남성들의 담론을 초과하는 공간을 만들어낸다. 질서가 부재한 북한 사회의 마비를 딛고 삶을 일구어가는 주체로, 여성 인물들이 서사에서 힘을 얻는다. 혜산에서 춘희는 단발머리에 수입 양복을 입고 당당히 경제권과 문화자본을 갖춘 주체로 성장했으며(「멍멍이 이야기」), 윤희는 남한 물품을 평양으로 밀수하면서 실질적인 가장 역할을 해왔다(「간리역 광장」). 보안원들에게 체포되어 구류장에 갇히고 수용소로 보내질 위기에 처한 형무와 용호 같은 남성 화자들을 구해주는 것은 춘희와 윤희 같은 여성 인물들이라는 구도는 주목할 만하다. 남성 인물들이 공적 질서의 부재에 미숙해 장마당으로의 진입에 곤혹을 겪는 반면, 여성 인물들은 국경지대에서의 밀무역이나 장사 수완을 발휘해 공적 질서가 부재한 북한 사회에서 살아남는 방법을 일찍 터득하고 적응해 있다. 이러한 욕망의 재현들은 그간 정치 사회면의 기사들이 북한을 '꽃제비'라는 극단적인 빈곤과 그와 대조되는 스마트폰을 사용하는 평양 시민이라는 다소 양분된 표상으로 재현하던 것이 간과하던 구체적이고 생동감 있는 북한 주민들의 실질적인 삶을 드러낸다. 그런 점에서 '8.3'이 드러내는 이 다층적인 삶의 변이와 능동적인 욕망의 생동감은 북한 내부의 삶들을 보는 중요한 이해의 매개가 된다.

설송아의 「사기꾼」은 '8.3 노력'이 젠더적으로 분화된 구조임을 구체적으로 보여준다. 황가는 공적 체계의 공장 인수원 직책을 가지고 있으면서도 출근하지 않고 뇌물과 8.3돈을 통해서 자재를 빼돌린다. 공적 체계의 남성들이 빼돌린 원료를 다시 가공하여 노동

생산물을 만들고 이를 시장에서 거래하는 것은 여성 인물들이다. 이러한 분업 속에서 황가는 군대에서 배운 '사기술'로 공적 체계의 앙상한 형식과의 연결 지점으로서만 기능한다. 서사 속에서 황가는 호쾌하게 사업을 시작하지만 허랑방탕하게 여성들을 속이고 거래를 무기로 성적 욕망을 채울 뿐이다. 정작 무엇인가를 만들고 가계를 책임지는 영역은 금화나 아내가 맡는다. 연기를 잘하는 '사기꾼' 천성으로 축약되는 황가가 일종의 무대를 제시하면, 금화와 명보가 생산하고 판매한다. 금화는 연구실 목수인 아버지가 '8.3돈'을 내고 가내 수공업으로 가구 제작을 하도록 종용하고, 자신은 도색과 판매를 전담한다. 금화는 아버지와도 철저히 거래하며 "한 가정에서 분업화되어 장사"하고 자본을 축적한다. 가족-기업의 형태로 상업자본을 축적하고 신용자본도 운용할 줄 아는 금화는 새로운 세계로 진입하는 북한 사회의 새로운 주체, "현시대에 아주 제대로 적응하고 있는 신여성"으로 비친다. 그렇다고 명보와 금화가 온전히 새로운 전망인 것은 아니다. 남성의 외도/폭력과 아들에 대한 갈망에 거리를 두는 인식에 도달한 인물은 당연히 아니며 오히려 서로를 곤경에 빠트린다는 점에서 이기적이다. 그런데도 서사가 목표하는 것은 궁극적으로는 명보가 가부장을 종용하고 그의 욕망을 배치하고 사용함으로써 주도권을 잡는 가족 내부의 권력 역전의 드라마다. 어떤 뇌물을 어떻게 바칠지부터 가족원을 인정하고 소득 분배를 결정하는 권한까지 이제 명보가 획득했다. '세대주'가

된 여성 인물들은 공적-남성 정치와 사적-여성 경제가 경합하는 지점에서 승패의 향방을 스스로 잘 알고 "남편 선택이 아니라 내가 선택한" 욕망을 추동하려 한다.

반면 김정애의 「오두막집 안주인」은 '8.3'이 다만 가능태이기만 한 것이 아니라 새로운 종류의 계급적 양극화이기도 함을 준열하게 보여준다. 도시 여성들에게는 가족-기업의 운영과 자본 축적의 전망을 열어주는 '8.3'이지만, 북한 사회의 변두리 산골 농민 여성인 경심에겐 "왜정 때"와 같이 노동력 징용(갱도 건설)으로 혹은 차악인 강제 세금 징수로 육박해온다. 자본을 축적할 수 없는 농민들은 겨우 자연자원인 싸리나무를 채집해 '8.3돈'을 바쳐야 하지만, 이마저 여의치 않아 결국 내년 농사를 지을 씨감자마저 빼앗기고 만다. 그런 농민들의 고통을 책임져야 할 직장 당 비서는 징수한 감자를 팔아 술이나 먹으며 책임을 방기한다. 기아의 상황이지만 직장 당도, 그 직장에 직을 건 남편도 모두 무능하기만 하다. "당은 어머니라면서요"라는 물음에 아무도 응답이 없을 때, 이를 대신할 위치에 기꺼이 서려는 사람은 경심뿐이다. 결혼식 날 단 한 번 먹어본 통닭을 추억하며 힘을 내고, 결혼 예물이던 알루미늄 양재기마저 팔고, 자신의 신체라도 팔았어야 했나 후회하면서 가족들을 먹이려는 경심의 마음은 어머니가 되지 못했다는 자책으로 가득하다. 먹이지 못하는 사태의 책임을 져야 할 사람들이 아니라 경심이 이를 대속하며 부끄러워하다가 종내 자신을 희생하고 만다. 여성에겐 통닭이 쉽게 허락되지 않는 빈곤의 성차를 알면서도, 경심은 강냉이를 허겁지겁 먹기만 하는 남편과 자식들에게 인간으로서의 궁극적인 책임을 다한다. 분노하지도 못하는 모성적 희생이 일방적인 비극으로 치달아가면서, 공적 질서를 담지한 남성 인물들이 모두 무책임한 상황에서 안간힘을 쓰는 여성들에 의해 농촌 사회가 겨우 목숨을 부지하는 참경을 제시한다. 유일하게 식량을 나눠주는 은심 할머니로부터 비롯하는 여성들의 연대와 공동체에 거는 작가의 남은 믿음이기도 할 것이다.

탈북 청년과 여성을 둘러싼 위계와 모멸감의 거울

이처럼 '8.3'은 북한 사회의 내부 경직성에서 틈을 찾는 자유의 가능성을 보여주기도 하지만, 여전히 생명을 위협하는 기갈이기도 하다. 현재도 탈북자들은 자신의 전 존재를 걸고 자신의 존엄을 위해 싸우고 있다. 이 과정에서 더 고통받는 자들은 청소년과 여성들일 수밖에 없다.

금희의 「지구가 돌아가는 이유」는 탈북 여성들이 중국 국경 지방에서 겪는 '매매혼'을 보여준다. 탈북민들에 대한 당국의 방치 속에서 중국 국경지방으로 탈북한 여성들은 조선족이나 한족 남성의 재생산 노동을 전담하는 아내로 '판매'된다. 여기서 다시 탈북 여성들은 남한으로 탈출하기도 한다. 그리고 한국에서 탈북자로 국적을 얻고 정착한 여성들은 자녀와 가족들을 초청해 불러들인다. 국경을 넘으면 경제적으로 더 나아질 거라는 "불가사의한 가능성"이 삶들을 좌우하는 것이다. 이는 16살 소년 장용이 품는 불안과 희망의 근거이기도 하다. 장용 자신이 그토록 궁금해하던 어머니의 정체도 실은 탈북 후 "사람 장사꾼"에게 아버지가 '구입'한 여성이었으며, 자신을 두고 남한으로 탈출한 것을 알게 된다. 정착한 탈북 여성들은 죄책감처럼 남겨두고 온 자녀들을 불러들이려 하고, 이 청소년들은 어머니로부터 버림받았다는 소외감과 분노, 그리고 경제적으로 더 나아질 것이라는 월경의 기대 사이에서 고뇌한다. 국경의 위계는 청소년들의 운명을 장악하고 있다.

그러나 월경해가면 이들은 행복해질까? 신주희의 「소년과 소녀가 같은 방식으로」는 영도를, 정길연의 「봄에서 가을」은 별과 훈을 따라 탈북 청소년들의 삶을 톺아본다. 이 작품들은 본격적으로 탈북 청소년들의 삶을 조망하면서 이들이 북한 사회에서 얼마나 박탈당한 생명이었는지를 되짚고 탈북 과정의 역경과 삶에의 의지, 하나원을 거쳐 남한에 정착한 삶의 여정을 회상하고 있다. 그런데 필사적으로 도달한 남한 사회지만, 이 청소년들은 무엇인가 이상하다는 점을 강하게 느끼고 있다.

영도는 불현듯 탈북 중인 소녀로부터 도움을 요청받는 편지를 받고, 건설돌격대에서의 죽음 같던 노동 착취와 3년에 이르는 탈북 과정의 고난을 새삼 돌이켜본다. 탈북의 여정을 함께하던 기은은 고된 탈북길에 브로커로부터 지속적인 성폭력마저 당해 희망을 잃고 쥐약을 삼키고 말았다. 기은을 상기시키는 소녀의 편지에 답장을 해야 하는데, 좁은 대림동 고시텔에 살면서 돈을 마련하려 '생동성 실험' 알바를 전전하는 영도는 자신의 남한 생활기를 뭐라고 적어야 할지 막막하기만 하다. 쥐약을 쥐고 영도는 탈북하던 의지로 다 버텨낼 수 있다고 되뇌어보지만, 남한 사회의 구조적 빈곤은 '노오력'으로 극복할 수 있는 것이 아니다. 함께 생동성 실험을 받던 청년은 남한 사회의 구조에 대한 분노를 영화화하겠다는 포부를 자랑하면서도, "나보다 더 안된 인간"인 탈북 청년을 향해서는 '초코파이'에 감사해하라는 위계를 내세운다. 불쌍한 존재로 한정하고 주는 것에 감사하라는 이 혐오 발언에 대해 영도는 "나도 좋아하는 거 따로 있습니다. 그냥 그렇게 간단하게 취급되는 거 기분 더럽단 말입니다!"라고 자신의 존엄을 지켜내려 일갈한다. 남한 사회는 탈북 청년에게 시혜적인 자신의 동정을 흡족해하지만 실은 '을들의 경쟁'에 편입해 방치하고 있을 따름이었다. 근래 유례없이 '마루타' 알바가 성행하는 피로한 남한 청년들의 틈바구니에서 영도는 연대감은커녕 새로운 생존의 위계를 느낀다.

하나원에서 만난 소녀 별과 소년 훈은 서로 다른 계기로 탈북했다. 별이 정치적 숙청으로 인해 부모를 잃어야 했다면 훈은 국경지방 농촌의 절대적 빈곤 속에서 아버지의 폭력으로부터 도주했다. 훈은 별이 "사회주의 부르주아"인 "평양의 고급 인민" 출신이라고 느끼고, 별은 훈이 "주체사상의 물이 들 새가 없"었다고 느낀다. 하나원에 함께 있으면서도 서로의 차이는 작지 않다. 이는 '탈북'의 경위들을 다소 균질화해서 보는 우리의 시각에 균열을 내는 것이기도 하다. 두 사람은 서로의 차이에도 불구하고 남한 사회에서 무자비한 경쟁 속에 서로를 보듬으며 살려고 한다. 그러나 "남이고 북이고, 휴전선이 꽁꽁 얼어야 얻는 게 더 많은" 어른들은 탈북 청소년들을 이용하기만 한다. 탈북 청소년을 위한 인권단체 이사장의 후원을 받으며 별이는 인권운동가의 꿈을 키워간다. 이사장은 후원과 장학금을 빌미로 남북 청소년들을 동원한 행사를 벌이고 이를 통해 언론의 주목을 끌려 한다. 게다가 이제는 후원금 액수를 높이기 위해 탈북과정에서 여성으로서 겪은 별이의 고통을 드러내는 유튜브 공개방송을 하려 한다. 기억하고 발화해야 하는 별이 본인의 삶은 아랑곳하지 않고, "일목요연한 목차처럼 잘 짜인 인권탄압의 표본"으로 별이의 '스토리'를 판매하려는 것이다. 홍보 효과를 위해 별이의 성폭력 기억을 미투 운동의 형식을 빌려 노출하자고 말하던 이사장은 페미니즘의 문제의식에도, 세월호 청소년들의 죽음에도, 물론 탈북자 개인들의 삶에도 사실 연루하지 않았다. 이모든 연민과 정치와 윤리들을 '조회 수'로 계량화하여 환금할 뿐이다. 우리 사회가 인권의 보편원리와 타자를 향한 연민의 몫을 조회 수의 마케팅으로 손쉽게 처리할 때, 탈북자도 청소년도 여성도 모두 이 위기에 처하게 된다.

그런 점에서 북한 재현의 여성 혐오를 파고드는 이성아의 「삼합 닭곰집에서」는 단연 예리하다. 서사는 보수 종편의 패널인 중년 남성 지식인의 내면을 부조하며 '북한' 표상을 특정하게 소비하는 젠더의식을 부각한다. 화자는 흙수저 출신으로 자수성가한 가부장임을 자랑스러워한다. 그는 딸과 아내를 일상적으로 위협하면서도, 자신은 외부 남성들의 폭력으로부터 가족을 '보호'하려고 남성 사회의 굴욕을 기꺼이 감수한다는 자기희생의 자의식 속에 산다. 그러나 계급적 열등감을 "우리나라 여자들처럼 팔자 좋은 여자들도 없다는" 여성 혐오로 해소하는 "된장녀" 프레임을 가진 전형적인 가부장이다. 보수 언론인으로서 그는 딸이 페미니즘 기사를 쓰는 상황이 마뜩잖아 우려하다가, 딸로부터 젠더 감수성과 인권 감수성이 없다는 비판을 받고 충격을 받는다. 이는 화자가 몸담았던 종편 예능과 주요 남한 언론이 탈북 여성 청년을 '재현'하는 방식에 대한 비판이기도 하다. 탈북 여성 청년인 오수정이 처음 등장하는 문장부터 그녀는 외모와 애교 같은 여성 신체의 매력으로만 묘사된다. 애초부터 남한의 방송이 그녀에게 기대하는 것은 "탈북녀"로 하여금 평양에도 명품을 소비하는 여성들의 사치가 문제라는 자아비판의 증언뿐이었다. 언론은 "더 자극적인 언어와 표정으로 북한을 무시하고 한심한 독재 정권으로 몰아가는"데, 그 내용이란 기성 남한 사회가 이미 여성 청년들에게 투사하고 있는 여성 혐오라는 동질성을 교차 확인하는 것이다. 북한을 "남한의 중년 남성"들의 한숨의 대상으로 젠더화하고, 이를 비판하는 위계를 만들어 남한 남성의 자기만족에 복무하는 재현인 것이다. 북한의 "된장녀"라는 혐오 확인의 기능을 상실하자마자 오수정은 이제 "마타하리"처럼 남성을 유혹하여 안보를 위협하는 이중간첩으로, 포르노 배우로 매도된다. 국가의 생산성에 기생하는 한심한 사치 아니면 국가안보(=남성)의 위협(=유혹)이라는 이중 구속에 갇힌 것이다. 이는 가부장에 맞서면서 여성 혐오의 의제들을 힘겹게 발언해가는 남한 사회의 여성 청년들이 자각하는 굴레와 멀지 않아 보인다. 남한 사회가 '독재'와 '후진성'을 비판한다는 명분으로 "탈북녀"를 대상화하여 돈을 벌던 그 언어는 고스란히 남한 사회의 남성적 독재와 후진성을 증명할 따름이다. 화자가 "오수정을 향해 퍼부은 막말이 고스란히 딸에게 향하고 있었다." 자신의 "딸만큼은 자기 같은 모멸감을 당하지 않고 살기를 바"란다던 남한의 아버지는 모멸감의 기제를 자신이 만들고 있었음을 아주 조금쯤 깨닫고 얼얼해한다.

이젠 돌이킬 수 없는 여정이 지금 우리에게 묻는 것

이정의 「시인의 귀향」과 방민호의 「길주 풍계리, 2040년」은 근미래의 한반도 연합정부가 수립된 북한 지역으로 향하는 상상적 여로를 다룬다. 두 작품은 공히 현재 북한 사회에서 가장 암담한 곳,

362

추방당한 '정치범'들의 땅 '화성'을 되돌아보는 회상의 여로에 있지만, 여로의 분위기는 사뭇 상반된다. 한반도 비핵화의 완성 이후를 상상한 「시인의 귀향」이 낙관적 전망 속에 남북 주민의 만남/재회를 다루는 반면, 한반도 비핵화가 처절하게 실패한 경우를 가정한 「길주 풍계리, 2040년」은 이를 재난적 상상력으로 전망한다.

　「시인의 귀향」은 남북 간의 철도 연결 사업을 성공리에 성취한 이후 북한을 거쳐 모스크바로 향하는 열차 장면으로 시작한다. 통행, 통관, 통신을 자유롭게 연결한 한반도에 대한 장밋빛 상상은 누구나 한 번쯤은 해봤을 터. 남한의 자본과 기술이 북한에서 기회를 발견하는 우리의 흔한 상상 속에서 북한은 무주(無住)의 공간이다. 남한 사람들의 공사가 북한 주민들의 송이밭을 망쳤다는 죄책감이나 남한의 투기자본이 북한을 망칠지도 모른다는 작품 속 화자의 우려도 마찬가지다. 이는 물론 윤리적으로 필요하지만, 일정 부분 북한 주민들의 운명을 남한이 온전히 좌우할 것이라는 전제가 깔린 자의식일 수 있다. 남한 하기에 따라 달라지는 공백의 공간으로 북한을 간주하는 무의식인 것이다. 그런 공백의 공간 위에서 북한 주민은 상실한 순수한 사랑을 환기하고 인간적 교감을 기다리기만 하는 순수한 여성으로 표상된다. 화자 '나' 역시 북한 여성과의 만남을 자신의 상처(喪妻/傷處)를 극복할 재기의 기회로 투사한다. 그녀에게 경제적 도움을 주면서 어떤 죄책감을 극복하고, 남한에서는 상실한 순수성을 회복하려 꿈꾼 것이다. 그러나 서사는 여기서 화자의 남성-식민주의적 낭만성을 다시 응시하게 하고 이를 반전함으로써 새로운 시각을 성취해낸다. '내' 사랑을 기다린다고 상상하던 그녀가, 실은 작중 반체제 문학 혐의로 투옥됐다가 탈북한 도명철을 기다리는 아내임이 드러나는 결말은 주목할 만하다. '나'-남한이 기대하는, 공백으로서의 북한과의 상상적 동일시는 무너지고 만다. 이미 북한에도 정치적 저항과 문학의 역사가 있고 북한 주민들이 만든 역사가 있었음을, 그리고 탈북자들로 대표되는 원래 주민들의 사랑과 가족들의 생애가 있는 공간임을 드디어 깨닫는 것이다. 화자 '나'의 멋쩍은 깨달음은 그간 평화로운 남북 관계의 미래를 그리는 상상들이 기실 남한의 일방적인 동일시는 아니었는지를 되묻게 한다. 북한은 공백으로 '발견'되길 기다리는 것이 아니며 도명철과 그 아내처럼 먼저 살던 목소리로 재현되어야 한다. 특히나 인용된 시는 기실 도명철이 도명학 작가의 인유임을, 실제 북한 주민과 탈북자의 삶을 쓰는 자들의 목소리임을 환기하고 있다.

지금 진행 중인 북한의 내적 변화야말로 엄중한 무게감을 가지고 미래를 좌우하는 것임을 역설하는 「길주 풍계리, 2040년」 역시 우리에게 질문을 던지는 소설이다. 소설은 '8.3'을 풍계리 대지진이라는 재난의 시간과 규모(8.3)로 확장하여 재난의 기원이 우리 당대에 있음을 상기하게 만든다. 남북 연합정부가 수립된 이후에도 핵실험장의 방사능은 묵시록적인 재앙으로 잔존할 수밖에 없다. 대지에 고압의 물을 주입하여 스스로가 선 땅을 뒤흔든 포항 지진의 사례만큼이나 핵실험은 미래를 스스로 위협하는 작법자폐(作法自斃)로 회귀해온다. 특히 서사는 화성 16호 정치범 수용소의 사람들이 무방비로 풍계리 핵실험을 위해 '소진'됐던 죽음의 정치라는 유령과 끝내 재회하러 나아가게 한다. 이로써 정치적 재난과 환경적 재난의 가까운 거리를 유비한다. 그 숨겨진 과거의 치부들을 온당하게 밝히고 제대로 처리하지 않으면 다시 회귀하고 말 것이다. 2040년의 '8.3'에 재회한 이 화성의 유령은 지금 북한 사회의 '8.3'이 향하는 행방을 묵묵히 지켜보고 있다.

현재 진행형인 철도 조사/연결 사업이나 비핵화의 노력들이 과연 어떤 소설의 경로를 따라 밟게 될지는 지금의 우리의 손에 달려 있다. 이 근미래들은 "이젠 돌이킬 수 없는 여정"이기에 필연적으로 우리가 성실히 답해야 하는 질문들을 던진다. 북한을 재현하고 이해하는 언어들이 중요한 것은 자신을 비추는 탓이기도 하지만, 동시에 한반도 전체의 미래와 직결되어 있기 때문이다. 그것은 북한을 고정된 대상으로 일축하기보다는, 변화를 읽고 그 속에서 살아가는 사람들의 감정과 삶을 나누어 가짐으로써 예비할 수 있을 터이다.

네 번째 공동 창작집을 펴내면서

방민호

글을 쓴다는 행위는 노동으로도 놀이로도 여겨본 적 없다. 노동이라면 힘겨워야 할 텐데, 그런 느낌을 막고 나서는 긴장은, 글이란 어떤 형태로든 의미와 가치를 가져야 한다는 생각 때문일 것이다. 그러니 한국 소설을 근 이십여 년 지배해온 놀이로서의 글쓰기라는 것도 필자에게는 가당치 않은 별론(別論)이었다. 소설은 무조건 재미있어야 한다고 생각하면서도 정작 필자 자신은 재미로 쓰는 법은 없었다.

오랜만에 긴장 넘치고 그래서 이번 공동의 창작집이 더욱 귀하게 다가온다는 이야기를 하고 싶은 것이다. 옛날 생각이 난다. 군사독재가 세상의 주조인 듯 거리를 활보할 때 말이다. 지금껏 필자의 가슴 속에 남아있는 청년으로서의 첫 번째 글은 『아무도 미워하지 않는 자의 죽음』을 읽고 대학노트에 쓴 짧은 에세이였다. 이 책은 잉게 숄이라는 독일 여성이 쓴 것으로, 그녀는 전체주의에 저항하다 희생된 한스와 조피 두 동생의 이야기를 세상에 전했다.

독일에 가 살고 있는 한 선배 작가가 이 겨울 초입에 몇 년 만에 서울에 왔었다. 그는 뜻하지 않게 『압록강은 흐른다』의 작가 이미륵에 관한 기념사업을 하고 싶다 하면서, 그가 이 『아무도 미워하지 않는 자의 죽음』에 나오는 양심적인, 그러면서 나치즘 세상의 손가락질과 감시를 받던 어떤 사람을 따뜻하게 대해 주었다고 했다. 이미륵은 본명은 이의경으로, 삼일운동에 가담했다 상해를 거쳐 프랑스로, 그리고 다시 독일로 가 뮌헨에서 공부한 사람이었다. 『아무도 미워하지 않는 자의 죽음』에 그려진 실존인물 한스 숄은 뮌헨 대학의 학생이었다.

세상은 많이 변하는 것 같지만 사실은 변하지 않는 게 많다. 그런가 하면, 변하지 않는 것 같아도 꿈쩍할 것 같지 않던 판이 용트림을 하고 지각 변동이 나기도 한다. 남극 대륙의 얼음은 수만 년을 꽁꽁 얼어붙어 있었지만 지금 녹아 흐르고 있다. 그러니 한겨울 따위야 더 말해 무엇할까. 지금 필자는 일제 강점기 때의 여성 작가 박화성의 첫 장편소설 『백화』를 읽는 중인데, 고려 말 원나라가 지배하던 충혜왕 시절도 그렇게 가지 않을 것 같아도 하루아침에 가버렸다. 사람은 고통 앞에 나약해서 한순간의 아픔도 견디기 어려워한다. 하지만 고통이 축적될 대로 축적된 시대도 필자의 경험에 따르면 갔다.

그러니, 문학은 어떤 정치적으로 해석된 시대에 스스로를 짜 맞추려, 부합시키려 해서는 안 된다. 문학 안에서는 정치적 시대보다 더 오래되고 영원한 시간이 살고 있고, 그것은 어떤 정치적 권력의 힘으로도 이겨낼 수 없다. 백석은 1940년대라는 그 엄혹한 시대를 살면서도 인도 갠지스강의 물결과 몽골 초원의 푸른빛을 생각했다. 만주국에서 활동하는 조선 문학인들을 향해 침묵하라고, 요설을 놀리지 말라고 하였다. 한없이 뻗어 나갈 것 같은 만주국의 위세도 자연의 침묵을 이겨낼 도리는 없었다. 문학인은 정치 이전이거나 이후여야 한다. 그럴 때만 진실을 말할 수 있다.

이번 공동 창작집에는 필자를 포함하여 모두 열한 사람의 작가가 함께 일했다. 작품을 한 책에 수록했다 해도 무슨 심각한 논의를 거친 것 없이 다만 이심전심으로 작품을 낸 것뿐이다. 창작집의 제목은 장해성 님의 「단군릉 이야기」에서 가져오기로 했다. '단군조선'에 관해서는 단재 신채호에서 최남선과 이광수를 거쳐 오늘날에까지 이어지는 긴 논의의 역사가 있다. 일제의 실증주의 사학도, 북한 사학도, 한국의 주류 현대사학도 이 문제를 정면으로 다루고 있지는 못하다는 것이 미미한 식견을 가진 필자의 생각이다.

시대가 한 번 바뀌니 닫히고 막혔던 남북한 관계도 곧 좋아지고 머지않아 금강산에도 다시 오갈 수 있는 날이 올 것이다. 닫혔던 것은 열리고 막혔던 것은 뚫려야 한다. 그것은 그것대로 의미가 있다. 그러나 필자는 지금 『아무도 미워하지 않는 자의 죽음』을, 지금도 지속되는 '수용소 군도'의 나날을 떠올린다. 다시 팽팽해진 현아, 한껏 아름다운 소리를 내라.

2019년 2월 8일